MANI
PULA
TION

JULIETTE
LEMAÎTRE

TOME 1

MANI
PULA
TION

CORBEAUX

hachette
ROMANS

Couverture : Irina Bg / vivat : www.shutterstock.com

Hachette Livre, 58 rue Jean-Bleuzen, CS 70007, 92178 Vanves Cedex.

À mon grand-père, Max,
sans qui rien de tout cela n'aurait été possible

PRÉSAGE

1

Un hurlement fend la nuit. Liza, paniquée, bondit hors du lit et se rue dans la chambre voisine. Le cri n'a pas cessé. Elle découvre une petite forme recroquevillée sous sa couette. Deux magnifiques yeux orange brillent dans l'obscurité, horrifiés. Le cœur de Liza se serre. Elle déteste voir sa sœur dans un état pareil. Doucement, pour ne pas l'affoler, elle s'approche et pose délicatement la main sur son dos. Liza constate qu'Anna est couverte de transpiration.

— Allons, Anna, allons... murmure-t-elle d'une voix douce. Ce n'est qu'un cauchemar. Rendors-toi.

— Ils seront quatre... souffle Anna, encore terrorisée. Ils vont venir ici, Liz, ils vont venir et les ténèbres se refermeront sur moi... sur toi... sur tout le monde...

Un frisson parcourt la nuque de Liza. Anna, deux semaines plus tôt, a annoncé la mort de sa poule préférée ; elle a aussi prédit un vêlage réussi et un violent orage. Ses rêves sont souvent prémonitoires. Malgré tout, la jeune fille cache sa peur, prend sa sœur dans ses bras et répète :

— Ce n'est qu'un cauchemar. Tu verras, demain, tout ira mieux.

Rassurée, Anna se calme peu à peu. Son cœur retrouve enfin un rythme normal et ses yeux se ferment lentement. Liza reste à ses côtés jusqu'à ce que sa respiration devienne profonde et régulière. Et, bien qu'elle la sache endormie, elle lui dépose un tendre baiser sur le front avant de chuchoter :

— Sérieusement, j'espère que tu te trompes. Ce serait la première fois mais, comme on dit, il faut une première fois à tout...

2

Assise dans son lit, Anna feuillette un gros livre. Même si elle le connaît par cœur, elle n'a rien d'autre à faire que de le relire. Elle a déjà tourné une dizaine de fois ces pages, lu une dizaine de fois ces mots, s'est fait une dizaine de fois les mêmes réflexions. Elle pousse un long soupir et pose le volume sur la petite table à sa gauche.

Rêveuse, elle détaille cette pièce qu'elle n'a que trop peu quittée. C'est une chambrette d'environ dix mètres carrés, plutôt spartiate : mis à part le lit, la table et l'armoire, il n'y a aucun meuble. S'il y en avait, à quoi serviraient-ils ? Elle ne peut se lever seule : ses jambes refusent de fonctionner. Pourquoi ? Elle n'en sait rien. Elle suppose qu'il s'agit d'un traumatisme dû à la disparition soudaine et prématurée de ses parents. Anna n'avait que trois ans et ne s'est jamais remise de cette tragédie.

Liza lui répète tous les jours qu'ils sont partis en voyage afin de découvrir le monde au-delà de la mer, mais Anna sait qu'elle ment pour la préserver. Ses parents ont été enlevés… dans le meilleur des cas. Leur mort semble par malheur plus probable. Elle pousse un nouveau soupir et regarde par la fenêtre. De son lit, elle ne voit que le ciel uniformément, invariablement gris. Où est donc passé le soleil dont parlent ses livres d'astronomie ?

Soudain, elle entend un bruit venant du rez-de-chaussée. Elle sourit : Liza est de retour ! Anna voudrait se lever, descendre les marches quatre à quatre pour accueillir sa grande sœur mais, cette fois encore, ses jambes refusent de lui obéir. Ne peuvent-elles pas ou ne *veulent-elles* pas ? Elle l'ignore. C'est la seule question à laquelle son brillant cerveau n'a jamais trouvé de réponse.

Elle entend les pas de sa sœur dans l'escalier, puis voit la porte de sa chambre s'ouvrir. Liza. Sa sœur, sa protectrice. Elle semble frêle, mais possède une énergie calme et puissante, presque sauvage, qui lui permet d'accomplir tous les travaux nécessaires à leur survie : s'occuper des champs, des animaux, construire des installations telles qu'une éolienne ou de petits barrages hydrauliques coupant les rivières qui coulent à proximité de la fermette. Elle a même conçu un tapis pour muscler les jambes de sa cadette avec des barrières sur lesquelles elle prend appui avec les bras. Sa peau semble hâlée malgré l'absence du soleil ; ses cheveux blonds, longs, ornés de nombreuses tresses, virevoltent au moindre mouvement de sa tête. Les deux sœurs ne se ressemblent pas. Seuls les iris de Liza, orange eux aussi, témoignent qu'un même sang coule dans leurs veines.

— Tu rentres tôt, aujourd'hui !

— Normal, petite sœur ! réplique joyeusement Liza. Je n'allais pas te laisser toute seule un jour pareil !

Anna fronce les sourcils tandis que les yeux de Liza s'écarquillent de surprise.

— Ne me dis pas que tu as oublié, petit génie ! C'est ton anniversaire, quand même !

La cadette est interloquée. Comment a-t-elle pu oublier ce jour tant attendu ? Aujourd'hui, elle a huit ans. Son sourire s'élargit, et ses yeux brillent. Liza, ravie, lui tend son cadeau tout en ajoutant avec un clin d'œil :

— Ce ne sera pas le seul. Aujourd'hui tu en auras quatre, rien que pour toi !

À cette nouvelle, Anna pousse un petit cri de joie. Impatiente, elle arrache les feuilles qui font office de papier cadeau et découvre un morceau de tissu cousu d'une étrange manière. Elle fronce une nouvelle fois les sourcils et, intriguée, le tourne et le retourne sans parvenir à lui trouver une utilité.

— Il est bizarre, ce vêtement !

— Tu es bien sûre d'être le génie de la famille ? ironise Liza. Ce n'est pas un vêtement, c'est un harnais !

— Et à quoi ça va me servir ? questionne Anna avec suspicion.

— Tu vas passer tes petites jambes dans les petits trous, et hop ! Je nouerai ce harnais autour de ma taille. C'est bon, tu as compris ?

En effet, Anna comprend puisque son visage s'illumine soudain.

— Grâce à ce harnais, je pourrai t'emmener partout. Tu vas enfin découvrir le monde extérieur !

3

Anna est déjà allée dehors. Quand la météo le permet, Liza l'installe sur une chaise puis s'occupe de ses champs. La petite fille la voit s'activer, souvent jusqu'à l'épuisement, pour lui offrir un repas. Anna ne rêve que d'une chose : marcher. Parfois, elle réussit à enchaîner quelques pas sur son tapis roulant mais, dès qu'elle en descend, ses muscles s'immobilisent. Son esprit est prisonnier de son corps.

Avec des mouvements lents et assurés, Liza installe sa cadette dans le harnais, puis noue celui-ci autour de sa taille. Son cœur se serre quand elle remarque combien Anna est légère : à huit ans, elle ne doit pas dépasser vingt kilos. Elle sent ses côtes contre son dos. Cependant, la fillette semble ravie de se trouver ainsi perchée, capable de se déplacer sans avoir à bouger les jambes. Nostalgique, elle se rappelle la première fois qu'elle a quitté sa chambre. Elle avait cinq ans.

— Nous allons visiter la maison, annonce Liza.

Elle ouvre la porte et débouche dans un couloir sombre. Anna s'émerveille déjà. Son univers, autrefois limité à sa chambre, s'élargit ! Les découvertes ne s'arrêtent pas là puisque Liza l'emmène dans sa propre chambre, qui est plus meublée. Un lit simple est installé contre le mur, une grande armoire en bois trône en face de la fenêtre ouverte. Le sol est couvert de nombreux tapis tissés à la main ; les murs sont tapissés de dessins faits par Anna, dessins qu'elle croyait jetés. Sur les plus récents, on découvre le visage de Liza, avec de grands yeux et des traits exagérés ; sur les plus anciens, jaunis par le temps, Anna remarque deux autres personnes. Évidemment, elles sont représentées par des ronds, des carrés, des points en guise d'yeux et des traits droits en guise de bouche.

— Ce sont nos parents, n'est-ce pas ? demande-t-elle d'une petite voix.

Liza approuve, regrettant cette époque où ils étaient quatre à la maison. Afin de couper court aux questions d'Anna, elle retourne dans le sombre couloir et descend prudemment les marches, qui grincent sous le poids des deux enfants. Elles entrent dans le salon. Là aussi, les fenêtres sont ouvertes, laissant entrer la lumière. Au centre de la pièce trône une immense table en bois massif, recouverte de papiers. Anna y lit quelques pense-bêtes, comme Réparer le toit de l'étable ou Planter les pommes de terre le 11 du mois. Pour la première fois, elle découvre l'écriture de sa sœur, soignée et légèrement penchée. Sur le mur est accroché un calendrier, qui indique 28 mai de l'an 2371. Sous le nombre 2371 est barré le nombre 149. Anna n'ose poser la question qui lui brûle les lèvres, de peur d'irriter sa sœur. Son regard balaie la cuisine, attenante au salon. Liza y a construit des fours fonctionnant au charbon de bois ; en guise d'évier, un simple seau.

— Prête à voir la meilleure salle de la maison ? demande Liza.

Anna ne répond même pas. Bien sûr qu'elle est prête ! Un grand sourire aux lèvres, Liza pousse une porte et entre dans une pièce sombre et poussiéreuse. Anna ne peut retenir un éternuement.

— Désolée. Je fais pourtant le ménage toutes les semaines, mais la poussière est tenace ici.

Liza actionne l'interrupteur. Toute la pièce se révèle enfin à Anna dont les yeux pétillent de convoitise. Les deux sœurs se trouvent dans la bibliothèque constituée par leurs parents, grands-parents, arrière-grands-parents ! Sur les innombrables étagères sont rangés des centaines, des milliers de livres ! Pour un peu, Anna se mettrait à applaudir, tant cette pièce la fascine.

— Et voilà la bibliothèque familiale ! C'est là, tous les jours, que je choisis pour toi quelques ouvrages.

Émerveillée, Anna constate qu'il lui reste des milliers de livres à lire, de quoi l'occuper quelques années ! Liza, ravie de sa surprise, sourit également. Un lien très fort unit les deux sœurs ; malgré leurs différences, elles sont en parfaite osmose, complices, solidaires.

— Maintenant que tu connais la maison, que dirais-tu de découvrir notre petite exploitation agricole ?

— Avec joie ! répond aussitôt Anna, au comble du bonheur.

Liza retourne d'un pas tranquille dans le séjour, se dirige vers une imposante porte en bois massif et la pousse. Puis elle sort, permettant ainsi à Anna d'entrer en contact avec le vaste monde.

4

Dans son bureau, Connor s'ennuie. Il n'a rien à faire, sauf attendre que quelque chose de nouveau survienne. L'homme triture un instant sa barbe poivre et sel, histoire de s'occuper. En vain. Alors il promène, pour la cinquantième fois de la journée, son regard d'acier sur la pièce.

Son bureau est immense. Pour aller de la porte jusqu'à lui, il faut parcourir une cinquantaine de mètres sur un coûteux tapis rouge, cousu avec les meilleures étoffes. Les murs sont couverts de sculptures dorées représentant des animaux, des végétaux, des hommes, des monstres mythologiques et des fleurs magnifiques. Derrière son imposant fauteuil se trouvent d'immenses portraits, peints avec le plus grand soin, montrant ses prédécesseurs, dont son propre père.

« Eux aussi devaient s'ennuyer pour poser ainsi pendant des heures », songe-t-il.

Le président tapote nerveusement sur son bureau, fixe la porte et murmure entre ses dents :

— Cette porte va s'ouvrir dans cinq… quatre… trois… deux… un…

La porte s'entrebâille, et un homme entre dans la pièce. Connor, remarquant ses habits noirs, déduit qu'il s'agit d'un Corbeau, particulièrement stressé à en juger par son attitude.

L'homme marche d'un pas rapide jusqu'au bureau et esquisse une petite révérence solennelle.

— J'espère que je ne vous dérange pas, monsieur le président.

— Du tout, réplique-t-il. Qui êtes-vous ?

— Garry Weaver, le lieutenant de Jake Regan. Avec ma patrouille, nous avons fait une découverte qui pourrait vous intéresser.

— Je suis tout ouïe.

Le militaire tergiverse quelques instants, écrasé par l'aura et le regard d'acier du président.

— Ce matin, nous sommes partis en inspection en direction de l'est. À une cinquantaine de kilomètres, nous avons aperçu des constructions humaines. Afin d'être plus discrets, nous sommes descendus du véhicule et nous nous sommes approchés.

Depuis plusieurs années, une ou deux fois par mois, les Corbeaux ratissent les alentours de la Société à la recherche d'éventuelles ressources. Habituellement, ils limitent leur rayon d'action à une trentaine, voire à une quarantaine de kilomètres. Mais aujourd'hui, la patrouille de service s'est aventurée un peu plus loin.

Connor se penche légèrement en avant, intrigué.

— Continuez.

— Eh bien, nous avons pris quelques photos avant de repartir. Nous avons découvert que cette ferme est habitée et voulions demander votre avis avant de lancer une quelconque opération.

Le président hausse un sourcil, surpris par cette déclaration. Ainsi, il reste des humains encore à l'écart de la Société ! Lui qui croyait que tous les habitants vivaient bien sagement dans les limites fixées pour eux, se contentant d'obéir sagement à ses ordres. La nouvelle le ravit. Enfin, de quoi s'occuper !

— Je vous remercie pour cette information. Vous pouvez disposer.

— Je vous laisse les clichés que nous avons pris afin que vous puissiez les étudier. Bonne journée, monsieur le président.

Garry s'approche du bureau, y dépose quelques photographies, esquisse une nouvelle révérence et s'éloigne d'un pas rapide. Une fois qu'il est sorti de la pièce, Connor appuie sur le bouton de l'interphone ; une voix féminine répond aussitôt :

— Que puis-je pour vous, monsieur le président ?

— Convoquez immédiatement le chef des Corbeaux, Alice, répond-il d'une voix réjouie. Nous allons nous amuser un peu.

5

Calim fuit. Serrant de toutes ses forces son larcin contre sa poitrine, il file à travers les rues de la Société, bifurquant tantôt à gauche, tantôt à droite. Il doit à tout prix semer son poursuivant, qu'il sait particulièrement redoutable. Son cœur bat fort, ses poumons réclament de l'oxygène, mais son corps endurci ne crie pas encore grâce. Cependant, il décide de s'arrêter un instant derrière une pile de caisses en bois. Épuisé, il souffle longuement. Son butin, un poulet bien dodu, s'agite et lui donne des coups de patte ; sans pitié, Calim l'assomme proprement en le frappant sur la nuque. Il était temps : le volatile allait crier, révélant sa présence.

Le garçon jette un œil sur sa gauche, puis sur sa droite. Soulagé de ne voir personne, il s'apprête à repartir… quand soudain une ombre noire tombe du haut du toit qui le surplombe pour atterrir devant lui.

— Jake. Tu sais que tes arrivées me surprennent de plus en plus ?

Le dénommé Jake, tout de noir vêtu, ne relève pas la plaisanterie et réplique :

— Cette fois, c'est fini. Tu vas me suivre bien gentiment.

Jake sort un revolver et le pointe sur l'autre garçon, sans exprimer la moindre émotion. Calim se doute que l'arme est chargée. Soucieux de gagner du temps, il s'assoit sur une caisse et entame une tranquille conversation :

— Alors, toujours aussi sérieux, hein ? C'est vrai qu'on n'en attend pas moins du chef des Corbeaux. Tu n'as que dix-huit ans ; tu dois encore faire tes preuves !

— Et toi, toujours aussi insouciant ? C'est vraiment con que tu sois devenu un hors-la-loi. Tu aurais fait un Corbeau parfait.

— Qu'est-ce qui te fait dire ça ?

— Tu m'échappes, à moi, chef des Corbeaux, depuis plusieurs mois. Ça prouve tes capacités.

— Je n'aurais jamais pu être un Corbeau parce que, premièrement, je suis trop intelligent pour rentrer dans les clous et, deuxièmement, parce que mon père m'a inculqué un minimum d'esprit critique. Hors de question que je reste enfermé dans vos prisons dorées.

Jake se fait plus menaçant. Ses traits fins se figent, ses yeux bruns deviennent durs et son index pèse sur la détente.

— Pas de ça, monsieur le Corbeau ! Tu es le gentil et moi le méchant. Tu sais très bien que tu dois m'arrêter sans me tuer, histoire de m'exécuter de tes propres mains dans l'Arène devant trente mille curieux.

L'argument fait mouche : Jake baisse tout doucement son revolver. Son rival en profite pour lancer le poulet droit sur son visage avant de s'enfuir à toute allure. Il réceptionne le volatile mais, le temps de reprendre ses esprits, Calim a disparu. Il soupire. Comment lui, chef des Corbeaux, représentant la Loi et la Société, peut-il laisser un tel bandit s'échapper ? Déçu, il fait demi-tour, prêt à retourner à la Caserne, quand son téléphone portable vibre dans sa poche. D'un mouvement vif, il appuie sur une touche et répond :

— Jake Regan, chef de la milice présidentielle, j'écoute.

— Ici Alice Dean, secrétaire du président. Il demande à vous voir immédiatement.

— J'arrive tout de suite.

Le cœur du Corbeau se serre. Le président aurait-il eu vent de ses incessants échecs face à Calim ? Aurait-il décidé de le licencier ? Après tout, Jake, chef de la milice, n'a que dix-huit ans, un âge bien tendre pour être responsable d'une des plus grandes organisations de la ville. Il pousse un long soupir et se dirige d'un pas lourd vers le Palais présidentiel, prêt à recevoir le juste châtiment de ses fautes.

6

Le premier réflexe d'Anna est de plisser les yeux à cause de la luminosité, intense malgré la couche de nuages gris. Petit à petit, ses iris orange s'adaptent, et elle peut jeter son regard curieux sur le monde qui l'entoure. Elle est dans un calme jardin, à l'herbe constellée de pâquerettes. Non loin, à sa gauche, se trouve un vaste enclos contenant une dizaine de vaches ; à sa droite picorent quelques poules, libres de leurs mouvements.

— Elles ne s'enfuient jamais ?

— Jamais ! Elles savent qu'ici, elles ont de la nourriture tous les jours. Et puis, c'est amusant de chercher les œufs. J'ai l'impression de fêter Pâques tous les jours.

Liza emmène sa sœur vers le potager dans lequel poussent de nombreux fruits et légumes d'été.

— J'ai planté les premières pommes de terre, lui indique sa sœur. Là-bas, il y aura des carottes, et... regarde à tes pieds, ce sont des fraises !

Liza se penche, cueille une petite fraise écarlate et la tend par-dessus son épaule à Anna qui lui demande avec malice :

— Ce n'est pas un de mes cadeaux, quand même ?

— Bien sûr que non ! Je serais une sœur indigne !

Anna croque dans le fruit et apprécie son goût frais et sucré. Elle avait oublié combien l'été était une belle saison, pleine de couleurs et de saveurs. Liza se relève tranquillement et entraîne sa cadette dans la forêt voisine.

— Où allons-nous ? s'inquiète Anna.

— Vers ton troisième cadeau.

Elles entrent dans la forêt. Anna inspire à pleins poumons l'odeur des feuilles et de l'écorce, écoute les cris des petits animaux, observe avec fascination les grands arbres qui forment une voûte protectrice au-dessus de leurs têtes. Liza est la première à rompre ce silence ému.

— Comme le trajet est long jusqu'au troisième cadeau, je vais t'offrir le deuxième, petite sœur.

— C'est quoi ? interroge aussitôt Anna, les yeux brillants de curiosité.

— Tu as huit ans aujourd'hui. J'estime que tu es assez mûre maintenant...

Liza semble hésiter quelques instants. Anna imagine les doutes qui assaillent l'esprit de sa sœur. Fait-elle le bon choix ? Mais il doit être trop tard pour reculer, car Liza continue :

— Durant le trajet, je m'engage à répondre à toutes tes questions. Toutes, dans la limite de mes propres connaissances.

— Qu'est-ce que la Société ? demande Anna du tac au tac.

— Je savais que tu commencerais par ça. Je t'ai toujours caché cette vérité. Sache que si je t'ai fait lire des livres des trois siècles qui ont précédé le nôtre, c'était pour te faire découvrir la démocratie et développer ton esprit critique.

Tout en parlant, les deux sœurs s'enfoncent dans la forêt. Plus la végétation s'épaissit et plus Anna s'inquiète : la luminosité et la température chutent. Les hautes arches végétales l'oppressent. Liza, soucieuse de la ménager, emprunte des chemins dégagés.

— En réalité, la Société est le nom donné à la ville située à une cinquantaine de kilomètres à l'ouest. Il y a dix villes comme celle-ci. Toutes ont un régime différent, mais je ne connais que celui de la Société. Ouvre grand tes oreilles. Ses membres ont fait table rase du passé et ont recommencé le calendrier. Nous sommes en 2374 et eux en 152. Tout le monde, là-bas, vit entre des grillages électrifiés ; personne ne peut entrer ou sortir de la ville. Du moins, en principe. Quand un bébé naît, il est élevé par ses parents jusqu'à ses trois ans. Ensuite, on le met à l'École où il subit une batterie de tests. On lui dit quel sera son futur métier. On lui enseigne tous ses aspects techniques, mais on lui donne aussi l'envie de l'exercer ; l'enfant croit qu'il s'agit de son propre choix et non d'un ordre dicté par la Société. Il sort de l'École à l'âge de seize ans et exerce son métier jusqu'à sa mort.

— Mais c'est horrible !

— Quand il atteint l'âge de trente ans, on lui amène un conjoint. Il doit s'accoupler avec lui, même sans la moindre attirance. Ils donnent naissance à un enfant qu'ils élèvent jusqu'à l'âge de trois ans. Puis ils se séparent, reprenant leur métier. Ils travaillent jusqu'à leur mort sans avoir la moindre nouvelle de leur progéniture.

— C'est révoltant ! Et personne ne dit rien ?

— Si, bien sûr ! Mais ces gens-là, les Corbeaux les poursuivent sans relâche ; une fois qu'ils les ont capturés, ils les exécutent dans l'Arène sous les yeux de milliers de personnes. Histoire de donner l'exemple.

Sur le visage d'Anna se lit l'horreur. Elle qui a découvert dans les livres la démocratie, la liberté d'agir, de penser, d'exercer un métier plaisant, l'amour vrai et pur, découvre que son propre monde est régi par une société dictatoriale. Pour un peu, elle vomirait. Mais elle se retient, par respect pour sa grande sœur. Soucieuse d'évacuer ces pensées, elle enchaîne :

— C'est quoi, les Corbeaux ?

— Comme tu le sais, un corbeau, c'est un oiseau. Mais c'est aussi le nom qu'on donne à la milice de la Société, en raison de l'uniforme noir que portent ses membres. Ceux-ci sont chargés de maintenir la *paix*, la *liberté*. Mais peut-on parler de liberté quand le seul châtiment possible est la mort ? Quand ils arrêtent un hors-la-loi, ils le tuent. Dans tous les cas, si tu vois un corbeau, l'animal, sache que c'est un mauvais présage. Et si tu vois un Corbeau, un militaire, cache-toi aussi vite que tu le peux !

Après s'être tue quelques instants, Anna demande d'une voix hésitante :

— Qui étaient papa et maman ?

Même si elle s'attendait à cette question, Liza ne peut s'empêcher de trembler. Tremblement qu'Anna, juchée sur le dos de sa sœur, ressent.

— Papa est né le 15 décembre 2334, répond-elle, affermissant sa voix. Il a grandi dans notre ferme, élevé par ses parents. Ceux-ci sont morts quand il avait quinze ans. Il a dû se débrouiller tout seul et surtout perpétuer la tradition familiale.

— C'est quoi, cette tradition ?

— La famille Gallen est une famille d'historiens. Aujourd'hui, nous sommes les seuls à connaître l'histoire passée grâce à notre bibliothèque. À chaque génération, un Gallen donne naissance à un petit génie qui doit continuer la lignée. Papa, John Gallen, en était un. Il a appris à lire à l'âge de cinq ans. Il parlait trois langues à six ans, jouait du violoncelle à sept ans. Le jour où ses parents sont morts d'une pneumonie mal soignée, ça a été un vrai choc pour lui. Mais il a encaissé. Dans un petit carnet, il a consigné chaque événement historique dont il entendait parler, même du fond de sa cabane, car l'un de ses grands plaisirs était de s'approcher de la Société.

Liza rit nerveusement.

— Oui, papa aimait le risque. Un jour, à l'âge de vingt ans, il s'est rendu compte qu'il devait continuer la lignée, trouver une femme. Il est allé à la Société : il entrait grâce à un passage souterrain relié aux égouts. C'est là-bas qu'il a rencontré maman. Ils sont tombés amoureux au premier regard.

Liza s'arrête quelques instants, visiblement émue de faire revivre ainsi ses parents. Mais un regard d'Anna lui rappelle qu'elle s'est engagée auprès de sa sœur à tout lui dire, et continue donc son récit :

— Maman l'a suivi sans hésitation. À l'âge de vingt-quatre ans, ils ont donné naissance à une petite fille : moi. En bon historien, papa m'a appelée Elizabeth, en l'honneur d'une grande reine anglaise du passé. Cependant, je ne correspondais pas à leurs attentes. J'aimais jouer dehors et non pas étudier. J'ai appris à lire à six ans, comme une enfant normale ; aujourd'hui encore je ne parle qu'une langue, je ne sais jouer d'aucun instrument. Ma seule qualité est ma capacité à bricoler. Papa voyait bien qu'il ne pourrait me transmettre le flambeau. Alors, à l'âge de trente-deux ans, maman a donné naissance à sa seconde fille : toi. Papa t'a nommée Anne en l'honneur d'Anne d'Autriche – une autre reine… C'est moi qui t'ai surnommée Anna.

Anna a les larmes aux yeux : elle découvre une histoire qu'elle n'a apprise dans aucun livre, celle de ses propres parents, de ses origines.

— Tu étais bien plus fragile que moi, tu étais toujours malade. Des grippes, des rhumes… Mais le jour de tes trois ans, tu as attrapé une maladie plus grave, la maladie même qui a eu raison de nos grands-parents.

— Une pneumonie...

— Papa et maman ne voulaient pas te voir mourir. Ils sont donc partis vers la Société, me laissant seule pour te surveiller. Je n'avais que onze ans. Je t'ai vue, vingt-quatre heures sur vingt-quatre, tousser, cracher du sang, t'étouffer presque. J'ai cru te voir mourir une bonne dizaine de fois. Trois jours plus tard, papa est revenu. Seul. Gravement blessé. Il tenait, contre son cœur, un médicament. Et ses dernières paroles sont restées gravées dans ma mémoire.

Des larmes de douleur coulent sur les joues de Liza, mais elle doit finir son récit. Anna doit connaître la vérité.

— Il a soufflé : « Les Corbeaux... Les Corbeaux ont eu maman... morte... ou enlevée... » Il avait du mal à respirer. Il avait reçu une balle dans le ventre. Il m'a dit : « Prends ce médicament et veille bien sur Anna... l'avenir de la famille en dépend. » Puis, lentement, il a fermé les yeux. Il est mort devant moi. Pourtant, je n'avais pas le temps de pleurer. Je t'ai donné le médicament, puis je l'ai enterré. Ensuite, j'ai dû te veiller longtemps. Toi aussi tu te battais contre la mort, Anna, la mort qui avait déjà emporté papa, et maman peut-être. Presque par miracle, tu as survécu. À ton réveil, tu étais traumatisée de n'avoir que ta sœur à tes côtés. Tes jambes ont refusé de reprendre vie. Voilà toute l'histoire.

— Liza... Est-ce que je suis vraiment l'avenir de la famille ? demande Anna, dont les joues ruissellent à présent de larmes.

— Oui, petite sœur, sans aucun doute. Tu as appris à lire à quatre ans, avant papa. Aujourd'hui, tu parles couramment quatre ou cinq langues et tu es capable de lire n'importe quel ouvrage, même ceux que moi je ne comprends pas. Tu es le petit génie, celle qui devra reprendre le flambeau. Tu consigneras l'histoire, pendant que moi je m'occuperai de la ferme. Et tout ira bien.

Les deux sœurs pleurent à chaudes larmes. En l'espace de quelques minutes, Anna a affronté sa maladie et la mort de son père, ainsi que la disparition de sa mère.

— Tu n'as jamais cherché maman ?

— Je devais m'occuper de toi. Comment aurais-tu survécu sans moi pendant trois jours ? Et je suis sûre que, si maman est vivante, elle reviendra d'elle-même. J'y crois dur comme fer.

— Liza...

— Quoi ?

— Je te remercie de m'avoir dit toute la vérité. C'est un magnifique cadeau. Si tu me le permets, j'ai une dernière question.

— Je t'écoute ?

— Où est le soleil dont parlent mes livres ?

Liza sèche ses larmes et sourit.

— Je savais que tu finirais par cette question. Je te connais bien, mine de rien ! Le soleil a disparu en l'an 2155. Enfin, pas disparu au sens propre. En fait, l'homme a tellement pollué la planète qu'un jour le ciel s'est entièrement recouvert de nuages masquant le soleil. Voilà pourquoi on ne le voit plus.

Anna acquiesce. L'explication lui semble rationnelle. Elle ressent à la fois de la tristesse pour son père décédé et sa mère disparue, et du soulagement. Durant cinq années, elle avait imaginé le pire : que sa mère avait assassiné son père, qu'ils avaient abandonné leurs deux filles à leur sort, ou d'autres atrocités. Savoir qu'ils ont donné leur vie pour elle montre leur grandeur d'âme.

Liza, remise elle aussi de ses émotions, marche d'un pas plus calme et régulier. Anna découvre de nombreux arbres dont elle ne connaît pas le nom, voit de jeunes écureuils courir dans les fourrés, hume à pleins poumons l'air frais. Liza, infatigable malgré les vingt kilos qu'elle porte sur son dos, se met à chantonner, puis lance à sa cadette :

— Anna, ferme les yeux. On arrive.

Un instant, Anna veut faire semblant d'obéir, mais se prête finalement au jeu. Elle se pose mille questions. Quel est ce fameux troisième cadeau ? Soudain, elle sent que Liza s'arrête, détache son harnais et la pose délicatement sur le sol.

— Tu n'as pas triché, j'espère ? demande-t-elle, mutine.

— Promis !

— Alors ouvre les yeux.

Anna s'exécute et ne peut retenir un cri de joie. Devant ses yeux ébahis s'étend un magnifique paysage, digne des plus belles images de ses livres. Les deux sœurs se trouvent dans une grande clairière bordée d'arbres verts qui forment une voûte secrète, fantastique. En son centre coule une profonde et large rivière, aux reflets bleutés et irisés ; les herbes poussant aux alentours paraissent briller comme autant d'émeraudes. Et rien de tout cela ne serait possible sans les rayons du soleil qui se déversent comme une pluie fine à travers les feuilles des arbres. La fillette est émerveillée. Des larmes de joie coulent tout doucement sur ses joues.

— Quel est ce miracle ?

— Les nuages ne recouvrent pas tout le ciel. Il y a un trou d'environ cinq cents mètres de diamètre. Juste au-dessus de nos têtes.

Anna lève la tête et est éblouie par ce soleil rougeoyant. Elle voudrait marcher, s'élancer vers la rivière, plonger dans l'eau fraîche mais ses jambes, ses maudites jambes refusent d'obtempérer. Elle reste donc immobile, les cinq sens en extase : ses oreilles captent le doux clapotis de l'eau, son nez hume les agréables senteurs des fleurs et des arbres, ses mains caressent inlassablement l'herbe fraîche et même l'arrière-goût sucré de la fraise l'emmène au paradis. Les deux sœurs partagent un silence apaisé. Mais lorsque le soleil commence à disparaître derrière les nuages, Liza se relève et lance :

— Il faut repartir. Il va faire nuit, et je ne tiens pas à rencontrer la faune nocturne.

Anna approuve de la tête et s'arrache à regret au doux paysage qui a ensoleillé sa journée d'anniversaire.

7

— Vous m'avez demandé, monsieur le président ?

Jake Regan, anxieux, a parcouru d'une traite la distance le séparant du Palais présidentiel. Bien sûr, il a déjà parlé au chef de la Société le jour où il est devenu le chef des Corbeaux, mais personne ne peut se sentir bien face au charisme fou de Connor. Celui-ci, assis derrière son bureau, écrase le jeune Jake de sa présence. Pourtant, il s'exprime d'un ton avenant :

— Ne soyez pas si nerveux ! Je ne vous ai pas convoqué pour vous renvoyer, enfin !

Surpris que le président ait si facilement deviné ses craintes, Jake hausse un sourcil ; le reste de son visage demeure de marbre. Un Corbeau, qu'il soit chef ou non, ne doit pas dévoiler ses émotions.

— N'avez-vous pas eu vent de mes échecs face au jeune Calim ? demande-t-il d'une voix hésitante.

— Bien sûr que si. Je suis de très près les exploits de mes Corbeaux. La capture n'en sera que plus belle, Jake ! Et, après tout, je n'en attendais pas moins du fils von Switten.

— Qui était von Switten, monsieur le président ?

— Ah, vous êtes trop jeune pour le connaître ! Von Switten a été pressenti pour devenir écrivain et il l'est devenu ; cependant, ses œuvres polémiques étaient… comment dire… « critiques » envers ma personne. On l'a condamné ; l'ancien chef des Corbeaux, votre père, l'a capturé et exécuté sous les yeux de son fils, Calim von Switten. Ce dernier s'est échappé de l'École et est devenu le hors-la-loi que vous poursuivez aujourd'hui.

— On aurait mieux fait de l'exécuter avec son père, grommelle Jake.

— Non, parce que cet enfant n'avait encore rien fait : la Société ne châtie pas sans raison.

Jake hausse de nouveau un sourcil. Le président n'est-il pas celui qui ordonne la mort de tous ceux qui s'écartent, ne serait-ce qu'un peu, des normes ? Le jeune homme a vu une femme exécutée pour avoir caché la naissance de ses jumeaux, un agriculteur décapité pour ne pas avoir fourni le juste quota de tomates, une petite fille de trois ans brûlée vive pour avoir ignoré le chef de l'État. Elle était aveugle… Bien sûr, ces trois mises à mort ont eu lieu dans l'immense Arène de la Société, en présence de dizaines de milliers de personnes. Aucune n'avait osé réagir malgré l'injustice. Il lève les yeux au ciel. Lui se contente de mener les arrestations ; ses mains ne sont pas tachées de sang. Pas encore, du moins.

— Ne vous inquiétez pas. Vous l'exécuterez personnellement lorsque vous l'aurez capturé.

— Ce sera un grand honneur, monsieur le président, réplique Jake avec une petite courbette.

Le jeune homme sait que, sous ses airs amicaux, Connor est capable du pire. Combien de femmes a-t-il tuées pour leur incapacité à lui fournir un héritier ?

— Toujours est-il que je ne vous ai pas convoqué pour parler de von Switten fils. Regardez plutôt ces images.

Connor tend quelques clichés à Jake, qui les examine. Ils représentent une petite ferme, calme et tranquille, à l'orée d'un bois. Il reconnaît un enclos enfermant des vaches, quelques poules picorant librement. Sur l'une des photos apparaît une jeune fille portant une chemise à carreaux et une salopette ; à la force de ses bras, elle soulève une énorme pierre qui devait gêner ses animaux. Son visage n'apparaît pas une seule fois.

— Qui est-ce, monsieur le président ?

— Une jeune fille qui habite, seule ou non, à l'écart de la Société. Ce n'est pas normal. Il faut la ramener dans le droit chemin.

Jake hésite. Cette fille semble tranquille et heureuse de son sort. Pourquoi aller la déranger ? Elle n'a jamais fait le moindre mal à la Société. Cependant, contester les ordres du président reviendrait à perdre sa place dans le meilleur des cas – et à mourir dans le pire.

— J'enverrai une équipe la chercher dès demain matin.

— Pas une équipe ordinaire. Voyez-vous, à force de rester dans ce bureau à longueur de journée, je m'ennuie. Je vous accompagnerai. Venez me chercher à 9 heures.

— Mais, monsieur, nous ignorons tout de cette fille, elle pourrait se montrer dangereuse et…

— À 9 heures ! Je ne cours aucun danger en présence de trois ou quatre Corbeaux surentraînés.

— Mais…

— Oseriez-vous contester mes ordres ?

Le regard d'acier de Connor se fait dur. Jake est, une nouvelle fois, réduit à néant par la puissance qu'il dégage. Il capitule.

— Bien, monsieur le président.

— Parfait, s'enthousiasme Connor. À demain matin, donc.

Jake s'incline avant de prendre congé. Sitôt sorti du bureau, il pousse un long soupir et passe une main dans ses cheveux.

« Dans quelle galère je me suis fourré, cette fois-ci ? » songe-t-il, circonspect.

8

Calim, après avoir parcouru les rues de la Société, s'affale avec plaisir dans son confortable canapé. Il a lui-même construit sa maison, cachée dans les égouts de la ville. Aucun curieux ne l'a encore dénichée malgré les incessantes recherches des Corbeaux. Son estomac crie famine ; il sort de ses larges poches quelques œufs et des morceaux de fromages. Le jeune homme est déçu de ne pas avoir un poulet juteux à se mettre sous la dent, mais Jake se faisait trop menaçant.

Le garçon soupire. Le chef des Corbeaux est talentueux et fort. Il aime prendre des risques, analyse les situations avec brio, sait faire respecter la loi. Cependant il a deux défauts : son orgueil et son esprit critique. Jake hésite à appliquer les règles stupides, mais souhaite rester le commandant ; ce désir demeure plus fort que tout. En grignotant, Calim observe sa cachette : tout a l'air en ordre. Pas une trace de chaussure, pas un meuble déplacé, pas d'odeur suspecte. Personne n'est entré. Du moins, pas aujourd'hui. Il allume sa télévision.

Tous les habitants de la Société en possèdent une : ordre du président. L'appareil s'allume automatiquement toutes les heures pour délivrer les informations à la population. Ayant dérobé son poste à une fleuriste un peu trop naïve, Calim échappe à cette règle puisqu'il vit dans les égouts. Il aime se tenir au courant, notamment sur les Corbeaux qui représentent, pour lui, une menace quotidienne.

Sur l'écran apparaît la présentatrice du journal télévisé, diffusé jusqu'à 21 heures, la nuit étant réservée à des documentaires majoritairement dédiés à Connor.

Mesdames, Messieurs, bienvenue. Nous sommes le 6 juin, il est 8 heures pile. Nous allons commencer par la liste des hors-la-loi arrêtés aujourd'hui. Le premier d'entre eux, Allan Rever, sera immolé à 10 heures demain matin car il a donné naissance à une dizaine d'enfants. La mère est décédée en accouchant du dernier. Les enfants ont été placés à l'École. Le plus vieux avait dix ans ; il deviendra probablement un hors-la-loi, lui aussi. Cependant, le président Connor refuse de l'exécuter.

Comme c'est mignon... Il passe ainsi pour un président magnanime et adoucit sa figure de despote sans pitié. Suit une courte liste de condamnés à mort ; Calim reconnaît soudain, non sans émotion, le nom du jeune éleveur qui lui fournissait tous les jours quelques œufs et produits frais.

Camille Howard, rendu coupable de fournir des vivres à d'autres hors-la-loi. Il sera lapidé à 15 heures. Passons tout de suite aux autres nouvelles...

La présentatrice, classique blonde aux yeux bleus, annonce une bonne récolte de fraises et de tomates puis la sortie d'un roman prometteur, des nouvelles presque banales donnant l'illusion d'une vie calme et tranquille. Seulement, Calim sait parfaitement que tout cela n'est que de la manipulation mentale. Son père, écrivain polémique, a éveillé son esprit critique. Il ne se laissera pas avoir.

Yanis Regan, formateur des jeunes Corbeaux, a supervisé l'examen final des apprentis et en a sélectionné une dizaine sur cinquante.

Le visage de Yanis apparaît alors sur l'écran. Même s'il ne l'a jamais croisé, Calim le connaît bien : c'est le cousin de Jake qui, bien que plus âgé, n'a pas réussi à devenir chef. Il se contente d'être formateur, une place en dessous de ses ambitions.

J'ai observé ces apprentis un par un dans divers exercices. Dix seulement étaient à la hauteur de mes attentes. Les autres étaient faibles et dénués de toute conviction. Ils occuperont des emplois plus adaptés à leur niveau.

Calim sourit, amusé. Lorsqu'on ne peut être un Corbeau, on devient une ordure. Cette image caractérise la Société entière : soit on est aux premières loges comme Connor ou Jake, soit on est inutile.

Nous achevons notre journal sur une nouvelle qui en étonnera plus d'un. Une patrouille de Corbeaux a découvert, à cinquante kilomètres de la Société, une petite maison habitée.

La télévision dévoile quelques clichés, plutôt nets. On y découvre, comme annoncé, une fermette habitée par une femme dont le visage est invisible.

Jake Regan s'y rendra en personne demain matin. Merci d'avoir suivi ce journal. Ce soir, découvrez en exclusivité un documentaire intitulé : Connor, une main de velours dans un gant de fer. *Bonne soirée !*

Calim esquisse une moue surprise. Des humains hors de la Société ! Comment ont-ils pu lui échapper si longtemps ?

« Cela montre bien les limites du système de Connor », songe-t-il.

Cette nouvelle le ravit tout en le plongeant dans un profond désarroi. Dès demain, ce ou ces humains libres découvriront la Société, autoritaire et injuste. Il soupire. Et éteint son poste de télévision, soucieux d'échapper, aujourd'hui encore, à la propagande.

9

Quand les deux sœurs rentrent à la ferme, la nuit commence à tomber, apportant fraîcheur et obscurité. L'aînée repose la cadette dans son lit, puis va préparer le repas, constitué de fraises, de lait et de viande grillée. Dix minutes plus tard, elle monte un plateau à Anna. Celle-ci, épuisée par ses nombreuses découvertes, dévore ces mets pourtant simples.

— Laisse-m'en un peu ! s'amuse sa sœur.

Elles partagent un morceau de viande et dégustent ensemble les délicieuses fraises du jardin. Anna ne cesse de s'enthousiasmer pour cette journée. Liza est radieuse. Rien ne semble pouvoir perturber cet instant de joie, de complicité. Pourtant l'aînée se lève brusquement et disparaît dans le couloir. Anna, intriguée, l'entend descendre et entrer dans la bibliothèque. Elle remonte une minute plus tard, portant un livre ancien, un peu poussiéreux.

— Voici ton quatrième cadeau : le plus grand trésor de la famille, qui se transmet de génération en génération. Le grand livre de l'histoire du monde, dénué de titre, mais dont le contenu est primordial.

En effet, l'ouvrage ne porte aucun titre. Seuls y figurent les prénoms de son père, de son grand-père et des autres auteurs, de toutes les générations précédentes. Anna veut le feuilleter, mais n'y parvient pas : un cadenas en interdit l'accès.

— Voilà pourquoi c'est toi qui dois en avoir la garde, dit Liza. Seul un petit génie de la famille Gallen peut l'ouvrir. J'ai déjà essayé plusieurs fois, mais je n'ai jamais réussi.

Anna observe le cadenas : pour le déverrouiller, il faut un code à huit chiffres. Elle sourit face à tant d'ingéniosité. À partir de cinq ou six chiffres, on ne peut trouver la bonne combinaison par hasard ; elle devra faire preuve d'intelligence et de logique. Parmi cent millions de solutions, elle a le choix. Elle caresse la couverture, ravie. Ce journal l'occupera pendant plusieurs jours.

— Dans ce livre se trouve l'histoire que chaque Gallen continue d'écrire, précise une fois encore sa sœur. Il te faut l'ouvrir et perpétuer, à ton tour, la tradition. Je compte sur toi parce que ce n'est sûrement pas moi qui y parviendrai.

— Merci, Liza, souffle Anna.

— De rien. Et joyeux anniversaire !

Liza embrasse sa petite sœur sur le front, puis recule de quelques pas, visiblement émue. Les deux sœurs sont si différentes ! Liza est musclée par des années de labeur dans les champs ; Anna semble si frêle qu'un coup de vent pourrait la briser. La première tient de sa mère une épaisse crinière blonde ; la seconde a hérité de son père des cheveux raides, bruns comme le bois.

— Bonne nuit, Anna. N'éteins pas trop tard !

La jeune fille quitte la pièce, laissant la porte entrebâillée. Anna l'entend rejoindre sa propre chambre et s'allonger dans son lit. Quelques instants de silence, puis un doux ronflement s'élève. Anna, elle, se penche sur le livre. Cette couverture en cuir vert foncé, ces noms écrits à la main et ces tranches jaunies l'intriguent.

Le code. Il faut trouver le code.

Elle essaie d'abord sa date de naissance, puis celle de son père avant de se rendre compte que le code a sûrement été créé en même temps que le livre. Les premières générations ne pouvaient pas connaître la future date de naissance de son géniteur – ou d'elle-même. Elle tente alors des dates d'événements célèbres, comme l'attentat du 11 septembre 2001 ou la mort d'Elizabeth II d'Angleterre, en vain. Elle fait fonctionner son cerveau bien entraîné : elle compte le nombre de noms inscrits sur la couverture afin d'en déduire l'année durant laquelle le code a été composé.

— Douze noms… réfléchit-elle à haute voix. Ce livre a été créé il y a, grosso modo, trois cent soixante ans.

Soit en l'an 2014. Anna cherche dans sa mémoire un événement capital survenu cette année-là, en vain. Elle a beau tourner le problème dans tous les sens, elle ne parvient pas à entrevoir une solution. Ce simple cahier, avec son code à huit chiffres, lance un insolent défi à son intelligence.

— Toi… marmonne-t-elle, tu me provoques… Mais on verra combien de temps tu tiendras.

Comme une promesse, elle caresse la couverture, puis pose l'ouvrage sur sa table de chevet. Elle éteint la lumière, plonge sous les couvertures et entre dans les ténèbres familières du sommeil.

10

Durant la nuit, aucun hurlement ne vient perturber le sommeil des deux jeunes sœurs.

Puis, soudain, un corbeau croasse. Mauvais présage. Présage de mort.

Malheureusement, ni Anna ni Liza ne l'entendent.

Un silence glacial règne sur la ferme.

11

Pour la première fois depuis plusieurs années, Connor va vivre une belle journée, riche en connaissances et en rebondissements. Du moins l'espère-t-il. Du coin de l'œil, il observe l'horloge qui délivre à chaque seconde un « tic » ou un « tac » réconfortants. 8 h 45. Encore quinze misérables minutes à attendre.

Une voix résonne dans l'interphone :

— Monsieur le président, Jake Regan est arrivé.

— Faites-le entrer.

Connor, satisfait, esquisse un sourire presque joyeux qui disparaît lorsque Jake pénètre dans le bureau. Il doit donner une image autoritaire au chef des Corbeaux afin de se faire respecter. D'ailleurs, ses premières paroles sont un reproche :

— Alors, vous avez oublié votre montre ? Vous êtes en avance. Nous avions dit 9 heures, il me semble.

— J'ai jugé nécessaire de faire une entorse à cette règle, réplique Jake. Cette mission pourrait se révéler dangereuse, alors autant que ces « isolés » ne sachent pas que vous êtes différent.

Il ouvre le sac qu'il porte en bandoulière et en sort un uniforme. Le président reconnaît le pantalon noir et serré spécialement conçu pour ne pas gêner la course, la veste sombre, la chemise blanche, la cravate noire arborant l'écusson de la milice, un corbeau tenant la balance de la Justice dans son bec.

— Vous avez tout prévu.

— J'ai réfléchi à cette opération toute la nuit, monsieur le président. Nous allons partir dans la voiture à essence afin de pouvoir nous approcher au plus vite, mais aussi nous enfuir en cas de besoin. Nous serons quatre : deux Corbeaux expérimentés nous accompagneront. Il y a deux revolvers chargés dans les poches de votre veste : ne les utilisez qu'en cas de danger de mort.

— Vous avez l'audace de me donner des ordres !

— Vous avez voulu participer à l'opération, comme un Corbeau. En tant que chef de cette institution, il est normal que je vous laisse quelques consignes.

Jake hésite. Il s'aventure sur un terrain glissant et il le sait. Connor approuve néanmoins, conscient que sa propre vie pourrait être menacée.

— Sortez. Je vous rejoins dans une minute.

Jake quitte d'un pas rapide la pièce luxueuse. Sitôt la porte passée, il se poste sur le côté, droit comme un I, attendant que le président daigne se montrer. Deux minutes s'écoulent, puis trois. Jake, nerveux, jette un coup d'œil à sa montre. Ils n'ont plus que cinq minutes pour se rendre dans la voiture où patientent ses Corbeaux.

— Je suis prêt ! intervient une voix.

La porte s'ouvre : le président fait son apparition. Le costume lui va parfaitement. Ses yeux gris et ses cheveux poivre et sel sont mis en valeur par le noir et le blanc de sa tenue.

— Allons-y, monsieur le président, dit Jake, impressionné.

Côte à côte, les deux hommes marchent d'un même pas en direction de la sortie du Palais.

12

Anna se réveille à 9 heures. Tout ensommeillée, elle étire ses petits bras et constate que Liza lui a apporté son petit déjeuner : un morceau de pain dur avec du beurre frais et une carafe d'eau. Sur cette dernière trône un mot plié en deux, de l'écriture fine de sa sœur. Elle le déplie et lit :

Anna,

Nos réserves de viande sont au plus bas. Je pars en forêt. Je ne serai pas là pour ton réveil et je ne rentrerai que tard ce soir. Ce croûton de pain est ta seule nourriture, j'en suis désolée, c'est tout ce qui reste. Repose-toi bien et ne t'acharne pas trop sur ce pauvre livre.

Ta sœur qui t'aime,

Liza.

Anna sourit. Le croûton lui suffira, étant donné son manque d'exercice ! Elle en grignote distraitement l'extrémité, tout en se penchant sur le fameux livre qui a hanté sa nuit. Il la défie. Mais, têtue, elle sait qu'elle en viendra à bout – même si elle doit tester cent millions de possibilités.

— Tu ne vas pas résister longtemps, je te le garantis ! lance-t-elle.

Au pire, elle demandera à Liza de lui prêter un marteau… Anna tente quelques combinaisons, comme les dates des deux premières guerres mondiales ou celles des attentats du XXIe siècle. En vain. Ses doigts fins tournent frénétiquement les molettes à la recherche d'un déclic qui ne se produit pas malgré ses efforts. Son cerveau est en surchauffe. Elle analyse toutes les possibilités, déduit lesquelles sont les plus probables et élabore des schémas. Le tout sans trouver le moindre début de piste. Les Gallen ne lui facilitent pas la tâche. Elle doit se montrer digne, digne de son héritage, digne de ses yeux orange caractéristiques de ses ancêtres. Liza le lui a répété de nombreuses fois : « Nos yeux nous viennent de notre père. Chéris-les toujours, ne les maudis pas pour leur singularité. »

« Il ne faut pas que je panique. J'ai tout mon temps ! » se dit-elle en s'efforçant de recouvrer son calme.

Anna réfléchit. D'où lui vient cette habitude de parler toute seule ? Il s'agit sans doute d'un moyen mis en place par son cerveau pour tromper sa solitude. L'absence de Liza lui pèse, mais elle est trop têtue pour l'admettre.

— Si seulement je pouvais marcher… murmure-t-elle. Je ne serais plus un fardeau pour ma sœur.

Elle pousse un long soupir.

— Si seulement j'étais une enfant normale…

13

Le président s'installe à l'arrière de la voiture, à côté de Jake. Devant l'attendent deux Corbeaux, tout de noir vêtus, aux muscles tendus et au visage impassible. Leur chef, sitôt assis, les apostrophe :

— Comme vous le voyez, nous avons un invité de marque avec nous. Je vous ordonne de le protéger au péril de votre vie. Compris ?

Les deux hommes hochent la tête, n'osant faire le moindre commentaire devant leur chef. Connor ne manque pas d'apprécier ce respect et cette admiration, ainsi que cette capacité à obéir aux ordres. Lui, président de la Société, n'a jamais eu à faire cela : son rôle est de commander. Tâche dont il s'acquitte sans enthousiasme.

— Monsieur le président, je vous présente mes deux lieutenants : Garry, que vous avez rencontré hier, et Thibault. Ce sont mes meilleurs hommes.

— Et votre cousin Yanis ?

— Je préfère qu'il reste à la Caserne, en cas d'urgence.

Connor sourit, amusé par cette rivalité entre les deux hommes. Malgré leur lien de parenté, ils n'ont jamais réussi à s'entendre.

— C'est l'heure, constate Jake. Allons-y.

La voiture se met en marche. Évidemment, ils ne croisent aucun autre véhicule, car ceux-ci coûtent bien trop cher pour les citoyens ordinaires. Connor s'installe confortablement sur son siège, pose sa tête contre la vitre teintée et contemple sa propre ville. Toutes les maisons, le long des trottoirs, se ressemblent : des blocs de dix mètres sur dix, constitués de quelques pièces fonctionnelles : un salon, une cuisine, une salle de bains et deux chambres. Les toits gris, en tôle, rouillent par endroits, les peintures s'écaillent et le goudron fond. La Société est en piteux état. Les rares hommes qui ne travaillent pas errent tels des zombies, rasant les murs. Aucun ne flâne, n'entre dans les boutiques, ne ramasse un mouchoir tombé de la poche d'un passant distrait. Connor, loin d'être affecté, sourit en constatant le calme et l'obéissance de ses sujets. De parfaits petits esclaves.

— Nous arrivons aux portes de la ville, monsieur Jake ! annonce Thibault.

— Arrêtez-vous, ordonne son chef d'un ton sec.

Jake sort de la voiture et se présente devant les fameuses portes d'acier : celles-ci, mesurant une dizaine de mètres de haut, empêchent les curieux d'entrer ou de sortir. Il faut une autorisation spéciale, délivrée par le président, pour les voir s'ouvrir. Cela n'a pas été le cas pour Jake, qui n'est jamais sorti. Il cogne à la vitre du centre de contrôle et montre la fameuse autorisation ; l'homme acquiesce et, tout en grimaçant, pousse un imposant levier permettant aux deux pans de s'écarter. Jake remercie l'employé d'un signe de tête, puis retourne dans le véhicule qui abandonne alors les rues pavées de la Société pour s'engager sur les sentiers accidentés du monde extérieur.

Connor regarde, cette fois-ci avec plus d'intérêt, le paysage qui se déploie devant ses yeux, une plaine aride d'où la vie semble absente. Néanmoins, le président repère ici un cactus, là-bas un buisson. De petits lézards courent sur les côtés, jouissant de leur liberté ; une nuée de mouches dévore le crâne d'un animal mort. Il croit même voir au loin un petit marsupial étonné. Il sourit. Ici aussi, c'est la loi de la jungle : le plus fort ou le plus rusé l'emporte et les autres se contentent des restes. Des nuages noirs s'amoncellent à l'horizon, annonçant un orage. La voiture brinqueballe, secouant ses occupants. Ils traversent même une petite rivière et manquent de s'enliser.

Le temps s'écoule lentement. Plusieurs fois, Connor tapote sur ses genoux, vieux tic que ses sujets connaissent bien. Il remarque que ce bruit dérange Jake, perturbé par la présence inopinée de son président. Pourtant, en bon chef, il ne manifeste pas une seule fois son mécontentement, gardant son masque stoïque. Les Corbeaux restent impassibles en toute circonstance. Connor est sur le point de lancer une pique quand le dénommé Garry ralentit tout en annonçant :

— Nous allons arriver.

— Tenez-vous prêts, lance Jake. Nous ne savons pas à quoi nous attendre.

Le rythme cardiaque de Connor s'accélère légèrement. Son attente et son ennui vont enfin se terminer.

14

Anna, plus calme, continue d'aligner les chiffres sur le cadenas quand ses oreilles perçoivent un bruit inhabituel. Alertée, elle se concentre sur lui. Ça ressemble à un ronronnement qui s'amplifie à chaque seconde, comme le bruit de la tondeuse que Liza utilise parfois. Seulement cette dernière est partie en forêt, la laissant seule. Un mauvais pressentiment l'étreint. Elle regarde par la fenêtre et, voyant des nuages noirs à l'horizon, pense qu'il s'agit du grondement du tonnerre. Mais lorsqu'un corbeau apparaît à la fenêtre, la surprenant par son croassement, elle n'hésite plus. D'un mouvement vif, elle se libère de ses draps, roule sur elle-même et se laisse tomber sur le sol. Par réflexe, elle attrape son livre. Hors de question que quiconque mette la main dessus !

Soudain, elle entend des claquements sourds ainsi que des voix inconnues.

« Deux hommes... Non, trois. Quatre ! Comment vais-je faire ? »

Il lui faut trouver une cachette, immédiatement. Son cerveau analyse toutes les possibilités. Elle ne peut descendre l'escalier de peur de tomber nez à nez avec la menace potentielle, elle ne peut rester dans sa chambre qui n'offre aucune cachette sûre. Il n'y a plus que la chambre de Liza ! Rassemblant tout son courage, la fillette serre son livre entre ses dents et entreprend de ramper jusqu'à la pièce voisine. Pendant ce temps, les voix se font plus insistantes :

— Regardez, les légumes sont arrosés.

— Et les animaux sont nourris. Aucun doute, quelqu'un vit bien ici.

— Nous allons entrer ensemble dans la maison. Garry et Thibault, vous vous chargez du rez-de-chaussée. Monsieur, restez avec moi. Nous allons nous attaquer à l'étage. Attendez mon signal.

Puis le silence se fait : Anna devine que les intrus sont en train d'examiner les environs. Elle redouble alors d'efforts, pousse la porte entrebâillée et pénètre dans la chambre de Liza. Aussitôt, elle avise le lit légèrement surélevé : elle peut se glisser en dessous ! Elle se tapit contre le mur, serre de toutes ses forces son fameux livre dans ses bras et prie pour que l'orage passe. Mais le corbeau, toujours à la fenêtre, paraît la narguer.

15

Jake pousse avec précaution la porte qui grince, puis entre dans la pièce tout en pointant son pistolet devant lui. Un salon. Personne, constate-t-il. Au fond, un escalier droit. Il adresse un signe de la tête à ses deux lieutenants, leur enjoignant de fouiller le rez-de-chaussée, et se dirige vers les marches, suivi par le président. Les deux hommes montent le plus silencieusement possible, sans pouvoir cependant éviter quelques craquements. S'il y a âme qui vive dans cette maison, elle a capté leur présence.

16

Recroquevillée sous le lit, Anna entend les pas. Elle serre un peu plus fort son livre.

Prie.

17

Jake et le président débouchent dans un couloir sombre où s'alignent trois portes fermées. Sans la moindre hésitation, le Corbeau se dirige vers la plus éloignée, qu'il ouvre d'un mouvement brusque avant de laisser échapper un éternuement.

Toute la maison semble en parfait état, mais dans cette chambre obscure se sont accumulées toiles d'araignées et moisissures. D'un geste, il barre l'accès au président puis s'avance, soulevant de petits moutons gris à chaque pas. D'un coup d'œil, Jake repère les meilleures cachettes. L'armoire. Sous le lit. Derrière la commode. Il détaille les visages sur les photographies. Deux parents d'une trentaine d'années, souriants, joyeux. Il devine que la chambre est la leur. Deux jeunes filles apparaissent également sur le cliché. La plus vieille ne doit pas avoir plus d'une dizaine d'années et brandit une espèce de boîte en fer et en bois. La plus jeune, encore un bébé, serre dans ses petits poings le chemisier de sa mère. L'image est en noir et blanc, mais on devine les liens qui unissent toutes ces personnes. De l'amour, de la complicité. Jake se retient d'éternuer encore une fois, sort de la pièce et rejoint son président.

— Deux jeunes filles vivent ici. Seules, chuchote-t-il.

— Comment le savez-vous ?

— Cette chambre, celle des parents sans doute. On n'y a pas fait le ménage depuis des mois, voire des années. S'ils étaient encore en vie, il n'y aurait pas autant de poussière. Continuons.

Jake entre dans une autre chambre. Celle-ci est en parfait état, néanmoins, la décoration sommaire surprend les deux hommes. Il n'y a qu'un lit sans pieds, une petite table de chevet couverte de livres et, plus surprenant, un tapis roulant de construction artisanale. Un petit déjeuner à peine entamé a été laissé sur son plateau. L'armoire est presque vide.

— C'est pour le moins… spartiate, murmure Connor.

— Voyons la dernière chambre, réplique Jake.

18

Anna retient son souffle, terrorisée. Dans combien de temps ces hommes vont-ils la repérer ? Son cerveau a beau tourner à plein régime, elle ne trouve aucune solution. De sa cachette, elle voit la porte s'ouvrir et remarque les bottes noires et les pantalons en toile.

« Des Corbeaux », comprend-elle.

N'osant plus respirer, elle supplie un Dieu auquel elle ne croit pas de l'épargner. Mais les hommes évoluent efficacement, ouvrant les portes des armoires, fouinant dans tous les coins. Anna ferme les yeux, se soustrayant à la réalité. Dans sa tête, elle voit les Corbeaux se pencher, la repérer, l'attraper fermement...

— Chef, il y a une bibliothèque au rez-de-chaussée ! crie une voix.

— J'arrive !

Le cœur d'Anna bat la chamade tandis qu'une lueur d'espoir s'allume en elle. Va-t-elle s'en sortir, presque miraculeusement ? Les deux hommes font volte-face et s'apprêtent à quitter la chambre... quand soudain le corbeau à la fenêtre croasse une nouvelle fois. Elle sent alors que le destin a décidé de s'acharner sur elle. Ce n'est pas un mouvement traître, un craquement incontrôlé qui l'a trahie, non : juste un stupide et maudit volatile.

— Nous n'avons pas regardé sous le lit, dit soudain celui qui semble être le chef.

Des larmes tièdes coulent sur les joues d'Anna. Un instant, elle prie pour devenir invisible. La peur qui étreint son cœur se fait insoutenable. Elle pleure, sanglote. Son petit corps est agité de soubresauts. Elle ferme de nouveau les yeux.

« Quand je les rouvrirai, ces hommes seront partis », se dit-elle.

Anna bat des paupières. Un visage presque amusé la fixe. Elle pousse un hurlement de terreur alors qu'une main attrape sa chemise et la tire hors de sa cachette. Elle apparaît alors dans la lumière fugitive d'un éclair, les joues humides, les yeux bouffis, tout en continuant de crier.

— Mais ferme-la ! lui ordonne l'homme qui l'a débusquée.

Elle n'obéit pas. Pourquoi le ferait-elle ? Pourtant le pistolet pointé sur elle la réduit au silence. Plus aucun son ne sortira de sa bouche.

19

Jake observe la petite créature qu'il a capturée. Aucun doute, il s'agit de la plus jeune des deux filles. Dans ses grands yeux expressifs, il lit un mélange de peur et d'obstination.

— Où est ta sœur ? demande-t-il d'un ton autoritaire.

Elle ne répond pas, le défie du regard. Il lui plante son revolver sur sa tempe et se fait plus menaçant :

— Où est ta sœur ? insiste-t-il.

Aucune réponse. Un instant, il admire cette capacité à résister aux ordres. Lui, le chef des Corbeaux, est mis en échec par une gamine de six, sept ans maximum. Amusant. Histoire d'en finir, il s'apprête à presser la détente de son arme…

— Stop !

Le cri du président arrête son geste. Surpris, il réalise que ce n'est pas lui qui commande. Pas aujourd'hui, pas devant Connor.

— Allons, Jake ! le réprimande celui-ci. On ne brusque pas une demoiselle ainsi ! En plus, nous avons besoin d'elle.

— Mais, monsieur, sa sœur…

— Sa sœur reviendra ce soir, à en juger par le mot qu'elle a laissé ! réplique le président en brandissant un bout de papier. Et ce soir, nous ne serons plus là. Quand elle constatera la disparition de sa chère petite sœur… Anna, continue-t-il en lisant le papier, elle viendra d'elle-même à la Société. Nous ferons en sorte de la laisser entrer, oh, très facilement !

Jake baisse la tête, vaincu par le raisonnement du président et un peu déçu de devoir s'incliner ainsi en présence de sa proie. Néanmoins, il laisse sa mauvaise foi de côté et murmure :

— Bien, monsieur.

20

Anna a suivi l'échange. Si le brun paraît être le chef des Corbeaux, l'homme grisonnant a prouvé sa supériorité hiérarchique. Mais elle n'a pas le temps de réfléchir : déjà le dénommé Jake la tire par le bras, la forçant à se mettre debout. Elle s'attend à tomber devant leurs yeux médusés. Cependant, peut-être à cause de la peur et de la montée d'adrénaline, ses jambes la portent. *Ses jambes la portent.* Elle voudrait pleurer de rage, crier, mourir. Le choc l'anesthésie d'un coup. Elle ne se débat plus. Elle a attendu cinq ans que ce jour arrive… et il est arrivé. Le jour où on la kidnappe. Où on l'arrache à tout ce qui lui est cher. De nouvelles larmes coulent sans qu'elle puisse les retenir. C'est injuste, tout simplement injuste.

— Oh, mais qu'avons-nous là ? demande soudain l'homme aux yeux gris.

Son regard s'est posé sur le livre que tient Anna. Jake le lui arrache des mains et le tend à son supérieur, qui l'examine tranquillement. Le cadenas l'arrête. Presque amusé, il commence à aligner des numéros, en vain, ce qui l'irrite aussitôt.

— Ouvre-le ! ordonne-t-il à Anna.

Cet homme n'est pas n'importe qui, constate-t-elle. Ses yeux gris la fouillent, la glacent. Un frisson parcourt sa nuque, mais elle soutient son regard avec un air de défi. Il semble surpris ; un nouveau sourire apparaît même sur son visage.

— Cette gamine a du répondant. Rendez-lui ce livre, Jake.

— Pourquoi, monsieur ?

— Parce que, s'il est en sa possession, elle doit être la seule capable de l'ouvrir. Et je veux savoir ce qu'il y a dedans.

Anna comprend, sur une intuition, que son attitude de petite rebelle titille la curiosité de cet homme. Jake, toujours inexpressif, lui rend son livre ; elle s'y accroche comme à sa propre vie. Hors de question qu'ils remettent leurs sales pattes dessus.

— Descendons, dit le chef des Corbeaux.

Ils se mettent en marche tout en surveillant leur captive d'un œil attentif, mais celle-ci est trop absorbée par ses jambes – qui fonctionnent parfaitement – pour penser à s'enfuir. Comment le pourrait-elle, de toute manière ? Ils la rattraperaient. Tous trois descendent l'escalier et entrent dans le salon. Anna voit deux inconnus fureter parmi les papiers de sa sœur.

— Aucun doute, commence le premier, quelqu'un vit ici…

— Oh, vous l'avez trouvée ! s'exclame l'autre.

La fillette les identifie comme des Corbeaux subalternes. En effet, leurs visages, bien que fermés, dévoilent tout de même quelques expressions « humaines », comme la surprise ou l'agacement. Le premier paraît très jeune, mais moins que le dénommé Jake ; le second plus vieux et plus calme.

— Thibault, Garry, il y a quelqu'un d'autre, les informe Jake.

Anna enregistre dans son cerveau toutes les informations qui pourraient lui être utiles. Le chef s'appelle Jake, il n'a qu'une vingtaine d'années ; les lieutenants se nomment

Garry et Thibault. Quant au dernier, elle ignore tout de lui. Seuls son charisme froid et l'image de ses yeux gris ont fait impression sur elle.

— Mais nous allons partir immédiatement, continue le chef.

— On ne l'attend pas ? s'étonne Garry.

— Non. Le temps presse. Vous entendez l'orage ? Il pleut à verse et j'ai peur qu'on ne puisse plus traverser la rivière.

Le visage de Jake n'a pas changé quand il a parlé de peur. Pas une fossette ne s'est creusée, pas un cil n'a bougé : rien. Anna, incrédule, a la sensation de se trouver en face d'un robot dénué du moindre sentiment.

— Et que fait-on des livres ? demande le dénommé Thibault. Faut-il les brûler ?

— Hors de question ! s'écrie le plus âgé. Il y en a certains que je ne connais pas. Je viendrai les consulter à l'occasion. Ici, ils ne risquent pas d'influencer la Société. Il faudra éventuellement les mettre sous clé.

Anna pousse un soupir de soulagement. Voir brûler ses livres lui aurait été insupportable. Elle retient un sourire. Il n'y a que les génies pour préférer le savoir à leur propre vie. Ces pensées rassurantes lui permettent de se détendre un peu.

Jake attrape fermement son bras et la guide sans ménagement vers la voiture garée devant la maison. Sa couleur noire, aux reflets métalliques, tranche avec le paysage naturel. Des trombes d'eau s'abattent sur la tête d'Anna, trempant ses vêtements et ses cheveux. Elle entend Garry grommeler :

— Le chef a raison. On risque de ne plus pouvoir traverser la rivière.

Il pousse Anna qui trébuche et écorche ses pieds nus à plusieurs reprises ; la douleur parcourt son petit corps pour la première fois de sa vie. Du fond de sa chambre, elle n'a jamais eu l'occasion de se blesser. Soudain, une autre main se pose sur son épaule. Elle tressaille et se tourne vers le visage souriant de l'homme aux yeux gris.

— Ne t'en fais pas, Anna. On t'emmène dans un endroit merveilleux.

Sauf qu'elle n'est pas dupe. Elle a tout appris sur la Société de la bouche de sa sœur. Elle ne se laissera pas manipuler. Son cerveau exceptionnel l'immunise contre toute intimidation. De plus, elle lit sur le visage de l'homme une certaine méchanceté. Il fera tout pour parvenir à ses fins. Jake la jette au milieu de la banquette arrière, attache même ses mains avec des menottes réglées à la taille minimum. Jake et l'homme aux yeux gris prennent place à ses côtés ; les deux lieutenants montent à l'avant. L'instant d'après, un doux ronronnement s'élève et la voiture avance. Les pneus crissent sur le gravier, faisant éclater un œuf posé là. Le cœur gros et les larmes aux yeux, Anna se tord le cou afin de voir, peut-être pour la dernière fois, sa chère fermette.

Elle ne se retourne que lorsque la maison n'est plus qu'un point à l'horizon, à peine visible à cause de la pluie. Une ultime larme coule sur sa joue.

INFILTRATION

1

Jake se tourne vers la gamine, bien décidé à lui soutirer quelques informations. Le président semble l'avoir prise sous sa protection, dans une certaine mesure, ce qui ne lui facilite pas la tâche.

— Anna, j'ai quelques questions à te poser.

Elle continue à fixer un point invisible, droit devant elle. Attitude qui vexe Jake au plus haut point. Lui, chef des Corbeaux, ne se laissera pas avoir par une gamine de six ans ! Il en va de sa réputation, mais aussi de sa fierté, bien plus importante à ses yeux.

— Dis-nous ton nom et ton âge.

La fillette ne répond toujours pas, ni ne bouge. Jake a la désagréable sensation de se confronter à un mur de glace. Elle est parfaitement calme malgré sa situation actuelle. Elle tient tête. Il sort lentement son revolver de la poche intérieure de son uniforme et le pointe sur Anna qui ne réagit pas. Ses officiers vont penser qu'il est un monstre. Tant pis.

— Réponds, siffle-t-il entre ses dents.

— Arrêtez ça, Jake ! s'écrie le président. Ne la brusquez pas. Vous l'avez arrachée à son foyer, il faut la traiter avec douceur.

Jake crache intérieurement de dépit. Non seulement Connor est trop gentil avec sa jeune victime, mais en plus il le fait passer pour un faible auprès de ses hommes.

— Allons, susurre-t-il d'une voix presque trop douce. Nous t'emmenons dans un endroit génial, la Société. Nous allons te remettre dans le bon chemin. Tu dois comprendre que tout le monde y vit. Tu ne seras plus seule. Nous sommes les gentils.

Pour Connor, Anna est une gamine ; Jake, lui, la sent différente, presque trop intelligente pour son âge. Elle sait ce qu'est la Société et a conscience qu'elle tombe dans un piège. Pourtant, il la sent hésiter. Ses petites mains se sont mises à trembler.

— Voilà ce que nous allons faire, poursuit le président d'une voix plus dure. Nous allons te poser des questions, et tu vas écrire les réponses dans ce carnet. D'accord ?

Connor se sait capable de faire plier n'importe quelle volonté. Anna hésite, puis tourne la tête vers Jake. Elle lui jette un regard noir.

D'un mouvement brusque, elle attrape le carnet que lui tend le président et écrit, difficilement, à cause de ses menottes et des secousses : quand ils passent la rivière qui a doublé de volume, elle lâche le crayon et se penche pour le ramasser. Puis elle tend la feuille à Jake. Celui-ci plisse les yeux, incapable de déchiffrer les gribouillis. Il repère difficilement une lettre, puis les autres, une à une.

— Elle s'appelle Anna Kinley et elle a sept ans. Maintenant, décris-nous un peu ta sœur. Nom, prénom, âge, apparence physique. Et n'essaie pas de mentir.

Anna saisit le carnet, gratifiant une seconde fois le Corbeau d'un regard noir, et se remet à écrire. Le texte est maintenant plus long, plus détaillé. Après deux minutes de labeur, elle rend le livret.

— Sa sœur se nomme Liza, continue Jake. Elle a douze ans, des cheveux noirs et courts, la peau blanche. Couleur des yeux ?

Pour toute réponse, Anna le fixe. Il comprend aussitôt.

— Orange, donc.

Ce petit manège dure tout le trajet. Jake a vu les photos. Il sait parfaitement que la petite fille ment, et le président feint de croire à son honnêteté. Après tout, en quoi est-ce important ? Dès leur arrivée, ils lui feront subir des batteries de tests ; le Corbeau rentrera chez lui et s'efforcera d'oublier sa journée. Et demain, il poursuivra quelques bandits, peut-être même Calim ; la perspective du défi l'enchante un moment.

— Tu es donc née un 13 janvier, en 145 puisque tu as sept ans, récapitule le président. Tu te nommes Anna Kinley. Ta sœur s'appelle Liza Kinley, elle a douze ans, les cheveux noirs, la peau blanche et les yeux orange. Elle est née un 27 avril, en 140, donc. Tu sais lire, écrire, compter, tout comme elle. Tes parents sont morts il y a un an, renversés par des sangliers... Toutes mes condoléances. Vous ne connaissiez pas l'existence de la Société. Tu en entends parler pour la première fois aujourd'hui. Et ce livre, tu ignores ce qui se trouve à l'intérieur. C'est bien ça ?

Anna approuve tout en serrant son livre contre elle. Jake meurt d'envie de le lui arracher des mains, de faire sauter la serrure avec son pistolet, de le brûler même, mais se retient. Que penseraient ses hommes d'un chef incapable de contrôler ses pulsions ? Soudain, l'un d'eux signale :

— Société en vue, chef !

— Conduisez-nous à l'École, réplique aussitôt Jake.

Cette fois-ci, les portes s'ouvrent automatiquement grâce à la caméra de surveillance ; la voiture entre dans la ville. Anna tourne sa tête en tous sens comme un animal effrayé ; Jake devine que la peur prend le dessus sur son obstination.

Le véhicule s'arrête devant un immense bâtiment. Jake descend de la voiture, entraînant par le bras Anna qui serre fort son livre malgré les menottes ; Connor les accompagne sans faire le moindre commentaire. Ils pénètrent dans l'École, gigantesque amas de métal disposé d'étrange façon. Un grand hall d'accueil, très sombre, s'ouvre à eux. Le président se dirige presque aussitôt vers la réceptionniste.

— Nous voulons faire entrer cette gamine dans le bâtiment des sujets… spéciaux.

— Désolé, monsieur, répond-elle automatiquement, mais seul le président peut prendre une telle décision.

Un simple coup d'œil lui suffit pour deviner l'identité de son interlocuteur.

— Oh ! Veuillez m'excuser, monsieur. Dans quelle cellule voulez-vous la garder ?

— La 235A. Faites-lui subir les tests dans une heure. Je veux toutes les images vidéo la concernant ainsi que tous les résultats. Entendu ?

— Il y a un problème, monsieur. La foudre a endommagé un transformateur. Il n'y a plus d'électricité dans l'École.

— Vous avez contacté les technologues ?

— Oui, mais ils m'ont certifié que les réparations prendraient du temps. Il faut construire un nouveau transformateur et repenser tout le système.

— Indiquez aux scientifiques qu'ils doivent filmer leurs tests avec un caméscope qu'ils rechargeront chez eux. Compris ?

— Oui, monsieur le président.

Trois agents de sécurité se présentent. Jake sait que la gamine va être envoyée dans le « bâtiment spécial » qui est en réalité la seule prison de la Société. Les gardes arrachent Anna à Jake. Alors qu'elle va passer les portes, elle se retourne et jette un regard suppliant à son ravisseur. Un regard orange, franc, où il peut lire toute sa détresse et son angoisse. Un regard qui se fixe dans la mémoire du Corbeau ; celui-ci commence, sans s'en rendre compte, à regretter ses choix.

2

Si l'établissement ressemble à s'y méprendre à un hôpital, Anna n'a aucun doute : elle se trouve en prison. On va l'enfermer dans une cellule et lui faire subir des tests. Son cerveau va être mis à l'épreuve. Jamais elle ne reverra la lumière du jour, si ce n'est à travers une fenêtre grillagée.

Dans un autre bâtiment au sein de l'École, ses gardes lui font franchir une nouvelle porte où un panneau indique : « Réservé aux sujets spéciaux ». Pourtant, ce ne sont pas des enfants surdoués qui étudient là. Anna a envie de vomir, de frapper ses gardes, de s'enfuir en courant. Elle veut retourner à la ferme, avec Liza. Seulement, elle ne peut pas. Elle serre toujours plus fort son livre, caresse du bout des doigts la couverture et le cadenas, histoire de se rassurer. En vain. Les cellules portent toutes un numéro différent. Un des deux agents sort des clefs de sa poche, déverrouille la porte 235A et la pousse violemment à l'intérieur, oubliant de lui retirer ses menottes.

La petite fille tombe face contre terre. Sonnée, elle met quelque temps avant de se relever. Une voix lui parvient alors :

— Tout va bien ?

Elle perçoit de la sincérité, de l'honnêteté dans cette voix. Ici, on ne lui veut aucun mal. Elle se redresse péniblement et répond :

— Oui… je crois.

— Parfait, réplique la voix.

Les yeux orange d'Anna croisent les yeux bleus de la femme qui lui fait face. Celle-ci est magnifique, avec ses longs cheveux jaunes comme les rayons d'un hypothétique soleil, son teint laiteux dû à l'enfermement et son regard franc. Elle doit avoir plus d'une quarantaine d'années, mais n'a pas perdu sa vigueur et sa force.

Soudain, la femme pousse un cri étouffé. Ses yeux s'écarquillent. Une larme coule même sur sa joue. Sa surprise et son émotion surprennent Anna.

— Que se passe-t-il ? interroge la fillette.

— J'ai été surprise par… ton jeune âge. C'est incroyable qu'ils envoient des enfants dans cette prison. Ils sont inhumains ! Comment t'appelles-tu ?

— Anna. Et vous ?

— Tu peux me tutoyer ! Appelle-moi Judith.

Anna acquiesce avant d'examiner la cellule. Le sol, le plafond et les murs sont en acier : chaque pas déclenche un désagréable son métallique. Une petite fenêtre à barreaux fournit une maigre lumière dans la pièce exiguë. Deux lits sont suspendus sur le mur de gauche, un lavabo et des toilettes collés contre le mur de droite. Anna regrette sa chambre, à la décoration spartiate mais agréable. Ici, un froid glacial transperce ses os malgré la chaleur de l'été tout proche. D'un geste, Judith lui indique l'existence d'une caméra de surveillance.

— Pour l'instant, ce n'est pas un problème, explique Anna. Il n'y a plus d'électricité dans toute l'École. Un transformateur a été touché par la foudre.

— Comment le sais-tu ?

— J'ai entendu la réceptionniste en parler.

— Peut-être, mais il faut se méfier. Vérifions.

— Comment ?

— Comme ça : Connor, tu n'es qu'un connard ! dit-elle à haute voix. S'ils m'ont entendue, ils viendront me tuer dans une dizaine de minutes.

Anna sourit pour la première fois depuis son enlèvement. Cette femme lui plaît ; son regard bleu la réconforte.

— Alors, d'où viens-tu ? De quel coin de la Société ? Qu'as-tu fait pour qu'on s'intéresse à toi de la sorte ?

— Je ne viens pas de la Société. Je vivais dans une maison, à cinquante kilomètres environ. Mais ce matin, ils sont arrivés... les Corbeaux. Ils m'ont enlevée pour m'amener ici. Voilà l'histoire de ma vie.

— Quels Corbeaux ?

— Leur chef s'appelait Jake. Un gars bizarre, autoritaire, mais pas dénué de sentiments, je crois. Il y avait deux lieutenants, nommés Thibault et Garry. Et le dernier... j'ignore son nom. Seulement, il paraissait supérieur à Jake, puisqu'il lui donnait des ordres.

— C'est étrange. Le chef des Corbeaux est l'homme le plus respecté derrière le chef des Colombes. Décris-moi un peu cet homme.

— Grand, les cheveux et les yeux gris. Plutôt charismatique, même si j'ai réussi à lui tenir tête.

Les yeux de Judith s'agrandissent. Anna hausse les épaules sans comprendre. Qu'a-t-elle bien pu dire, cette fois ?

— Bon sang, le président Connor en personne t'a enlevée !

Le regard de la femme se fait plus insistant. Anna s'agite, mal à l'aise.

— Mais qui es-tu donc ?

Anna ne répond pas. Elle a beau être un génie, elle ne peut répondre à cette question.

Une heure plus tard, comme prévu, quelqu'un vient la chercher. Entretemps, elle a pris soin de cacher son livre à l'intérieur de son matelas, sous le regard approbateur de Judith. La porte de la cellule s'ouvre et un homme tout de blanc vêtu apparaît. Judith l'a prévenue :

— *On appelle les militaires « Corbeaux » car ils sont habillés en noir et agissent généralement dans l'ombre. Très peu de personnes les connaissent vraiment. Au contraire, les scientifiques sont appelés « Colombes » à cause de leur blouse blanche et de leur gentillesse. Ils sont adulés par les médias et ne cachent jamais leurs activités. Tu peux mentir, mais uniquement pour les questions personnelles. Réponds sincèrement à leurs tests inutiles.*

Anna suit la Colombe, un jeune homme de vingt-cinq ans, à travers les couloirs sombres. Il marche devant elle, lui accordant ainsi une certaine confiance. Elle commence déjà à l'apprécier, tout en pensant qu'il peut s'agir d'une manipulation mentale. Finalement, ils s'arrêtent devant une porte et entrent dans une grande pièce blanche, agréablement meublée, qui met aussitôt Anna à l'aise.

— Assieds-toi ! lui propose la Colombe avec un sourire.

Elle s'exécute. Le scientifique s'assoit en face d'elle et la fixe de ses yeux sombres. Il incarne le stéréotype même du savant fou : des cheveux noirs ébouriffés, une blouse blanche mal ajustée, des lunettes de travers. Il ne soigne pas son image. Anna sourit malgré elle. Elle aime bien cet homme. Il pose un caméscope sur la table et indique simplement :

— Ordre de Connor.

Il l'allume et commence d'une voix douce :

— Anna, aujourd'hui, je ne vais tester que ton intelligence. D'accord ? Je ne te poserai aucune question personnelle. Et si tu ne veux pas répondre à certaines d'entre elles, ce n'est pas grave.

— D'accord.

— Déjà, décris-moi un peu tes capacités. Tu sais lire, écrire, compter ?

— Bien sûr.

Le scientifique vérifie chaque point en lui faisant écrire quelques mots, en lui demandant de lire à haute voix une consigne de sécurité et en lui imposant quelques calculs simples. Elle s'en sort chaque fois avec une facilité déconcertante. Elle savait faire tout cela dès l'âge de quatre ans. La Colombe, ravie, enchaîne avec des questions plus compliquées. Il énumère successivement des additions, soustractions, multiplications, divisions ; Anna réussit tout de tête. Arrivent alors quelques équations simples qu'elle résout également. Mais lorsqu'il lui expose une nouvelle équation, à deux inconnues cette fois, elle avoue son ignorance. À la ferme, il n'y avait que peu de livres de mathématiques.

— Très impressionnant… murmure-t-il tout en écrivant frénétiquement dans un petit carnet.

— Qui êtes-vous ? demande-t-elle du tac au tac.

— Autant que tu le saches maintenant. Je me nomme Kellen, j'ai vingt-cinq ans et je suis scientifique ou « Colombe » depuis neuf ans. Je suis aussi responsable de ton dossier. C'est moi qui vais te faire passer tous les tests, donc tu vas devoir me supporter un moment.

Anna sourit. Elle aurait pu tomber sur pire.

— Enfin, aujourd'hui, je vais surtout tester ton Q.I. Première question : que signifient ces initiales ?

— Quotient Intellectuel, réplique-t-elle aussitôt.

De nombreuses questions fusent. Anna répond de son mieux, utilisant à merveille le savoir qu'elle a acquis dans ses livres. Kellen prend des notes, hochant presque toujours la tête, n'oubliant jamais de sourire. Pourtant, Anna sait qu'elle reste prisonnière. Les menottes à ses poignets en sont la preuve. Au bout d'une petite heure, la Colombe en a fini avec ses questions. Anna le devine ravi. Son visage illumine presque la pièce.

— Bien, très bien même. De toute évidence, tu es en avance pour ton âge. On dirait que tes capacités sont illimitées. Combien de livres as-tu lus ?

— Je dirais... plusieurs centaines ?

Kellen n'en croit pas ses oreilles. Anna hausse les épaules. Lire autant d'ouvrages n'est en aucun cas un exploit, d'autant que certains contenaient de nombreuses images. Le scientifique parcourt ses notes, souligne quelques mots, en barre certains autres et hoche encore une fois la tête.

— Impossible d'évaluer ton Q.I. avec précision. Je vais préparer d'autres tests pour demain. Ah, j'ai oublié de te le préciser : on sera deux à plancher sur ton dossier.

— Vous pouvez me donner une estimation ?

— Pas vraiment, avoue la Colombe. Nos tests sont prévus pour les gens « normaux », qui obtiennent un score compris entre 80 et 150, mais toi, tu es largement au-dessus.

Anna, n'ayant aucun moyen de comparaison, ne réalise pas vraiment ce qu'il veut dire. Le scientifique lui annonce alors que les tests sont terminés : il éteint le caméscope et la ramène dans sa cellule tout en discutant allègrement de sa propre vie.

« Les gens qui parlent d'eux spontanément sont ceux qui n'ont rien à cacher, se dit Anna. Je peux lui faire confiance… du moins pour les tests. Pour le reste, on verra. »

Kellen ouvre la porte, pousse avec douceur Anna dans la cellule et la referme derrière elle. Si gentil soit-il, il n'oublie pas de tourner la clef dans la serrure… Aussitôt, la fillette est confrontée au regard azur de Judith qui l'accueille avec un grand sourire aux lèvres.

— Alors, cette première rencontre avec la Colombe ?

— Plutôt bien. Je m'attendais à pire.

— Sois prudente, Anna. Je connais un peu Connor. Il est sadique, il aime s'amuser avant de remporter la partie. Il ne cherche qu'à t'amadouer pour mieux te manipuler. Le scientifique gentil, une camarade de cellule agréable, tout est fait pour ton confort. Mais ce qu'il cherche, c'est te briser psychologiquement pour t'utiliser ensuite.

Anna baisse la tête, consciente de la menace qui pèse sur elle. Dans cet environnement nouveau, il lui faut surveiller ses moindres gestes, tenir sa langue, mentir à chaque instant. Résister. Ici, soit on manipule, soit on est manipulé. La petite fille marche vers la fenêtre et se hisse sur la pointe des pieds pour observer le panorama : une cour complètement vide, entourée d'immenses grilles de fer. Sa gorge se serre.

— Tu pleures ? s'alarme Judith.

Anna met du temps à répondre. À trouver les mots capables d'exprimer ce qu'elle ressent. De la peur, oui, mais aussi de la tristesse. De la rage. De la frustration. Du dégoût, notamment envers ses jambes qui fonctionnent maintenant qu'elle est privée de liberté. Ces mots, ces fameux mots naissent sur ses lèvres tandis qu'une larme salée dégringole sur sa joue.

— Je veux rentrer à la maison...

3

La pluie battante a changé les plans de Liza : au lieu de chasser, elle s'est réfugiée dans un bâtiment assez éloigné de la ferme, de l'autre côté du bois, qui leur servira de cachette si la Société apprend un jour leur existence. L'adolescente a même prévu cette éventualité. Elle en a profité pour faire un brin de ménage et, une fois l'orage terminé, elle a pris le chemin du retour. Le crépuscule tombe doucement, apportant une certaine fraîcheur, teintant les nuages de pourpre. Elle n'a pas trouvé de gibier : il faudra se contenter de quelques baies cueillies en forêt.

La jeune fille aux yeux orange ne songe qu'à remplir son garde-manger. Peut-être emmènera-t-elle Anna dans son harnais ? L'idée lui semble excellente. Elle sourit joyeusement. Dans quelques minutes, elle sera à la ferme. La nuit commence à tomber, la luminosité décline : elle rentre juste à temps. Seulement, quelque chose cloche. Elle le sent. Le paysage familier lui hurle qu'un événement inhabituel a eu lieu. Vaguement inquiète, elle accélère le pas.

Quand un corbeau croasse au-dessus de sa tête, elle n'hésite plus et court vers la ferme. Son cœur bat à tout rompre tandis que la peur s'insinue en elle. Quand elle arrive devant la maison, elle remarque un œuf éclaté, des traces de pneus d'une voiture tout-terrain, des empreintes de pas, larges, appartenant à des adultes. La porte est entrouverte, les poules se sont volatilisées… et surtout, il n'y a pas de lumière à la fenêtre d'Anna.

Liza fonce dans la maison, monte les marches quatre à quatre et se rue dans la chambre de sa sœur. Vide. Anna s'est évaporée. À cet instant, elle a envie de pleurer, de hurler sa rage et son désespoir. Mais elle reste immobile, interdite devant le lit vide.

Son hurlement déchire le crépuscule une poignée de secondes plus tard.

— ANNA !

Seulement, crier ne la ramènera pas. Liza sait qu'elle doit rester pragmatique. Toutes ces années passées à s'occuper d'Anna lui ont appris à demeurer calme malgré les difficultés. Se faire repérer et capturer par les Corbeaux n'aidera en aucun cas sa sœur. Néanmoins, il faut agir vite. Aussi entame-t-elle un examen complet de la maison.

Dans la chambre d'Anna manque le fameux livre de la famille Gallen ; peu lui importe car, à cet instant, seul le sort de sa sœur la préoccupe. Dans sa propre chambre, rien n'a changé, mis à part la poussière déplacée sous son lit. Dans la chambre de ses parents apparaissent de nombreuses empreintes. Au rez-de-chaussée, ses papiers ont été éparpillés. Dans la bibliothèque, quelques livres gisent à terre. Liza reconstitue la scène.

« Anna a entendu des hommes, trois ou quatre. Elle est allée en rampant dans ma chambre, s'est cachée sous le lit. Ils l'ont trouvée et l'ont embarquée avec le livre. Aucune trace de cendres. Ils ne l'ont pas brûlé. »

Le cœur de Liza bat à tout rompre. Elle a l'impression d'être entrée dans une autre maison. Tous les jours, depuis cinq longues années, Anna l'a accueillie du fond de son lit avec un grand sourire. Mais aujourd'hui, elle n'est pas là. Absente. Liza ressent un grand vide. Un manque. La colère et la tristesse s'affrontent en elle. Pourtant, elle doit agir au plus vite. Elle remonte au premier étage et soulève une petite trappe dissimulée dans le plancher de sa chambre. Un sac à dos l'attend à l'intérieur : son sac de survie, spécialement conçu pour ce genre de situation.

« Pourquoi n'ai-je pas parlé de cette trappe à Anna ? » se demande-t-elle, désespérée.

Ses mains tremblent. Les pulsations de son cœur résonnent jusque dans ses oreilles. Elle transpire, sa respiration est oppressée. Sans Anna, elle n'arrive plus à agir correctement. Pourtant elle attrape le sac et dresse un rapide inventaire de son contenu.

« Une boîte à outils, des allumettes, deux couteaux, le revolver que papa m'a donné, des balles, un carnet, de quoi écrire, ainsi que la chaîne en or que maman m'a léguée avant sa disparition. Il faut que je rajoute deux ou trois fringues ainsi qu'une réserve de bouffe. »

Liza n'a plus le choix, et mieux vaut être préparée avant d'entrer illégalement dans la Société. Elle rassemble ses affaires puis quitte la maison et se met à courir dans la nuit, cherchant presque à tâtons le hangar. La lumière de la lune, qui filtre à travers les nuages, ne l'aide pas. Finalement, elle trouve le bâtiment… en le percutant violemment. Sonnée, elle titube, puis ouvre la porte et allume la lumière.

Son angoisse et sa colère n'ont pas disparu. La dernière image qu'elle a d'Anna, une petite fille calme blottie dans son lit, tourne en boucle dans sa tête. Elle revoit les pointes recourbées de ses cheveux, l'éclat orange et brillant de ses fabuleux yeux. Liza a les mêmes, mais ne s'est jamais jugée digne d'en hériter. Anna est le petit génie, et elle, sa protectrice. Elle a failli à sa mission et doit réparer sa faute au plus vite.

— Au boulot, siffle-t-elle entre ses dents.

Elle parcourt d'un œil expert le hangar construit avec son père. À l'intérieur s'alignent diverses machines. Elle tergiverse quelques instants. Lequel de ces véhicules résistera le mieux à la route ? Liza finit par s'asseoir dans une voiture électrique monoplace, aux larges roues et aux amortisseurs solides. Elle jette son sac à côté d'elle, chausse ses lunettes de sécurité en raison de l'absence de pare-brise et enclenche le moteur.

— Allons-y.

Liza pousse le levier vers l'avant et soupire de soulagement quand le véhicule hétéroclite, construit par ses soins, s'exécute docilement. Sans oublier d'éteindre la lumière, elle quitte le hangar et se dirige vers l'ouest en suivant les marques des pneus. Malgré l'obscurité, elle progresse rapidement, à la vitesse maximum. Des insectes viennent s'écraser sur ses joues et sur ses lunettes qu'elle se félicite d'avoir emportées.

« Me précipiter m'aurait fait perdre du temps », pense-t-elle.

D'ailleurs son père, John Gallen, lui répétait toujours : il ne faut pas confondre vitesse et précipitation. Un héritage précieux en cet instant. La route étant en mauvais état, Liza oublie un moment la perte de sa sœur pour se concentrer sur sa conduite. Une erreur et toute la mécanique tomberait en morceaux. Elle se répète comme un mantra :

« J'arrive, Anna, j'arrive. Je viens te sauver. »

Quand la Société apparaît au loin, elle décide de continuer sa route à pied. Ainsi, elle sera moins facilement détectable. Au bout de quelques centaines de mètres, ses yeux perçants repèrent une caméra de surveillance fixée au sommet de grilles électrifiées. Troublée par la disparition de sa sœur, Liza ne songe plus aux risques et espère que celle-ci n'est pas infrarouge. Elle ignore encore tout du niveau technologique de la ville.

Elle a atteint les fameuses grilles qui l'écrasent de leur hauteur. Un panneau rouge indique : *Danger Électrocution.* Elle ne tient pas spécialement à vérifier et cherche plutôt un moyen de s'infiltrer.

Seulement, la tâche lui semble compliquée. Les barbelés sont écartés d'à peine cinq centimètres, ne lui laissant aucun passage possible. Elle sort de son sac sa boîte à outils tout en se félicitant de l'avoir emportée. Elle attrape une pince coupante et des gants en caoutchouc qu'elle enfile. Puis elle se penche sur les barbelés, y presse la pince, tente de trancher. Les fils de fer sont solides mais elle n'abandonne pas, insiste. Elle passera coûte que coûte. Petit à petit, elle augmente la pression : la ligne cède et tombe à terre. Vite, elle enchaîne sur une autre et se libère finalement une ouverture par laquelle elle s'introduit.

À minuit pile, Liza entre dans la Société.

4

À 8 heures du matin, Connor s'installe dans son confortable fauteuil et attend impatiemment les premières informations concernant la jeune Anna. Soudain, il constate qu'on a installé une nouvelle télévision dans son bureau. Il essaie de l'allumer, mais elle n'affiche qu'un écran bleu. Visiblement, elle n'est pas reliée au réseau habituel. Alors qu'il s'interroge, quelqu'un frappe à la porte : un scientifique mal habillé et mal rasé fait son entrée d'un pas circonspect. Il tient dans sa main droite un sac qui contient, Connor le devine, le caméscope qui a filmé les tests. La Colombe esquisse une révérence, tend le paquet et s'apprête à sortir, quand le président le rappelle.

— Vous êtes Kellen, n'est-ce pas ?

— Oui, monsieur.

— Alors, qu'avez-vous pensé de la jeune Anna ?

Le scientifique ne répond pas directement. Au lieu de ça, il interroge à son tour :

— Pourquoi l'avoir confiée à Ewen aujourd'hui ? Lui n'aura aucune pitié avec elle, et vous le savez.

Connor hausse un sourcil, surpris par le cran de la Colombe. Une telle preuve de franchise est rare dans ce bureau. Il répond néanmoins :

— Pour la simple et bonne raison qu'il est de notre devoir de guider cette gamine vers la Société, Kellen. Et pour cela, il faut agir en finesse, détruire son esprit pour le reconstruire ensuite. La mettre dans la cellule de la pensionnaire la plus calme lui montre notre bonne foi. Vous envoyer faire les premiers tests la rassure. Aujourd'hui, nous allons lui rappeler où elle se trouve et qu'il vaudrait mieux pour elle obéir sans broncher. Ewen sera parfait dans le rôle du bourreau.

— C'est immonde, monsieur le président. Elle n'a que sept ans.

— Elle a vécu toute sa vie hors de la Société, rappelle-t-il, agacé. Ne protestez plus, maintenant. Votre place est en jeu.

Kellen, effrayé, salue une nouvelle fois et s'enfuit comme un lapin apeuré. Connor ouvre le sac, prend le caméscope et le branche à sa toute nouvelle télévision au moyen d'un câble. L'écran bleu disparaît pour laisser place à l'image d'une pièce que le président identifie comme le laboratoire de Kellen. L'appareil filme à la fois Anna et le scientifique. Ce dernier pose quelques questions ; rassurée par l'homme avenant, la fillette répond calmement.

Connor regarde l'intégralité de la vidéo. Il est satisfait. La gentillesse ouvre parfois bien plus de voies que l'autorité. Il appuie sur le bouton de l'interphone et dit à sa secrétaire :

— Alice ? Appelez-moi Ewen, ainsi que le chef des technologues.

— Bien, monsieur.

Connor coupe l'interphone. Il ne lui reste plus qu'à attendre les deux hommes tout en pianotant sur la table. Ne pas savoir ce que fait Anna, si elle est réveillée ou non, si elle aligne les chiffres sur le cadenas de son livre, si elle s'entend avec sa camarade de cellule, si elle réagit bien ou si au contraire elle reste recroquevillée dans un coin le frustre…

Cette coupure de courant tombe vraiment mal ! Cela faisait plusieurs mois qu'aucun orage n'avait frappé la Société. Les portes s'ouvrent une nouvelle fois, interrompant les réflexions du président. Un autre scientifique entre. Radicalement différent de son collègue, il marche avec assurance, faisant rouler ses muscles puissants sous sa blouse blanche.

— Vous m'avez demandé ? déclame-t-il d'une voix puissante et claire.

— Oui. Vous avez vu les images concernant la jeune Anna ?

— Bien sûr.

— Votre frère Kellen a bien préparé le terrain. Maintenant, elle est plus ou moins rassurée par les scientifiques. À vous de continuer les tests... tout en conservant votre façon de faire. Et n'oubliez pas de filmer !

— J'ai le droit de frapper ?

— Vous avez le droit de tout faire, sauf de la tuer, ça va de soi ! Oh, et évitez de briser ses bras. Elle en a besoin pour déverrouiller le cadenas de son bouquin.

— Bien, monsieur. Quand puis-je commencer à opérer ?

— À 10 heures. Vous pouvez disposer.

Ewen s'incline et quitte la salle sans se presser. Difficile de croire que Kellen et lui sont du même sang. Ewen obéira à la moindre volonté de son président et ne commettra jamais le sacrilège de le remettre en question. Connor sourit : tant qu'il disposera de tels pions – Ewen, Jake... –, il pourra garder la Société sous sa poigne d'acier.

Un nouvel homme fait son entrée. Jeune, bien coiffé et dynamique, il s'agit du tout nouveau chef des technologues, nommé un an plus tôt. Connor fait appel à sa mémoire pour se souvenir de son nom : Liam, Liam O'Brian.

— Bonjour, monsieur le président, dit-il en esquissant une courbette.

— Laissez tomber le protocole. Je ne vous ai pas appelé pour vous jeter des fleurs. Comment expliquez-vous la coupure de courant à l'École ?

— La foudre a touché le transformateur d'un des bâtiments. Il est hors service. J'ai demandé à mes hommes d'en fabriquer un nouveau.

— Combien de temps vont durer ces travaux ?

— La construction ne prendra que quelques heures, mais il faut ensuite relier correctement la machine au réseau... Il est si vétuste qu'il faut le changer intégralement ! Dans trois jours, quatre au maximum, nous aurons terminé.

— C'est ennuyeux.

— Je ferai de mon mieux, monsieur. Mes hommes travaillent d'arrache-pied et...

— Vous avez deux jours.

— Comment ?

— Vous avez deux jours, répète Connor en se faisant plus menaçant. Vous ne voulez pas perdre votre place si chèrement acquise, n'est-ce pas ? Maintenant, veuillez disposer.

Liam reste campé sur place, troublé. Il doit avoir quelque chose à dire, quelque chose d'important, mais le regard froid du président l'effraie. Ce dernier décide alors de se faire plus doux, plus avenant.

— Vous avez quelque chose d'autre à m'annoncer ?

— C'est que... oui, monsieur le président. Même si vous ne m'aviez pas appelé, je serais venu. Les caméras ont repéré quelque chose d'inhabituel dans la nuit. C'est d'ailleurs pour cette raison que j'ai installé une nouvelle télévision dans votre bureau.

Liam sort alors une clef USB de sa poche et la tend au président, qui insère le périphérique et observe.

Il fait nuit noire, les images sont floues, mais on voit clairement un être humain s'approcher des grilles. Une fois celles-ci atteintes, il sort quelques objets d'un sac, semble travailler les barbelés et entre cinq minutes plus tard dans la Société. Le plan change ensuite et il voit une silhouette courir dans les rues. Sur la dernière image sont indiqués minuit et la date du jour. La bouche de Connor s'étire pour former un sourire. Sa future victime vient d'entrer dans la gueule du loup. Il ne lui reste plus qu'à refermer les mâchoires pour la broyer.

— Notre système de sécurité n'est vraiment pas au point. Cette intrusion ne vous inquiète pas, monsieur ?

— Au contraire, c'était voulu ! Cela veut dire que mon plan a fonctionné. Le gros poisson que je convoite vient de se jeter dans mes filets.

Connor est radieux. Il oublie l'incompétence du technologue et lui lance :

— Finalement, vous avez vos trois jours. Disposez !

Liam ne se fait pas prier et disparaît, laissant le président heureux. Tout marche comme prévu. Il n'y a plus qu'à déclencher la suite des événements.

5

Jake poursuit sa proie, heureux, libéré. Il a oublié la journée de la veille, son excursion avec le président, la gamine aux yeux orange pour se concentrer sur son adversaire, son ennemi favori. Calim. Celui-ci s'enfuit, à peine plus rapide, sautant par-dessus des caisses en bois ou se faufilant parmi les passants matinaux. Seulement, Jake ne se laisse pas distancer. Ce duel le ravit, bien qu'aucune émotion n'apparaisse sur son visage. Mais lorsque Calim entre par erreur dans une impasse, il se permet d'esquisser un mince sourire. Le Corbeau dégaine sa matraque et son couteau, prêt au combat.

Calim l'attend au fond de l'impasse. Lui aussi sourit, nullement effrayé. Il est certain de son triomphe futur. La vue des armes de Jake ne lui fait pas peur.

— Alors, Jake, quoi de neuf ? lance-t-il.

— Pas grand-chose depuis deux jours. Oh si, j'ai enlevé une gamine aux yeux orange. Un drôle de phénomène. Mais maintenant, j'ai envie de me changer les idées. Quoi de mieux qu'une arrestation en règle ?

— Tu es bien bavard, aujourd'hui ! Aurais-tu oublié que tu n'as jamais réussi à me passer les menottes ?

— Ce n'est plus qu'une question de minutes.

Les deux jeunes hommes sourient. Une seconde plus tard, Jake se jette sur Calim et tente d'abattre sa matraque sur sa nuque. Ce dernier esquive avec agilité, recule et se met en garde.

— Alors, Jake, qu'est-ce qui se passe ? Tu es plus rapide, d'habitude. Cette gamine aux yeux orange t'a tourné la tête ?

Jake, d'un mouvement vif, lance son couteau. Celui-ci frôle l'oreille de Calim avant de se planter dans le mur. Les deux hommes se jaugent.

— Voilà qui est mieux. Mais que dis-tu de ça ?

Calim plonge la main dans l'une de ses poches profondes et jette à son tour quelque chose vers Jake. Celui-ci, qui s'attend à un couteau, s'apprête à parer ; aussi est-il surpris par le poivre qui l'aveugle. La douleur, vive, le fait reculer ; il éternue, les yeux brûlants, frustré.

— Je serais bien resté plus longtemps, se moque Calim, mais j'ai une soupe sur le feu... À la revoyure !

Jake, qui n'y voit plus clair, ne peut qu'entendre les pas de son adversaire qui s'éloignent rapidement. Le garçon, rusé, lui a encore échappé. Néanmoins, il sait que ce duel incessant le préserve de l'ennui ; de plus, il apprécie sa proie, devenue presque un ami. Avec Calim, Jake peut discuter. Cette étrange relation le surprend, mais lui convient.

Pour la forme, le Corbeau pousse un long soupir et se remet en marche, déterminé à ramener un hors-la-loi à la Caserne. Sinon, ils n'auront personne à exécuter le lendemain, ce qui est tout simplement inimaginable. Connor et les Corbeaux ont besoin de ces immolations publiques pour maintenir leur emprise sur la population, pour montrer qu'ils commandent et que le moindre écart est puni.

Soudain, son portable se met à sonner. Il décroche aussitôt, plein d'espoir. Un de ses hommes aurait-il procédé à une arrestation ?

Une voix féminine aboie :

— Monsieur Regan ? Le président veut vous voir. Immédiatement.

Jake raccroche sans répondre, furieux. Il a l'impression que le président s'amuse à le déranger, particulièrement après ses duels avec Calim. Que va-t-il lui demander, cette fois ? Un génocide dans une autre Cité ? De rage, il enfonce ses poings fermés dans ses poches et se dirige vers le Palais. Par chance ou par malchance, il ne se trouve qu'à trois minutes de marche du bâtiment. Il y entre, parcourt d'un pas vif les couloirs qu'il connaît par cœur et pénètre dans le bureau de Connor sans frapper. L'homme l'attend en tapotant sur sa table, tic qui énerve toujours autant le jeune chef.

— Vous m'avez demandé ?

Malgré toute sa colère, Jake reste impassible. Les Corbeaux ne doivent en aucun cas montrer leurs émotions. Connor serait trop content de le voir agacé.

— Effectivement. Notre proie s'est jetée dans la gueule du loup.

— Vous voulez dire que l'autre fille est entre nos murs ?

Le président approuve. Pendant un instant, Jake est sidéré. Comment cette gamine a-t-elle pu se montrer aussi insouciante, et surtout rallier la ville aussi vite ? Sans doute dispose-t-elle de certains moyens...

— Elle est arrivée vers minuit. Rassemblez tous vos hommes et poursuivez-la. Les autres hors-la-loi pourront attendre.

— Impossible, monsieur ! Nous n'avons arrêté personne, aujourd'hui. Ce qui veut dire qu'aucun hors-la-loi ne sera exécuté demain. Le peuple croira que nous avons perdu la main. Une révolte est toujours possible.

Connor part alors dans un fou rire incontrôlable qui énerve Jake. Le Corbeau serre les poings, ses phalanges blanchissent. En cet instant, il n'a qu'une envie : égorger sur-le-champ le chef de la Société. Cette pensée s'évapore aussi vite qu'elle est survenue. Il doit laisser son orgueil de côté et suivre les ordres. Quels qu'ils soient. Cette conviction a toujours été plus forte que tout.

— Vous êtes tellement naïf ! s'amuse le président. Réfléchissez. Pourquoi avons-nous une prison, ou plutôt un « bâtiment dédié aux sujets spéciaux » ?

— Pour leur faire subir des tests, des expériences. Voir quelles conséquences découlent de l'absorption de certains produits.

— Certainement, mais pas seulement. Ils servent aussi de fusibles que l'on peut faire sauter à tout moment. Vous comprenez ? Demain matin, on enverra quelques « sujets spéciaux » à l'échafaud. C'est aussi simple que ça.

Jake écarquille légèrement les yeux. Il se rend compte que, s'il commet la moindre erreur, le président n'aura aucun scrupule à l'éliminer devant une foule ravie de voir un grand tomber. Il deviendra, lui aussi, un « fusible ». Jake se voit déjà la corde au cou. Personne ne le regrettera ; ses hommes seront enchantés d'avoir un nouveau chef. Seul Calim, peut-être, versera une petite larme. Mais rien n'est moins sûr.

— Nous cherchons donc une gamine de douze ans, expose Jake ironiquement, aux courts cheveux noirs, au teint pâle et aux yeux orange, c'est ça ?

— Anna nous a fait tourner en bourrique. Fiez-vous à la photographie que vous avez vue. Je suppose qu'il s'agit d'une adolescente de quinze ou seize ans, aux longs cheveux blonds, au teint hâlé… et aux yeux orange, bien sûr.

Jake s'en doutait, mais il laisse le président poursuivre :

— Oh, et elle s'appelle bien Liza. Anna n'a pas menti sur ce point.

— Comment le savez-vous, monsieur ?

— C'était indiqué sur le mot. Les gens signent ce qu'ils écrivent, vous savez. Partez immédiatement. Il n'y a pas une seconde à perdre.

— Oui, monsieur le président.

Jake sort du bureau, songeur. Son cœur lui clame de ne pas obéir. Dans cette affaire, c'est lui le méchant. Il est allé dans une ferme isolée, a kidnappé une petite fille sans défense et l'a envoyée en prison. Maintenant, il doit arrêter et incarcérer sa sœur dont le seul tort est de vouloir secourir sa cadette. Son sort ne fait aucun doute : interrogatoires, expériences, puis exécution. Anna, ainsi traumatisée, sera malléable à souhait, et Connor pourra en faire ce qu'il veut. Doit-il être complice de cela ? Oui, certainement. Il en va de sa place, de sa propre vie. Le Corbeau ne veut pas mourir à dix-huit ans : quelques remords ne le tueront pas. Il décroche alors son téléphone, tape un message et l'envoie à tous ses hommes.

À partir de maintenant, ne recherchez plus qu'une adolescente de seize ans, blonde, au teint hâlé, répondant au prénom de Liza. Si vous trouvez une fille correspondant à cette description, regardez ses yeux. S'ils sont orange, arrêtez-la et prévenez-moi.

Une fois le message envoyé, Jake se met lui aussi au travail. Avec le même objectif.

6

Anna tourne sans relâche les molettes du cadenas. Elle ne souhaite plus trouver le code, mais simplement se changer les idées. Sur l'inconfortable lit du haut, Judith somnole, malgré l'heure avancée. D'après la luminosité, il doit être 8 ou 9 heures du matin. Si seulement le soleil pouvait percer les nuages…

Judith s'agite et se réveille, interrompant les pensées d'Anna. La femme saute sur le sol, adresse un grand sourire à sa camarade de cellule et observe son livre.

— Qu'est-ce que c'est ? Tu l'avais déjà à ton arrivée.

— Ça ? Oh, un simple livre cadenassé. Il faut un code à huit chiffres pour l'ouvrir, mais je ne le connais pas. Je sais seulement qu'il a été créé dans les années 2000.

— Comment l'as-tu deviné ?

— Il y a douze noms inscrits au dos. J'ai compté trente ans par génération. Douze fois trente font trois cent soixante. Comme mes ancêtres utilisaient l'ancienne datation, il faut partir de 2374, pas de 152. 2374 – 360 = 2014. Je cherche donc un événement survenu à cette date.

— Je vois. Peux-tu me le passer un instant ?

Anna tend son précieux livre à la femme qui entreprend de l'examiner. Ses yeux bleus parcourent la couverture ainsi que les noms inscrits au dos. Anna les connaît par cœur. Soudain, Judith sourit et le lui redonne.

— Je crois que tu fais fausse route depuis le début. Regarde tout en bas de la quatrième de couverture. Ce texte a dû t'échapper.

Anna se penche sur le dos de son livre et constate qu'effectivement quelques mots y sont inscrits, minuscules, presque invisibles. Elle plisse ses yeux orange pour lire de son mieux.

Pour changer le code, ouvrez le livre, alignez les nouveaux chiffres et actionnez les deux boutons en même temps. Je recommande à chaque nouvel héritier de changer ce code afin de brouiller les pistes.

Comment ce message a-t-il pu lui échapper ? C'est John, son père, qui a composé ce code. Son propre géniteur. Seulement, Anna ne connaît presque rien de lui. Elle fronce les sourcils, rassemblant tous ses souvenirs. Il est né en 2334, mort en 2369. Elle entre aussitôt les deux dates avant de se rendre compte de l'inutilité de son initiative. Comment son père aurait-il pu deviner l'année de sa propre mort ?

— Il a dû utiliser des informations que lui seul possédait, réfléchit Judith à haute voix. Mais aussi des informations que sa fille doit connaître.

Anna pousse un cri.

— Nos dates de naissance. La date de naissance de Liza et la mienne ! C'est ça, le code !

Elle a hurlé ces derniers mots. Surexcitée, elle s'apprête à composer le code, mais une vague d'angoisse la parcourt. Ses mains se mettent à trembler.

— Calme-toi ! s'inquiète Judith. Qu'as-tu ?

— Je viens de me rendre compte, explique-t-elle d'une petite voix, que je ne connais pas la date de naissance de Liza.

Comment peut-elle l'ignorer ? Pourtant, la réponse est simple : Liza n'a jamais fêté son anniversaire. Jamais. Du moins, pas en présence de sa sœur. Mais pourquoi ?

« Pas d'anniversaire, pas de repas... et donc des réserves pour d'autres jours », devine-t-elle.

Cette révélation la bouleverse. Anna prend soudain conscience de toutes les privations que Liza a subies pour la maintenir, elle, le petit génie, en parfaite santé. Elle comprend tout. Pourquoi, en hiver, sa sœur avait les mains bleues à cause du froid. Pourquoi elle tenait autant à ses animaux, à ses cultures. Pourquoi son corps se creusait parfois jusqu'à devenir rachitique. Elle faisait tous ces sacrifices dans le seul et unique but de protéger, préserver sa sœur. Jamais elle n'a renoncé, jamais elle n'a flanché. Cela aurait été facile, pourtant. Manger toutes les cultures et raconter qu'elles avaient pourri à cause du gel. Mais non, elle est toujours restée fidèle à elle-même. « Tu as mangé ? » lui demandait Anna. « Oui », répondait-elle avec le sourire. Liza dissimulait la vérité, et sa petite sœur vivait dans l'illusion d'une vie simple et paisible.

— Qu'est-ce que j'ai pu être naïve !

— Ne t'en fais pas. Réfléchis bien. Je suis sûre que tu vas t'en souvenir, dit doucement Judith.

Bien sûr, Judith ignore tout des sacrifices de Liza. Tant mieux, en un sens. Anna met son cerveau en marche. Quelle peut être la date de naissance de sa sœur ? Quel jour, quel mois ? Elle aligne les quatre derniers chiffres pour composer sa propre date de naissance : 0606.

Sa réflexion s'interrompt lorsque la porte s'ouvre. Par réflexe, Anna cache son livre dans le matelas, nullement gênée par les menottes. Elle a appris à se mouvoir malgré cette entrave. L'homme qui vient d'entrer dans la cellule n'est pas Kellen. Plus grand, plus costaud, il arbore la chemise blanche des Colombes, mais son regard est dur et cruel. La peur déferle par vagues dans le cœur de la petite fille. Ce scientifique n'est pas là pour la tester, mais pour la torturer. Pour briser son esprit. Le gentil Kellen n'a servi qu'à créer un contraste horrible avec la brute qui s'approche d'elle. Terrorisée, Anna se blottit dans un coin de sa cellule. Son intelligence supérieure laisse place aux instincts de son âge.

— Je n'ai pas de temps à perdre avec une morveuse comme toi, grogne l'homme. Viens là *immédiatement.*

Anna n'esquisse pas un geste. Elle n'obéit qu'aux personnes souriantes et sympathiques, comme Kellen ou Judith. Connor, Jake et son futur bourreau peuvent toujours courir. Elle ne bougera pas, ne parlera pas, ne coopérera pas. Hors de question.

La Colombe la soulève d'une seule main et l'entraîne hors de la cellule.

— Ne lui faites pas de mal ! hurle Judith. Ce n'est qu'une gamine !

— Ta gueule ! répond méchamment la Colombe. Je n'ai aucun ordre à recevoir d'une renégate comme toi.

Il claque la porte derrière lui. Anna reste stoïque et silencieuse sous sa poigne. Lorsqu'ils passent devant le bureau de Kellen sans s'arrêter, elle comprend que la « Colombe » l'emmène dans un autre endroit, un endroit qu'elle n'appréciera pas.

— Au cas où tu te poserais la question, je m'appelle Ewen et je suis le frère de ton *cher* Kellen. Inutile de te préciser que nos méthodes sont… différentes.

Vive comme une vipère, Anna plante ses dents dans l'avant-bras d'Ewen. Celui-ci pousse un cri et relâche son étreinte. Elle en profite pour détaler aussi vite qu'elle en est capable. Son cœur bat fort, et elle se mord la langue pour ne pas hurler de terreur. Elle n'a pas encore l'habitude de se servir de ses jambes, si faibles. Ses menottes la gênent dans sa course, l'empêchent de trouver un équilibre. En quelques secondes à peine, le scientifique la rejoint, l'attrape par le col et la projette contre le mur. Anna retombe lourdement sur le sol, comme une poupée de chiffon. Elle sanglote, sa cheville gonfle et tourne au bleu : elle n'ose la remuer.

— Relève-toi, ordonne son bourreau.

Elle lui jette un regard noir. Hors de question d'obéir. Ewen la remet sur ses pieds sans plus de cérémonie : une douleur fulgurante la fait gémir. Sa cheville ! Foulée ou brisée… foulée, plutôt. Anna se met à clopiner, aiguillonnée par Ewen. Il pousse deux portes battantes. Elle relève la tête et balaie de ses yeux orange le nouveau décor. Un frisson parcourt aussitôt sa nuque, s'étend à ses bras, à ses jambes. Elle n'a qu'une envie : s'enfuir, même avec sa cheville blessée. Partout où elle porte le regard, elle voit des machines dont la fonction ne fait aucun doute : blesser, abîmer, découper les corps. Du sang encore frais brille sur le sol. Elle retient un hoquet, puis un haut-le-cœur. Heureusement qu'elle n'a pas pris de petit déjeuner.

— Tu dois te demander si j'ai le droit de t'administrer de tels châtiments malgré ton jeune âge, dit Ewen, sarcastique. Sache que Connor m'a donné tous les droits sur toi si tu ne me fournis pas les réponses adéquates. Mais si tu obéis, je ne te ferai aucun mal.

Elle le fusille du regard. Cet homme ment comme il respire. Il ne désire qu'une chose : s'emparer de son petit corps, le poser sur une machine et l'entendre pousser des hurlements de terreur et de douleur. Seulement, elle ne dira plus un mot avant son retour dans sa cellule. Elle parle et obéit quand elle ne court aucun risque ; le danger décuple ses capacités de résistance. Une telle obstination relève de la folie, elle le sait.

— Assieds-toi sur cette chaise.

Anna ne bouge pas d'un millimètre. S'il s'approche, elle s'enfuira, quitte à se faire rattraper quelques secondes plus tard. Seulement, Ewen se déplace à une vitesse surprenante pour sa masse et l'attrape par le col.

— Tu ne veux pas obéir ? ricane-t-il. À ta guise. C'est plus rigolo quand les proies se débattent un peu.

Il la cloue sur une chaise et s'installe en face d'elle. Il fait craquer ses phalanges tandis qu'elle maudit intérieurement ses menottes. Jamais elle ne disposera de son corps entier. L'homme sourit, cruel, imaginant sans doute déjà quels châtiments il infligera à sa victime. Il sort d'un tiroir un petit paquet de feuilles ainsi qu'un caméscope qu'il tient dans sa main gauche. Le cœur d'Anna bat la chamade. Pour un peu, il exploserait en mille morceaux.

— Voici les questions que je dois te poser pour tester ton intelligence. C'est Kellen qui les a conçues. Et voici ta situation.

Il approche son visage de celui d'Anna, qui peut sentir son haleine putride. Il a dû manger des kilos de viande pour son petit déjeuner. Elle a envie de vomir : Ewen est l'archétype du bourreau.

— Soit tu réagit calmement à ces questions, soit tu ressors d'ici en miettes. Je te laisse choisir.

Anna ne réagit pas. Elle ne cédera pas. Elle sait parfaitement qu'elle est trop précieuse pour mourir... du moins pour l'instant. Ewen se contentera de lui faire peur. Et mal... La blessera sans doute. Son plan n'a aucun secret pour la prisonnière, qui a parfaitement décrypté ses intentions.

— Première question : quelle est la suite logique entre ces chiffres ?

Aucun son ne passe les lèvres d'Anna, qui fixe son adversaire avec fermeté. Elle a le mental, lui le physique. Chacun sa torture. Son bourreau se lève et, d'une main, la pousse vers une machine. Elle grimace : sa cheville a doublé de volume. Ewen pose le caméscope afin d'enregistrer la scène et attache ses bras et ses pieds avec une corde solide. Anna jauge les nœuds du regard : aucun doute, elle a affaire à un expert. La sanglante Colombe tourne une roue. Des larmes perlent à ses yeux orange. Ses muscles, ses os, son cœur, son cerveau crient au secours.

Tant d'imagination malsaine, tant d'inspiration maléfique dégoûtent Anna : elle crache sur son bourreau. Le scientifique essuie la salive sur son visage d'un revers de manche et toise son minuscule adversaire.

— Tu as de la chance que le président ait besoin de toi. Sinon, tu serais déjà morte, murmure-t-il.

D'un mouvement sec, il actionne les pinces qui s'approchent dangereusement d'Anna. Celle-ci ferme alors les paupières, terrorisée.

7

Liza déambule longtemps dans les rues de la Société avant de se rendre à l'évidence : elle ne sait pas où aller. Elle a marché toute la nuit, emprunté chaque allée, observé chaque bâtiment, en vain. Anna reste aussi introuvable qu'un trèfle à quatre feuilles dans un désert. De plus, l'adolescente sait que son temps est compté. On a dû remarquer son intrusion ; les Corbeaux peuvent apparaître à tout instant, mettre la main sur elle et l'envoyer en prison… ou à l'échafaud.

Elle tourne à droite et débouche sur une avenue plus fréquentée. Des dizaines de marchands offrent leurs produits aux badauds. Elle est étonnée de ces échanges : dans les livres qu'elle a lus, on donne de l'argent contre de la nourriture. Ici, c'est premier arrivé, premier servi, et tant pis pour les autres. La loi de la jungle au milieu d'une cité parfaitement contrôlée. Elle suppose alors qu'à chaque habitant est attribué un quota de produits à ne pas dépasser. Et effectivement, les meuniers ne vendent pas plus d'un sac de farine, les éleveurs ne fournissent pas plus de deux œufs, et ainsi de suite.

Elle remarque également que la foule est hétéroclite. Des hommes, des femmes de tout âge se bousculent. Seule tranche d'âge absente : la sienne. Pas de groupes d'adolescents, pas de bambins riant aux éclats. Elle devine qu'ils sont à l'École, étudiant leur futur métier avec acharnement. Elle est donc facilement repérable. Aussi se glisse-t-elle dans la foule, la tête basse, persuadée qu'un Corbeau va lui tomber dessus dans les secondes qui suivent. Il lui faut une cachette. Elle vient de passer une nuit blanche et ne parvient plus à réfléchir. Soudain, elle entend une voix aiguë s'exclamer :

— Oh, Cobo !

Liza se retourne vers la voix : elle appartient à un petit garçon d'à peine deux ans. Sa mère le reprend :

— Corbeau, chéri, Corbeau !

— Cobo ! s'écrie encore le bambin.

Il pointe son doigt en direction d'un homme tout de noir vêtu qui observe Liza avec une attention soutenue. Celle-ci reste clouée sur place, effarée. Son pire cauchemar est en train de devenir réalité. Le Corbeau l'a repérée et s'élance déjà vers elle. Dix mètres à peine les séparent ; elle se met à sprinter, profitant de la foule et de sa petite taille pour gagner quelques secondes. Elle court de toutes ses forces, emprunte des rues au hasard, tourne à droite puis à gauche, sans regarder en arrière. Quand une main se pose sur son épaule, elle hurle et se retourne. L'homme l'a rejointe.

— Vous êtes Liza ?

— Non. Vous faites erreur.

— Menteuse, profère-t-il d'une voix menaçante. Vous avez les yeux orange.

Inutile de répondre. Elle plante ses dents dans la main du Corbeau et détale comme un lapin. Il pousse un hurlement, reste figé une fraction de seconde et s'élance de nouveau. Une course-poursuite infernale commence à travers les rues de la ville. Liza percute des dizaines de passants sans prendre la peine de s'excuser, mais elle ne peut conserver son avance car l'homme, plus grand, gagne peu à peu du terrain. Cependant, il perd quelques précieuses secondes à appeler des renforts, ce qui permet à Liza de bifurquer sur une immense avenue déserte. Ici, elle est trop exposée : il lui faut trouver une issue. *Immédiatement.*

Tout en courant, elle balaye la zone du regard. Aucune cachette possible. À moins que… Elle s'approche d'une bouche d'égout. L'ouverture est étroite : Liza, fine, tout en muscles déliés, passera. Mais pas le Corbeau. Sans hésiter une seule seconde, elle balance son sac et se jette dans le trou tête la première. Ses hanches la bloquent ; elle hurle quand elle sent des mains lui attraper les jambes. Dans un sursaut d'adrénaline, elle plaque ses mains contre le mur et pousse de toutes ses forces. Ses hanches passent enfin, et le Corbeau n'a d'autre choix que de la lâcher. Libérée, elle entame alors sa chute.

Dans la folie de sa course, elle n'a pas pensé à ce détail. Et si vingt mètres la séparaient de l'eau sale et croupie ? Et si elle percutait le sol ? Si elle se blessait et mourait dans les égouts, par une ultime facétie du destin ? Elle ferme les yeux et pousse un hurlement strident, quitte à alerter tous les Corbeaux de la ville. Sa chute s'éternise… puis son corps percute la surface de l'eau noire, s'y enfonce. Et c'est alors qu'un détail qui, dans cette situation a son importance, lui revient en mémoire.

Au cours de ses seize années d'existence, Liza n'a jamais appris à nager.

8

Alors qu'il se promène tranquillement dans les égouts, Calim est surpris par le hurlement suraigu, suivi d'un « plouf » caractéristique. Il se rue vers l'origine du bruit. Et si un Corbeau avait décidé d'entamer une petite descente dans les égouts ? S'il trouvait Jake en train de se débattre dans les eaux noires ? Malgré son appréhension, il court de toutes ses forces. Peut-être qu'une gamine a laissé tomber son doudou et l'a suivi dans sa chute ?

Tout en courant, il braque sa lampe sur les flots. Soudain, son regard est attiré par un objet qui dérive doucement. Un sac à dos. Il n'hésite pas une seconde, jette sa lampe, bloque sa respiration et plonge dans l'eau sombre et épaisse, où flottent de nombreux détritus. Nageur émérite, il progresse rapidement malgré l'obscurité. Il remonte à la surface, bat des pieds, rejoint le sac et plonge de nouveau. Cette fois-ci, il agrippe quelque chose de dur. Un poignet ou une cheville.

Calim sort la tête de l'eau et ramène le corps vers lui. D'abord une main, puis un poignet, un bras, une tête. Il cale cette tête contre la sienne et nage sur le dos jusqu'au bord, où il hisse la jeune fille qui respire avec difficulté. Sans hésiter un instant, il pratique le bouche-à-bouche tel qu'il l'a appris à l'École. Quelques secondes plus tard, elle crache de l'eau croupie : son souffle devient plus régulier. Calim la sait hors de danger, désormais. Il attrape son sac à l'aide d'un bâton, le pose sur son dos, puis la soulève avec douceur dans ses bras. Sitôt arrivé dans son refuge, il l'installe sur son lit et allume la lumière.

Il ouvre de grands yeux surpris : cette fille devrait être à l'École ! Elle ne doit avoir que quatorze ou quinze ans. De longs cheveux blonds encadrent son visage rond parsemé de taches de rousseur. Qui est-elle ? Intrigué, il allume la télévision. Peut-être vont-ils parler d'elle au journal. La présentatrice apparaît à l'écran, énonçant les titres principaux de la journée :

Tout d'abord, voici un flash spécial. Jake Regan, chef des Corbeaux, a souhaité prendre la parole. Nous l'écoutons donc.

La présentatrice disparaît et laisse place à Jake. Il est filmé dans une ruelle déserte.

Mesdames et Messieurs, vous savez tous qu'hier, nous avons capturé une petite fille qui vivait en marge de la Société. Sa grande sœur est arrivée, elle aussi. Je l'ai poursuivie, mais elle s'est échappée en plongeant dans les égouts. Une patrouille quadrille les lieux, mais cet endroit est un vrai labyrinthe. Ce qui signifie qu'à l'heure actuelle, elle peut s'être cachée n'importe où.

Il sort de sa poche un téléphone portable, bijou de technologie que seuls les Corbeaux sont autorisés à posséder. Il appuie sur une touche, puis le brandit devant l'écran. On aperçoit la photo, un peu floue, d'une jeune fille blonde. Ses yeux orange étonnent Calim qui coule un regard vers la rescapée.

Elle répond au nom de Liza, est âgée d'une quinzaine d'années et a, comme sa sœur, les yeux orange. Si vous la voyez, capturez-la et appelez les Corbeaux sur-le-champ. Je compte sur vous.

Calim éteint la télévision. Nul doute : il a secouru Liza, l'adolescente recherchée par les Corbeaux, et par toute la population désormais. Que va-t-il bien pouvoir faire d'elle ? La garder, la soigner ou, au contraire, la jeter dehors ? Il hésite. Sa présence pourrait le trahir, mais il n'osera jamais se débarrasser d'une blessée.

Liza remue dans son sommeil, crachant une nouvelle fois de l'eau noire. Elle doit faire un cauchemar. Du bout des lèvres, elle murmure plusieurs fois un prénom :

— Anna... Anna...

Calim lève les yeux au ciel. Dans quel pétrin s'est-il encore fourré ? Il sent que cette Liza va lui apporter des ennuis. De gros ennuis.

9

Liza sort de son sommeil ; elle est aussitôt victime d'une terrible quinte de toux qui a pour effet d'expulser l'eau noire de ses poumons. Elle se redresse, convoquant ses derniers souvenirs. Elle a chuté dans les égouts, a sombré…

Comment expliquer qu'elle se trouve à présent dans une pièce à l'ameublement certes spartiate, mais confortable ? Qu'elle est allongée sur un lit ? Son sac repose contre le mur, trempé : elle a peur pour ses affaires. Elle se lève d'un mouvement brusque, chasse son vertige et ouvre son précieux bagage. Par bonheur, tout est en parfait état : elle pousse un soupir de soulagement. Soudain une voix retentit, un brin moqueuse :

— Ah, tu es réveillée !

Elle crie, sort son revolver et le pointe en direction de la voix. Elle découvre alors un garçon de son âge dont les cheveux noirs dissimulent en partie son visage pâle ; il porte un manteau violet recousu à plusieurs endroits, une chemise blanche couverte de taches et un pantalon si sale qu'elle ne parvient pas à en deviner la couleur. Sur sa tête est vissé un chapeau en feutre, marron et élégant. Liza croit voir devant elle un prince des égouts, presque élégant dans sa crasse, aux manières calmes et distinguées. Il lève les mains et s'exclame :

— Range ton arme ! Je ne te ferai aucun mal !

— Qui es-tu ? lance-t-elle, méfiante.

— Ton sauveteur. Tu allais te noyer, et je suis allé te repêcher.

— Tu ne réponds pas à ma question.

— Je m'appelle Calim. Calim von Switten.

Rassurée par le sourire et amusée par le nom, Liza baisse son arme.

— Je suis… commence-t-elle.

— Liza, complète Calim. Une vraie célébrité. Toute la Société te recherche.

— Toute la Société ?

— Eh oui ! Jake a lancé un appel au peuple. Il y aura sûrement une récompense.

Liza ne comprend rien à ce discours.

— Jake ?

— Oh, excuse-moi, j'oubliais que tu étais une touriste ! Jake est le chef des Corbeaux. Brave gars, mais un peu trop à cheval sur le règlement.

— À quoi ressemble-t-il ?

— Brun, yeux marron, grand et jeune. C'est sans doute le meilleur Corbeau qui soit.

— C'est lui qui m'a poursuivie, devine Liza.

— Sérieux ? Tu as de la chance d'être encore en vie. Comment lui as-tu échappé ?

— L'entrée des égouts. Je pouvais y passer. Pas lui. Mais après, je suis tombée dans l'eau et comme je ne sais pas nager…

— Je t'ai secourue ! Allons, même si j'ai sauvé une vie, je reste humble. Tu peux m'appeler « Votre Majesté – et j'insiste sur la majuscule ! »

Liza se met à pouffer de rire, chose qui ne lui était plus arrivée depuis l'enlèvement de sa sœur. Soit depuis la veille.

— Combien de temps ai-je dormi, Votre Majesté ? s'enquiert-elle avec un sourire presque mutin.

— Oh, une demi-douzaine d'heures. Non seulement tu as subi un choc thermique et émotionnel, mais en plus tu étais épuisée. Tu as dû cavaler toute la nuit.

Liza approuve avant de se rasseoir sur le lit. Calim lui a redonné espoir. L'espoir de quitter cette maudite Société, avec Anna bien sûr.

— Je te remercie pour tout, Calim, mais il faut que j'y aille.

— Sauver ta sœur ?

— Oui. Je n'ai pas de temps à perdre.

— Et pourtant si, objecte Calim. Sais-tu comment sortir des égouts ? Comment échapper aux Corbeaux, à la population entière ? Sais-tu seulement où se trouve Anna ?

Liza secoue la tête, vaincue. Jamais elle ne pourra passer inaperçue : ses yeux orange la dénonceront. Néanmoins, elle rétorque :

— Parce que tu connais toutes ces réponses ?

— Les deux premières. Cela fait quelques années que j'échappe aux Corbeaux, quelques mois que Jake me poursuit sans m'attraper. Et ça fait un bail que je vis dans les égouts. Je les connais mieux que ma poche.

— Alors dis-moi par où sortir.

— J'aimerais bien, gente demoiselle, mais ça risque d'être difficile. Toute la Société te recherche, soit presque cent mille habitants. Tu n'as pas la moindre chance.

— Je m'en fiche ! Je dois sauver ma sœur, tu m'entends ?

— Et comment comptes-tu la sauver une fois que tu seras sur l'échafaud ?

L'argument fait mouche. Liza ne sait que répondre. Elle serre les poings, rageuse et épuisée. Calim a raison depuis le début.

— Mais où est-ce que je vais dormir ?

— Dans un hôtel en plein centre-ville ! ironise le garçon. Tu peux rester ici, tu sais. Tu me distrairas. Je m'ennuie, parfois.

Elle rit, reconnaissante et ravie d'avoir croisé la route de cet étrange personnage. Calim von Switten... Le nom lui dit quelque chose, mais quoi ? Elle se gratte la tête, circonspecte, et remarque que sa crinière a repris son indépendance. Vite, elle sort sa brosse, ses barrettes et ses élastiques, sous le regard amusé du garçon.

— Si ta première préoccupation concerne ta sœur, tes cheveux viennent juste après ?

— Ma mère m'a toujours dit qu'une fille doit prendre soin de ses cheveux. Qu'il s'agit en réalité d'une arme insoupçonnée.

— Le jour où ils te sauveront la vie, tu m'appelleras !

— Bien sûr, répond Liza du tac au tac. Et ce jour arrivera peut-être plus vite que tu ne le penses.

Calim éclate de rire tout en passant une main distraite dans sa propre chevelure sale et emmêlée.

— Tu devras coucher par terre, la prévient-il. Je n'ai pas d'autre lit.

— Tu plaisantes ?

— Disons qu'il n'y a pas beaucoup de visiteurs dans les égouts !

— Est-ce que tu as des vieux vêtements ?

— Dans l'armoire au fond. Sers-toi.

Liza ouvre l'armoire, en sort un ballot de vêtements, trouve dans son sac une grande aiguille et du gros fil et se met à coudre, comme si elle reconstituait un puzzle. Calim observe ce spectacle, intrigué et impressionné par la dextérité de son invitée. Une petite demi-heure plus tard, elle a cousu une sorte de grand sac qu'elle remplit avec des chiffons. Elle se pose dessus pour le tester.

— Et voilà, un matelas express !

Subjugué, le garçon regarde Liza d'un œil nouveau.

— Tu sais fabriquer des meubles ?

— Fabriquer et réparer, renchérit-elle. Quand on vit seule avec un génie immobile, il faut s'occuper de la ferme, des animaux, des cultures, fabriquer des systèmes d'irrigation, des panneaux solaires et une éolienne pour l'électricité, réparer les barrières, construire les meubles nécessaires, surveiller la plomberie… Anna a le cerveau, moi les muscles. C'est comme ça.

Calim est béat d'admiration. Et lui, de quoi est-il capable ? Voler, survivre, s'enfuir, se cacher, se battre, ruser. Pire qu'un rat. Plongé dans ses réflexions, il allume distraitement sa télévision et regarde la présentatrice – toujours la même – annoncer les nouvelles de 20 heures. Liza braque son regard sur l'écran, dans l'espoir d'en apprendre plus sur Anna. La femme énumère les exécutés du lendemain, repasse le message de Jake et montre de nouvelles images.

Voici le premier test qu'a subi la jeune Anna, qui hier encore vivait hors de la Société.

Une image apparaît. Liza se redresse, s'approche du poste de télévision et reconnaît, non sans une vive émotion, le visage de sa sœur. Elle remarque que celui-ci a pâli. Quelques petites rides se sont formées au coin de ses yeux et de sa bouche. Anna répond calmement à un grand nombre de questions sans bouger le petit doigt. Ses mains sont menottées, mais elle ne semble pas avoir été maltraitée.

— Ta sœur ne te ressemble pas, dit Calim.

— Elle tient de notre père, réplique Liza sans quitter l'écran des yeux. Moi, j'ai tout hérité de notre mère, sauf les yeux orange. Des fois, je me dis que cette singularité n'est qu'un handicap.

Quand Anna se lève pour quitter la salle, Liza ne peut retenir un cri qui fait sursauter son hôte.

— Tu pourrais prévenir ! grogne-t-il, mécontent.

— Elle marche... chuchote Liza, choquée. Elle marche !

— Rien d'étonnant. Elle a au moins sept ans, ta petite sœur !

Mais lorsque deux grosses larmes dévalent les joues de Liza, le garçon devine que la réalité n'est pas si simple. Il comprend aussi qu'un lien fort unit les deux sœurs, qui ont vécu ensemble des épreuves très dures. Un même feu brille dans leurs yeux.

Le journal télévisé s'achève ; Calim éteint l'appareil.

— Liza, si tu me racontais tout depuis le début ?

La jeune fille esquisse une moue sceptique. Elle ne connaît ce garçon que depuis une heure : peut-elle lui faire confiance ? Et s'il s'agissait en réalité d'un Corbeau embusqué, chargé de récolter diverses informations ? Calim plonge son regard dans le sien et dit, avec émotion :

— Je ne suis pas un Corbeau, Liza. Les Corbeaux ont tué mon père...

Liza est troublée. Elle voudrait s'approcher de son hôte, l'étreindre peut-être, lui adresser des paroles réconfortantes. Mais peut-elle se permettre de telles familiarités ? Et surtout, peut-elle lui faire confiance ? N'ayant rien à perdre, la jeune fille propose alors :

— D'accord, mais à une condition.

— Je t'écoute.

— Dès que j'aurai fini, tu me raconteras ton histoire, toi aussi.

— Tu es dure en affaires, n'est-ce pas ? Bon, je suis d'accord. Mais honneur aux dames : tu commences !

— Très bien.

Liza décrit son enfance, sa vie à la ferme. Son père chassait, sa mère s'occupait d'elle ; tous les soirs, ils jouaient ensemble, lui du violoncelle, elle du piano. Elle continue par la naissance d'Anna, le petit génie espéré, mascotte et chouchoute des parents. Elle raconte comment, tous les trois, ils ont fait face aux nombreuses maladies de la petite dernière. Liza relate ensuite avec émotion l'escapade de ses parents à la Société, le retour de son père à l'agonie. Puis le long combat d'Anna contre la maladie.

— À l'époque, confie-t-elle, je la détestais. Elle m'enlevait mes parents, me volait leur affection. Mais maintenant, je sais qu'elle a besoin de moi. Je l'aime comme une grande sœur protectrice, mais aussi comme la mère dont elle n'a pas le souvenir ou la meilleure amie qu'elle ne peut avoir. Tu sais, Calim, juste avant sa mort, papa m'a fait promettre de la protéger. Anna est l'avenir de la famille, la seule Gallen capable de reprendre le flambeau. Je dois veiller sur elle au péril de ma vie.

Calim comprend mieux désormais les motivations de Liza. Seulement, il n'est pas d'accord sur un point.

— Liza, permets-moi de douter. Pour moi, Anna n'est pas le seul génie de la famille. Tu l'es aussi, à ta manière.

— Mais c'est la manière d'Anna qui est intéressante. Maintenant, Calim, c'est à ton tour.

Le garçon prend une profonde inspiration. Il avait espéré que Liza oublierait la promesse qu'elle lui a extorquée.

— Ma mère est morte à ma naissance, commence-t-il. Mon père était un écrivain renommé, notamment pour ses œuvres polémiques. Il portait un jugement négatif sur la Société. Il s'est efforcé de m'inculquer un maximum d'esprit critique, m'a appris que tout était relatif et discutable, même les choses les plus évidentes. Il me disait : « Calim, tu vois ce gâteau ? Pour toi, il est délicieux, pas vrai ? Pour une autre personne, il aura un goût différent. Par exemple, moi, je déteste ce gâteau. Il existe autant de points de vue que de personnes et il n'est pas de vérité universelle. »

— Ton père parlait bien.

— En tout cas, il était contre la Société. C'est pourquoi il ne m'a jamais recensé, ni conduit à l'École. Il pensait pouvoir me cacher durant toute mon enfance. C'est drôle, quelque part : il était très critique, mais aussi très naïf. Un vrai paradoxe ambulant. Seulement, le jour de mes six ans, j'ai cédé à ma curiosité naturelle et j'ai enfreint la règle la plus importante : je suis sorti.

— Et un Corbeau t'a vu ?

— Leur chef. Il m'a poursuivi ; j'étais un enfant, j'ai couru me réfugier chez moi. Mon père a été arrêté et jugé pour œuvres polémiques et injurieuses, mais aussi pour détention d'un enfant en âge de travailler. Ils l'ont brûlé vif sous mes yeux, Liza, *sous mes yeux.* Je n'avais que six ans.

— Quelle horreur...

Des larmes brillent dans les yeux des deux jeunes gens. Les mains de Liza se mettent à trembler. Calim, lui, conserve une part de son sang-froid. Rassemblant tout son courage et sa détermination, il achève son récit :

— Pendant une année entière, je suis resté dans une cellule, comme un légume. J'étais en état de choc. Les journées défilaient sans que je m'en rende compte. Je pouvais passer des semaines sans manger ni boire. Comme si j'hibernais. On me maintenait sous perfusion dans le bâtiment dédié aux sujets spéciaux de l'École. Et puis, un beau jour, j'ai repris pied. Mon objectif était simple : sortir de cet endroit, puis vivre dans la Société en m'affranchissant de toute règle. J'ai passé leurs examens et, comble du sort j'ai été pressenti pour devenir Corbeau. Quelle ironie…

Calim, le prince des égouts, crache sur le sol. Ce mélange paradoxal entre aristocrate et bandit surprend et émeut Liza, qui garde le silence. Si la disparition de ses parents a creusé dans son cœur une plaie profonde, elle devine que son hôte est dans le même cas. Il est blême. Néanmoins, il continue, encore et encore. Les mots s'écoulent de sa bouche comme le flot d'une cascade.

— J'ai fait semblant d'être obéissant pour endormir leur méfiance, expose-t-il d'une voix plus neutre. J'ai suivi leurs cours, exécuté leurs exercices infâmes. Je me prêtais au jeu, ça commençait même à me plaire. La voix de mon père se taisait petit à petit. On m'a remis dans une chambre normale, que je partageais avec mon meilleur ami. J'ai vécu une année dans cette École. Tu sais, à l'âge de huit ans, les apprentis Corbeaux passent un examen. Pour tester leurs aptitudes physiques, mais aussi leur capacité à obéir aux ordres. Ils nous ont expliqué la veille de quoi il s'agissait. Tu devines, Liza ?

— Un combat à mort, murmure-t-elle, terrifiée.

— Tout juste. Tu n'es pas naïve, toi. La voix de mon père s'est réveillée, m'a hurlé de m'enfuir. C'est là que j'ai compris de quoi la Société était capable. J'ai fugué. Et ce Corbeau, l'assassin de mon père, m'a rattrapé et envoyé en cellule. J'ai subi ce maudit test, Liza, j'ai affronté mon meilleur ami, et tu devines ce qui est arrivé.

Cette fois, Liza ne répond pas, tétanisée.

— Nous étions dans l'Arène où se déroulent les mises à mort. Il y avait quelques milliers de spectateurs. Les gens sont friands de ce genre de spectacle. Le signal a retenti, mais aucun de nous deux ne voulait se battre, jusqu'au moment où ce maudit Corbeau a menacé de tuer nos familles. Moi, je n'en avais plus, mais l'effet a été immédiat chez mon meilleur ami. Lui qui la veille m'avait dit : « Jamais je ne te tuerai. » Il s'est rué vers moi, brandissant son poignard. J'avais l'intention de me sacrifier, Liza. Je le jure. Mais mon bras a agi tout seul, par réflexe. L'instant d'après, mon meilleur ami est tombé sur le sable de l'Arène, mort. Égorgé. Et moi, lâche que j'étais, je me suis enfui, je me suis caché et j'ai commencé cette vie de bandit. Comment peut-on vivre normalement quand on est responsable d'un crime ? Comment, Liza ? Bien sûr, c'est le passé, il est derrière moi, derrière nous. Seulement, dans les moments de solitude, il fait mal…

— Mais tu n'es plus seul ! s'exclame la jeune fille. Jusqu'au jour où je sauverai Anna, je resterai avec toi. J'ai besoin de ton aide…

— Et j'ai besoin de la tienne. Non seulement tu vas me tenir compagnie, mais tu vas rendre cette maison plus habitable.

Des sourires naissent enfin sur les lèvres des deux jeunes gens. Malgré leurs blessures intérieures, ils ont la même détermination, la même rage de vivre. Calim est heureux de s'être enfin confié. Sa rancœur est toujours aussi forte, mais maintenant il peut la partager avec une amie.

10

Judith fait les cent pas dans sa cellule. Son visage reflète son anxiété. De sa fenêtre, elle voit le soir tomber, l'obscurité envahir la Société ; elle devine qu'il doit être 21, voire 22 heures. Ils auraient dû ramener Anna depuis longtemps !

Et s'ils l'avaient tuée, alors qu'elle avait encore tant de belles années devant elle ? Judith cogne sa tête contre les murs de sa prison afin de chasser ces mauvaises pensées. Auparavant, elle subissait son sort comme un vulgaire pantin, mais Anna lui a apporté l'espoir.

La porte s'ouvre brutalement, et un corps flasque s'affale sur le sol de la cellule. Judith se rue en avant, folle d'inquiétude. La fillette respire imperceptiblement. Ses bras, ses jambes, son ventre sont marqués de coupures, de brûlures ; une partie de sa chevelure a été calcinée ; sa cheville a doublé de volume. Les deux prisonnières échangent un regard. Judith capte aussitôt la peur et la détresse de l'enfant.

— Monstres ! crie-t-elle vers la porte fermée. Vous vous rendez compte qu'elle n'a que huit ans, cette gamine ?

En rage, elle frappe une nouvelle fois le mur. Du sang coule entre ses phalanges. Elle a mal mais, en cet instant, rien ne lui importe plus que d'apporter ses soins à cette petite fille qui sombre dans l'inconscience. Judith arrache des pans entiers de ses vêtements, les mouille dans le lavabo et les applique sur les plaies les plus graves. Elle détruit une chaise, unique mobilier de la cellule, et se sert des morceaux de bois pour confectionner une attelle. Pour finir, elle allonge Anna, avec douceur, sur son lit.

Durant toute la nuit, Judith veille sur la fillette. Dans son cœur brûle une sourde envie de vengeance qu'elle doit dissimuler. La respiration d'Anna s'est apaisée : elle dort. Du moins, jusqu'au moment où elle se redresse en hurlant. Judith, effrayée, s'écrie :

— Anna, Anna, tu vas bien ? Réponds-moi !

— Des pinces...

De grosses larmes roulent sur les joues d'Anna. Judith devine qu'elle dort encore, mais qu'elle est en proie à une étrange crise, mélange de somnambulisme et de terreur nocturne.

— Les pinces... halète-t-elle. Elles sont là... Elles arrachent tout, tout, tout ! Tout ! Et ce qui n'est pas arraché est consumé dans les flammes.

Anna se tait. Judith s'attend à la voir replonger dans le sommeil, mais elle pousse un nouveau hurlement, poignant.

— Maman... murmure-t-elle. Papa, maman, où êtes-vous passés ? La prochaine fois, ils vont invoquer les éléments, me brûler de l'intérieur ! Le feu, tout périra dans les flammes... Onze, onze, la solution, c'est le chiffre un, partout, partout...

Ses yeux sont vitreux. Elle prononce des mots sans suite, puis retombe sur ses draps, épuisée mais calme.

Judith n'a qu'une seule inquiétude : que la folie passagère d'Anna ne soit, en fait, qu'une réalité future.

11

Dès son réveil, Anna entame un examen complet de son corps meurtri. Ses blessures ne lui font pas trop mal, mais l'état de sa cheville l'inquiète. Cette peau enflée et bleutée la dégoûte. Elle grimace.

— Ça va ? demande Judith avec anxiété.

— Oui... je crois, hésite la petite fille. J'ai peur qu'ils recommencent.

— Pourquoi n'as-tu pas répondu à leurs questions ?

Anna se tait ; elle-même ne le sait pas. Est-ce par obstination qu'elle a refusé d'obéir ? Par fierté ? Liza lui a toujours appris à respecter la gentillesse et la sympathie, à mépriser les méthodes viles et violentes. Cet enseignement s'est inscrit au plus profond d'elle. Son aînée lui répétait souvent : « Tu peux être amnésique, Anna, oublier jusqu'à ton nom ; mais n'oublie jamais de sourire à ton prochain. D'accord ? » Elle acquiesçait toujours.

— Par fierté, je pense, répond-elle enfin.

— Et tu vois ce que te coûte ta fierté ? Tu as une bonne dizaine de coupures, quelques mèches en moins et une cheville tordue. La prochaine fois, tu ne t'en sortiras pas aussi bien.

— Je m'en moque ! Ils ne peuvent pas me tuer ! Ils n'en ont pas le droit, pas tant que Connor ne leur en donne pas l'ordre. Je suis indispensable à leurs yeux.

— Anna, Anna. Tu es tellement naïve que tu crois ce qu'ils te laissent entendre… Tu n'es pas indispensable, Anna. Il y a une autre personne comme toi, et tu le sais.

— Liza ? souffle la fillette, hébétée.

— Si tu n'obéis pas, ils finiront par te tuer et, quand ils mettront la main sur ta sœur, ce ne sera pas joli non plus. Ta fierté te coûte quelques lambeaux de peau aujourd'hui, certes, mais elle pourrait causer la perte de Liza.

Anna ne répond plus, terrifiée. Elle préférerait imaginer Liza à la maison, en sécurité, mais elle sait que sa sœur a dû se lancer à sa recherche et court un grand danger. Elle fronce ses sourcils. Elle est peut-être un génie, mais surtout incapable de voir plus loin que le bout de son nez pointu. Elle regarde le sol jonché de poussière et de sang séché. Et si ce sang était celui de sa sœur ? Non, elle ne peut l'admettre. De plus, Judith ajoute un argument qui pèse lourd dans la balance :

— Et as-tu pensé à moi ? Je n'arrive pas à supporter l'idée qu'on te torture, Anna. Je vais finir par devenir folle.

Leurs regards se croisent une nouvelle fois ; Anna peut lire l'inquiétude et la peur dans les yeux bleus de Judith. Des yeux étonnamment francs et clairs, comme un lac limpide baignant dans la lumière de la pleine lune. Sauf qu'ici, dans la Société, il n'y a ni lac, ni lune, celle-ci étant dissimulée par l'épaisse couche de nuages. Cette fois, Anna n'hésite plus. Qu'elle souffre est une chose, mais impliquer deux autres personnes en est une autre.

— D'accord, capitule-t-elle. Je leur obéirai. Pour vous.

Judith la prend dans ses bras. Un instant, Anna s'abandonne à cette affectueuse étreinte, oubliant sa douleur, la cellule, Connor, tout. Rien ne compte plus que cette douce chaleur qui l'envahit. Liza lui faisait des câlins, elle aussi, assez souvent ; mais ceux de Judith sont presque… maternels. Un instant, elle s'imagine auprès de sa mère, un soir, après une longue journée. Anna referme ses paupières et s'endort ainsi, un sourire béat sur les lèvres.

12

Connor repasse en boucle la séance de torture. Il cherche à comprendre le caractère d'Anna, la source de sa détermination. Il n'a pas encore réussi à la détruire psychologiquement. Qu'importe. Elle tombera sous son influence un jour ou l'autre. Lui qui dirige les habitants de sa Société comme des pions sur un échiquier ne supporte pas qu'un individu sorte du lot. Il saisit son téléphone d'un geste brusque et compose un numéro. Quelqu'un répond d'une voix ensommeillée :

— Allô ?

— Ewen ?

— Lui-même, qui est à l'appareil ?

— Connor.

La voix se tait un instant ; Connor, amusé, devine qu'il n'est sans doute pas banal de recevoir un appel du président à 8 heures du matin.

— Que puis-je pour vous ?

— Nouvelles consignes. Pour aujourd'hui, vous laissez la place à votre frère Kellen, comme convenu. Mais demain...

Connor marque un temps d'arrêt, afin de ménager son effet ; même au téléphone, son charisme doit opérer.

— Demain ? s'inquiète Ewen.

— Demain, ajoute le président amusé, vous allez bien vous occuper de cette petite. Même si elle se montre obéissante.

Le silence qui suit surprend Connor : habituellement, Ewen répond toujours avec un humour bien caractéristique, un humour de bourreau.

— Tout va bien, Ewen ?

— Oui, monsieur.

Son trouble est perceptible.

— Je me demande juste si c'est bien raisonnable, monsieur, argumente-t-il. Cette gamine n'a que huit ans, vous savez. Même moi, j'ai eu des scrupules à lui faire du mal, hier. Ses cris m'ont bouleversé.

— Allons, Ewen, allons ! réplique le président d'un ton léger. Vous êtes le meilleur bourreau de la Société et vous le savez ! Et même les meilleurs ont leurs moments de faiblesse !

Le président a beau être au téléphone, il sait ménager ses effets. Le ton léger se durcit soudain :

— Mais faites attention à ce que cette... faiblesse ne se reproduise pas. Sinon, je serai forcé de prendre les mesures nécessaires, à savoir le licenciement... et l'exécution. En tant que bourreau, je vous laisserai choisir votre mort.

Connor sourit, satisfait. Maintenant, il le sait : Ewen obéira sans discuter. S'il y a bien une chose à laquelle tous les hommes tiennent, c'est à leur vie, leur misérable et ridicule vie.

— Il en sera fait selon votre désir, monsieur.

— Je suis content de vous l'entendre dire. Au fait, j'ai visionné les images de votre séance d'hier. C'était parfait... mais montrez-vous plus créatif. L'électricité devrait revenir aujourd'hui, servez-vous-en !

— Bien.

Connor raccroche au nez de son interlocuteur, ravi. Demain, il aura quelques belles images à savourer. Si les Corbeaux capturaient cette Liza, son bonheur serait complet !

13

Calim, comme à son habitude, allume la télévision dès son réveil. Liza dort encore sur son matelas fait main qui paraît décidément très confortable. Une nouvelle présentatrice, brune cette fois, annonce les informations du jour : les arrestations et le message de Jake concernant la jeune fille aux yeux orange. La femme enchaîne ensuite sur les quotas du jour.

— Qu'est-ce qu'un quota ? intervient Liza.

Elle s'est assise sur son matelas, et bâille.

— Dans la Société, explique Calim, il n'y a pas d'argent. Les agriculteurs donnent des matières premières tous les soirs, des experts les comptabilisent et les divisent par le nombre d'habitants. Ensuite, chacun vient chercher sa part sur les marchés. Le surplus va à l'École, à la Caserne des Corbeaux et au Palais présidentiel. Tout est parfaitement réglé. Les hommes ne sont même pas enterrés, Liza. On les brûle et c'en est fini d'eux... pour prévenir le manque de place.

Liza hoche gravement la tête, tandis que la présentatrice énumère :

Bœuf : 0,129 kilo – Œufs : 1 – Fruits : 3 au choix – Céréales : 0,5 kilo – Sucre...

Calim prend des notes, soucieux de recevoir sa juste part. La jeune fille lui demande :

— En tant que hors-la-loi, tu as le droit d'être servi chez les marchands ?

— Bien sûr que non ! Seulement, tout le monde ne sait pas que j'en suis un. Alors j'en profite.

Liza acquiesce. Ses pensées dérivent vers Anna. Où se trouve-t-elle ? S'occupe-t-on bien d'elle, lui donne-t-on suffisamment à manger ? A-t-elle peur, froid, sommeil ? Pense-t-elle de temps en temps à son aînée ? Possède-t-elle encore le livre, trésor de leur famille ? Anna lui manque terriblement. Elle ne souhaite qu'une chose : retrouver leur doux quotidien à la ferme.

Pour clore ce journal, annonce la présentatrice, *nous allons vous montrer en exclusivité quelques images de la jeune Anna.*

Liza bondit de son matelas comme si elle s'était assise sur un clou. Elle fixe d'un regard intense le poste de télévision. Le commentaire qui suit la glace :

Nous vous laissons quelques secondes pour éloigner bébés et personnes sensibles.

Les mains de Liza se mettent à trembler. Qu'ont-ils fait à sa chère petite sœur ? La peur l'envahit. Elle n'a plus que le visage d'Anna en tête. Calim, à ses côtés, ne bouge pas d'un pouce ; il ne perd pas une seule des images diffusées.

On y voit Anna qui refuse de répondre aux questions de son bourreau. Liza admire sa volonté, mais les images qui suivent, saturées d'une violence extrême et calculée, la font défaillir. Elle se plie en deux et plaque sa main sur sa bouche pour ne pas vomir. Pour un peu, elle s'évanouirait. Calim, comprenant le supplice de son amie, éteint le poste.

— Rallume ! crie-t-elle aussitôt.

— Pas question ! Tu n'es pas en état.

Liza éclate en sanglots.

— Ma petite sœur… Pourquoi lui font-ils ça ?

— Liza, écoute-moi. Je connais un peu Connor, comme tout le monde ici. C'est un expert en manipulation mentale. Sa sœur et lui étaient pressentis pour devenir neurochirurgiens, des scientifiques spécialisés dans l'étude du cerveau. Mais lorsque leur père, l'ancien président, est mort, Connor est arrivé au pouvoir. Sa sœur a disparu. Il cherche à détruire Anna, bien entendu, mais aussi toi. *Il sait que tu es là*. Tu ne dois pas tomber dans son piège, Liza.

Liza, attentive, se calme petit à petit, sans réussir pour autant à refouler sa colère. Elle sauvera sa sœur. Rien d'autre n'a d'importance, désormais. Le président est allé trop loin : personne ne doit faire de mal à Anna.

— C'est bon, c'est bon, je suis calme !

Calim ne semble pas convaincu.

— Je vais m'absenter pendant une petite heure, histoire d'aller chercher à manger. Tu restes ici, d'accord ?

— D'accord. J'en profiterai pour faire un peu de ménage. Il y a tellement de poussière ici que je vais finir allergique !

— Très bien, rigole Calim, qui semble soulagé. À tout à l'heure.

Le garçon attrape une besace et sort après avoir lancé :

— Au fait, je sais où est Anna. J'ai reconnu les couloirs. Elle est prisonnière dans le bâtiment des sujets spéciaux de l'École. Autrement dit, il sera presque impossible de la secourir.

Puis il verrouille la porte à double tour. Liza s'amuse de sa méfiance. Qu'il est naïf ! Elle extirpe quelques outils de son propre sac et en introduit un dans la serrure. Ses gestes sont calmes et précis, malgré sa colère : quelques secondes plus tard, le verrou saute. Sans hésiter, Liza prend une profonde inspiration et s'enfonce dans le sombre dédale des égouts.

14

En début d'après-midi, Kellen vient chercher Anna et la guide jusqu'à son laboratoire. Il ne risque aucun commentaire sur son attelle de fortune. Si elle n'aperçoit aucun instrument de torture, elle ne peut s'empêcher de jeter un regard noir à la Colombe. Il n'est pas responsable de ses blessures, mais il porte le même uniforme qu'Ewen. Ewen, Kellen, les deux hommes ont quelques points communs, une fossette au coin de la bouche, des oreilles légèrement pointues.

— Alors, Anna, commençons, tu veux bien ?

— Ewen est votre frère, n'est-ce pas ?

Elle le fixe de ses yeux orange. Ewen le lui a confié la veille, mais elle tient à vérifier la véracité de ses dires. Kellen ne répond pas aussitôt, surpris par la vivacité de sa patiente, puis sourit :

— C'est exact.

— Alors pourquoi l'avez-vous laissé me torturer ?

Cette fois, Kellen se tait. S'il ment, Anna le saura. S'il dit la vérité, Connor l'entendra. Il allonge le bras et éteint le caméscope qu'il avait posé sur la table.

— Connor n'est pas obligé de tout savoir. Alors... disons qu'à la moindre contestation, au moindre refus, nous perdons notre travail. Ce qui signifie bien souvent une mort immédiate. Si je pouvais agir, je l'aurais déjà fait.

— Ewen est-il dans le même cas de figure ?

— Je l'ignore. C'est le bourreau préféré de Connor. Mais, même s'il est réputé pour sa cruauté, je doute qu'il torture une petite fille avec gaieté.

— Que se passera-t-il si je ne réponds pas à vos questions ?

— Si tu ne réponds pas à celles d'Ewen, il te torturera, et le président sera ravi de te voir si tenace. Il s'attaquera à ta sœur ou à ta camarade de cellule. Si tu ne réponds pas aux miennes, il n'hésitera pas à me tuer. Des scientifiques trop gentils, il y en a des dizaines.

Voyant là une occasion unique de récolter quelques informations, Anna change de sujet :

— Ont-ils capturé Liza ?

— Pas pour l'instant. Le chef des Corbeaux a perdu sa trace lorsqu'elle a plongé dans les égouts. Maintenant, je vais devoir rallumer le caméscope. J'ai déjà pris trop de risques...

Anna approuve. Kellen commence à poser ses questions auxquelles elle répond sans la moindre hésitation. La Colombe vient de montrer patte blanche : s'il était à la solde de Connor, il n'aurait jamais osé lui dire de telles choses, même avec le caméscope éteint. De plus, il lui a délivré quelques informations rassurantes : Liza est encore libre. L'espoir reste permis. Le scientifique prend de nombreuses notes, tout en gratifiant sa patiente de sourires compatissants.

Après deux bonnes heures, Kellen relit ses notes et annonce :

— Ton Q.I. est bien supérieur à la moyenne. Je ne sais pas si, dans la Société, quelqu'un te dépasse. Connor, peut-être… Je n'en suis pas sûr. De plus, d'après la précision de tes réponses, je peux en déduire que ta mémoire, à court comme à long terme, est impressionnante. Tu peux me dire quels livres tu as lus pendant ton enfance, de trois ans à aujourd'hui. N'as-tu aucun souvenir précédant cet âge ?

— Non, avoue Anna.

— Bien. Un humain normalement constitué ne se rappelle de rien avant ses trois ans ; c'est d'ailleurs pour cela que les enfants sont mis à l'École à cet âge. Mais, vu tes capacités, tu devrais avoir quelques bribes de souvenirs… As-tu subi un quelconque traumatisme ? La perte d'un être cher, une maladie ?

Anna fronce les sourcils : Liza lui a expliqué qu'à l'âge de trois ans, elle a eu une grave pneumonie. Quelques jours plus tard, ses parents ont disparu. Mais doit-elle tout dire au scientifique ?

— Liza m'a dit que j'avais eu une pneumonie, révèle-t-elle avec réticence.

— Ah, une pneumonie ! Effectivement, cette maladie peut causer un traumatisme, notamment quand on est mal soigné, ce qui a dû être ton cas, vu l'endroit où tu vivais. C'est un miracle que tu aies survécu.

— J'ai de bons anticorps.

— Je n'en doute pas. Maintenant, j'ai toutes les réponses que je voulais. Je te raccompagne à ta cellule.

Ils quittent côte à côte le laboratoire. Quand Anna est sûre qu'aucune caméra ne capte ses paroles, elle chuchote :

— Il n'y a pas eu que la maladie. Mes parents ont disparu au même moment.

— Morts ?

— Mon père, oui. Ma mère, on l'ignore.

— Toutes mes condoléances. Je comprends mieux, désormais.

Ils se taisent durant le reste du trajet, gênés. Heureusement, la cellule n'est pas loin et Anna rejoint bientôt une Judith soulagée de la retrouver en bon état. Kellen referme la porte tout en adressant un ultime sourire à sa patiente préférée.

— Tout s'est bien passé ?

— Oui. Kellen est vraiment gentil...

— N'oublie pas d'ouvrir l'œil, Connor est un grand manipulateur.

— Je sais.

Anna s'approche de son lit, sort son livre du matelas et commence à tester des combinaisons. Tout d'abord, elle aligne les quatre derniers chiffres afin de former sa date de naissance : 0606. Ensuite, elle teste toutes les dates qui lui viennent en tête. L'exercice prend du temps, mais elle n'est pas pressée. Judith l'observe. Soudain, après une heure de tentatives vaines, le cadenas cède enfin dans un grincement.

— Je l'ai ! s'écrie Anna, euphorique.

— C'était quoi ?

— 1111, tout simplement. Qui aurait cru que Liza était née un 11 novembre ?

Une petite goutte de transpiration perle au front de Judith. Anna n'a-t-elle pas hurlé dans sa crise : *Onze, onze, la solution, c'est le chiffre un, partout, partout...* ?

15

Calim se promène tranquillement dans la rue commerçante, saluant les marchands et attrapant au passage quelques denrées utiles. De si bon matin, l'allée regorge de badauds. Deux Corbeaux veillent, mais ils sont trop occupés à vérifier les yeux des passants pour remarquer qu'un hors-la-loi parade devant eux. Calim se paye même le luxe de les saluer ; ils lèvent la main à leur tour et l'interpellent :

— Eh, jeune homme ! s'écrie le premier. Aurais-tu aperçu une fille, un peu plus jeune que toi, avec des yeux orange ?

— Diable, non ! réplique joyeusement Calim. Êtes-vous sûrs que pareille personne existe ? Jamais je n'ai vu de tels iris.

— Voici un portrait-robot, basé sur le témoignage de notre chef, ajoute le second.

Calim prend la feuille de papier où est tracé, constate-t-il, un portrait très fidèle de son amie. Tout y est : ses yeux orange bien sûr, mais aussi son nez pointu, ses lèvres bien dessinées, son grain de beauté sur la joue gauche, sa cicatrice au-dessus du sourcil droit ; chacune de ses mèches est représentée avec un réalisme stupéfiant. La feuille reflète à la fois la beauté et la détermination de Liza.

— Jamais vue, commente-t-il. Mais je suis sûr que vous la trouverez bientôt. Une personne isolée ne peut échapper à la Société !

— C'est ce que nous espérons, confie le premier Corbeau. Nous comptons sur votre collaboration.

— Cela va de soi. Puis-je garder ce papier ?

Les Corbeaux acceptent avant de s'intéresser à un nouveau passant. Calim fait encore l'emplette de quelques produits avant de rentrer chez lui d'un pas vif. Ses talons claquent sur les pavés. Comme il a hâte de montrer ce portrait à Liza ! La jeune fille hésitera à deux fois avant de sortir à visage découvert. Mais soudain, alors qu'il range la feuille dans sa poche, il sent une poigne ferme l'agripper et le projeter contre le mur.

— Aïe ! laisse-t-il échapper.

Son agresseur n'est autre que Jake, qui se montrait discret depuis quelque temps. Son visage, d'ordinaire impassible, est marqué de cernes profonds. Il n'a pas dû dormir depuis plusieurs nuits, obsédé par la fuite de Liza.

— Ne fais pas ta chochotte, Calim ! De toute façon, tu sais que je n'ai pas le droit de t'arrêter. Liza passe avant tout.

— Qu'est-ce que tu fais, alors ?

— Mon travail. Où est-elle ?

Calim est étonné. Comment diable sait-il ?

— Calim, depuis le temps qu'on se connaît… tu es transparent comme une méduse, ironise Jake. Liza s'est jetée dans les égouts qui sont ton lieu de vie, je crois.

— Ah bon ?

— Je ne sais pas où exactement, mais tu y vis.

— Mais je n'y ai jamais croisé cette Liza !

— Alors pourquoi as-tu pris le risque de discuter avec mes hommes ? Pourquoi avoir pris un portrait ?

Calim reste sans voix. Son cerveau carbure à cent à l'heure. Vite, trouver une excuse, n'importe laquelle…

— Cette fille m'intéresse, ment-il. Comment a-t-elle pu vous échapper si facilement ? J'aimerais la trouver, avant vous bien sûr, et l'héberger quelque temps, histoire qu'elle me donne des leçons.

Jake hésite quelques instants, puis hausse les épaules.

— Même si tu l'as recueillie, elle doit être sur les routes désormais. Sa petite sœur compte plus que tout pour elle.

Puis Jake s'éloigne d'un pas lent. Calim glisse contre le mur, abasourdi. Pourquoi le Corbeau l'a-t-il laissé en liberté ? Il devine que Connor a donné l'ordre de tout subordonner à la traque de Liza. Mais tant qu'elle est dans sa cachette, elle ne court aucun risque.

Et si elle s'était échappée ? Impossible, il a fermé le verrou. Mais Liza est capable de tout. Pris d'un mauvais pressentiment, Calim parcourt d'une traite la distance qui le sépare de la porte menant aux égouts, dans un bâtiment désaffecté. Il n'hésite pas une seconde dans l'obscur dédale qu'il connaît par cœur. Une minute plus tard, il arrive devant sa porte. Sans sortir ses clefs, il actionne la poignée, qui cède aussitôt...

Ce qu'il craignait s'est produit. Liza a forcé le verrou et s'est évanouie dans la nature. Dans un coin, le matelas, unique vestige de sa présence, semble le narguer.

16

Connor pianote nerveusement sur son bureau. Ne récupérer aucune autre image de la détention d'Anna le rend fou. Il a l'impression de ne pas avoir assez de cartes en main. Pourquoi a-t-il donné trois jours à Liam pour résoudre ce problème de générateur à l'École ? Il regrette amèrement cette décision, mais ne peut s'en prendre qu'à lui-même.

Alors qu'il s'apprête à regarder une fois encore les images des tests, la porte s'ouvre et le chef des technologues entre dans le bureau. Le président l'apostrophe aussitôt :

— J'espère que vous m'apportez de bonnes nouvelles !

Liam se fige.

— Ou… oui, monsieur. Il ne reste plus que quelques réglages à faire. Dans deux heures… trois, tout au plus, l'École sera de nouveau alimentée en électricité. Votre écran sera directement relié aux caméras des cellules. Je crois que c'est ce que vous vouliez…

Connor laisse un sourire de satisfaction déformer son visage. Cette réparation tombe à pic ! Il commençait sérieusement à s'impatienter. Cependant, il se garde bien de féliciter le technologue. Il s'est montré trop laxiste, une erreur qui ne se répétera pas.

— Merci de m'avoir informé. Vous pouvez disposer.

Liam ne se fait pas prier. Connor éclate d'un rire machiavélique.

La partie va commencer ; pour de bon, cette fois !

17

Anna, très excitée, tourne les pages de son livre. Elle a appris l'histoire, certes, mais trois siècles, les derniers, lui demeurent inconnus. Peut-être les écrivains ont-ils cessé leur travail ? À moins que leurs ouvrages n'aient été détruits ? Anna brûle de connaître la vérité. Ses yeux parcourent les lignes à toute vitesse : en trente secondes, elle relève les passages qui lui semblent fondamentaux.

Du début du XXIe siècle au milieu du XXIIe siècle, plusieurs attentats. La pollution augmente, de graves conflits éclatent au Moyen-Orient, les partis d'extrême-droite gagnent de plus en plus de terrain. Ici, en Australie, c'est le désert qui nous inquiète. Si cela continue, le sable va envahir Canberra et Sydney.

Mike Gallen.

3 juillet 2155. À cause de la pollution toujours plus forte, des glaciers entiers disparaissent, certaines îles sont englouties. Mais, fait encore plus marquant, le soleil s'est évaporé, ou plutôt est dissimulé derrière une épaisse couche de nuages, à la fois naturels et artificiels, chargés de CO_2 et de nitrates. Le peuple est très inquiet. Nous sommes au bord d'une crise mondiale.

Emma Gallen.

Le 1er janvier 2222 est un jour à marquer d'une pierre noire. Les deux grands, les USA et la Russie, s'accusent mutuellement du crash d'un avion au milieu de l'Atlantique. Les autres pays prônent le calme.

Le 6 janvier 2222, la Russie tire le premier missile sur les USA. La réaction est immédiate. La guerre commence. Les deux présidents demandent aux autres pays de choisir leur camp. Le monde est alors divisé en « pays bleus », favorables aux USA, et en « pays rouges », se rangeant aux côtés de la Russie. Seule l'Australie garde, à la surprise générale, une neutralité exemplaire. Les deux grands menacent de tirer sur nous, mais ne le font pas.

Du 6 janvier au 6 juin, la guerre fait rage, une guerre de missiles nucléaires. Des centaines de milliers de villes sont rasées, la radioactivité est très forte. Les pays qui n'ont pas l'arme nucléaire envoient des milliers de kamikazes. Le 3 mars, un Portugais fait sauter le Kremlin. Le 18 mars, un Biélorusse détruit la Maison Blanche. Mais le 6 juin, la guerre s'arrête. Il n'y a ni vainqueur, ni vaincu. La bataille s'est achevée parce qu'il n'y a plus de population.

On dénombre les victimes : 9 294 199 490. Il ne reste plus qu'un million de survivants, tous en Australie. Les denrées disponibles ne suffisant pas à la population, les personnes âgées et les enfants ont péri. Et la plupart des jeunes sont partis de leur plein gré au combat.

Le 6 juin de l'an 2222, à 17 h 43, la population se rassemble sous l'influence de notre président. Il décrète alors que :

— Tous les conflits sont bannis.

— Afin de revoir le soleil un jour, toute forme de pollution est interdite.

— Les survivants sont divisés en dix groupes de cent mille personnes et emmenés par un leader sur une terre fertile. Là, ils doivent bâtir une cité indépendante ayant ses propres règles.

— Les générations futures ne doivent rien savoir du passé. Il faut faire table rase de l'Histoire.

— Personne ne doit plus jamais quitter l'Australie.

Le président part avec un groupe vers l'est du pays. Ma femme Bonnie, ma fille Suzie et moi-même les suivons, puis nous nous éclipsons discrètement pendant la nuit. Nous profitons de mon tour de garde pour nous faufiler dans la forêt voisine et disparaître. Par chance, personne ne nous remarque. Nous trouvons notre propre terre fertile, à proximité d'un ruisseau. Là, nous bâtirons notre propre cité. La cité des Gallen.

Dan Gallen, 9 juin 2222.

Anna sait maintenant que des milliards d'innocents ont été sacrifiés à cause du seul crash d'un avion. Pitoyable… Comment un si petit incident a-t-il pu entraîner de si grandes conséquences ?

— Qu'as-tu appris ? demande Judith, curieuse.

— Rien d'autre que la vérité : une dure, une cruelle vérité, certes, mais que le monde entier devrait connaître.

Avant qu'elle ait le temps d'en dire plus long, un garde fait irruption dans leur cellule pour son inspection quotidienne. Il s'adresse à elles avec une certaine gentillesse :

— Désolé de vous importuner, mais j'ai des ordres.

Anna s'étonne de ne voir sur ce visage ni colère ni violence.

— Comme vous devez vous en douter, je viens prendre le livre. D'ailleurs, c'est bizarre que Connor vous l'ait laissé aussi longtemps.

— Il avait besoin que je le garde, dit Anna, lucide. Le temps que je réussisse à l'ouvrir.

— Tu aurais mieux fait de ne pas l'ouvrir, alors, estime le garde. Va savoir ce qu'il va faire avec ! Ses plans me paraissent de plus en plus flous.

— Vous n'approuvez pas tous les méthodes de Connor ? s'étonne Judith.

— Certains, oui... les plus influençables. Un tiers de la population, au moins, les condamne. Seulement, nous avons trop peur des Corbeaux pour réagir. Ceux qui osent sont tués devant quarante mille personnes, qui auront ensuite trop peur pour réagir. C'est un cercle vicieux. Connor sait manipuler les foules... Il n'est pas le fils de son père pour rien. Sauf que lui n'exécutait pas les opposants. Il les laissait croupir en prison et les gens comme moi avaient de véritables boulots !

Le garde hausse les épaules et tend une main en direction d'Anna qui, après une seconde d'hésitation, lui donne son livre. Savoir qu'il va tomber entre les mains de Connor la révolte. Elle serre les poings, impuissante. Et dire qu'il y a moins d'une semaine, elle vivait paisiblement avec Liza dans leur ferme ! Elles étaient heureuses. Insouciantes. Isolées. Seule la présence bienveillante de Judith la réconforte un peu.

— Au revoir, lance le garde, et portez-vous bien ! D'après mes infos, vous n'êtes pas au bout de vos peines... Les technologues ont fait leur travail et le courant va bientôt revenir dans les cellules. Vous êtes prévenues... et je ne vous ai rien dit. D'accord ?

Les deux détenues hochent la tête. Le garde disparaît sans oublier de fermer la porte derrière lui.

— Que faisons-nous, à présent ? questionne Judith.

Maintenant que le livre leur a été ôté, leur principale source de distraction a disparu avec lui. Judith est restée seule longtemps, mais Anna a toujours été préservée de l'ennui. Et l'ennui, quand on est prisonnier, peut être fatal.

— Que dirais-tu d'un jeu de mémoire ? propose Judith. Je dis un mot, tu le répètes et tu en ajoutes un, et ainsi de suite. La première qui se trompe a perdu.

Anna accepte aussitôt. Les propositions fusent, la liste s'allonge de seconde en seconde, mais aucune des deux ne flanche. Ravies par ce défi, elles ne voient pas le temps passer ; lorsque Judith bute pour la première fois, elles découvrent que leur repas du soir a été servi, accompagné d'un petit mot posé sur le plateau. Anna se penche et le lit à voix haute :

Seulement pour Judith. Anna dînera avec le président.

Ce « privilège » plonge Anna dans une profonde perplexité. Que peut bien lui vouloir Connor ? L'accueillir, la libérer, la questionner, la torturer, la tuer ? Lui faire subir une épreuve dont elle sortira brisée ? Des centaines de scénarios se jouent dans l'esprit de la prisonnière. Elle sait le président capable des pires bassesses : pourquoi irait-elle le voir ? Mais a-t-elle seulement le choix ? Judith, qui n'a pas touché à son repas, la met une nouvelle fois en garde :

— Fais attention à lui. Il ne fait ça que pour te déconcentrer, te rendre vulnérable et avoir quelques réponses. Ne mange que ce qu'il mange. Ne goûte aucun vin, seulement de l'eau, et uniquement si lui en boit !

Anna songe avec amusement que, dans les romans qu'elle a lus, les parents font le même genre de recommandations à leurs enfants quand ils vont en boîte de nuit. Seulement, elle ne va pas en soirée, mais part dîner avec le président, ce qui s'avère bien plus périlleux.

— Pour finir, n'oublie pas de prendre du recul, conclut Judith. Tu es assez intelligente pour t'en sortir par tes propres moyens, après tout.

La porte de la cellule s'ouvre pour la troisième fois et un Corbeau apparaît. Anna reconnaît aussitôt Jake au visage inexpressif, Jake et son uniforme noir comme la nuit, Jake, le responsable de son enlèvement. Pour un peu, elle lui enverrait son poing dans la figure, mais elle craint, cette fois, les représailles. Le chef des Corbeaux lui attrape le poignet et la propulse dans le couloir. De la cellule, Judith intervient une dernière fois :

— Prends soin d'elle, Jake… je t'en supplie.

Sans répondre, le Corbeau claque la porte. Il emmène, ou plutôt traîne Anna dans les couloirs de la prison, tirant sans ménagement sur la chaîne des menottes que la fillette porte toujours. Elle s'est presque habituée à les voir à ses poignets et à adapter ses mouvements en conséquence.

Soudain, les lumières du plafond s'allument. L'électricité est revenue ! Anna songe qu'il lui faudra désormais redoubler de prudence.

Ils arrivent dans le hall d'accueil de l'École. Jake traverse sans hésitation les portes coulissantes. L'obscurité, dans la rue, est étouffante. Jake pousse Anna dans la voiture noire garée devant le bâtiment et s'installe au volant. Il est seul. Anna, fugitivement, se dit qu'elle pourrait ouvrir la portière et se jeter à l'extérieur.

— N'y pense même pas, intervient Jake d'une voix froide. Tu serais morte avant d'avoir fait dix pas. Jette plutôt un œil à ça.

Il lui tend une feuille de papier. Anna la déplie et détaille le curieux dessin. Aucun doute, il s'agit d'un plan de la ville ! Jake lui signifie ainsi qu'elle n'a aucune chance d'évasion et que cette carte lui sera de toute manière inutile. Tout est prévu pour perturber la petite fille de huit ans, qui oscille sans cesse entre espoir et désespoir.

La Société, de forme ronde, est entourée d'une haute clôture de fils barbelés. En périphérie se trouvent les grandes usines et les industries ainsi que les unités de productions agricoles. Au centre du plan, quatre bâtiments sont disposés en carré : le Palais présidentiel à l'ouest, la Caserne des Corbeaux au nord, l'École à l'est et les Laboratoires au sud. Ainsi, les Corbeaux peuvent agir en peu de temps sur le Palais et sur l'École. Le système est parfaitement pensé. Au milieu de ce carré, un bâtiment de forme ovale qu'Anna identifie comme une arène. L'endroit où meurent les hors-la-loi.

Une minute plus tard, la voiture s'immobilise devant le Palais. Anna a vu dans ses anciens livres des images représentant des châteaux construits durant le Moyen Âge et la Renaissance, mais jamais un édifice semblable. Amas de fer et de pierres, il s'élève comme un phare en pleine nuit. Tout y rappelle Connor, de la couleur grise de l'édifice à la sensation d'infériorité que l'on ressent devant le Palais. Le président affiche ainsi sa domination sur la Société tout entière. Jake traîne une nouvelle fois sa captive dans l'escalier menant à l'entrée. À l'intérieur se dévoilent de nombreux couloirs, tous plongés dans l'obscurité. Jake la guide sans hésiter dans ce dédale et s'arrête finalement dans une zone plus éclairée. Anna reste sans voix.

Devant elle se dresse une immense porte tapissée de velours et de pierreries. Une femme souriante, qui doit probablement travailler avec Connor depuis des années, attend, debout. Quelques cheveux blancs, sur ses tempes, strient ses cheveux noirs, n'altérant pas sa beauté sereine. Anna, sans savoir comment, devine que cette femme a été la maîtresse de Connor. Elle lit dans ses yeux la fierté et un certain amour.

— Bienvenue, vous deux ! dit-elle d'une voix douce. Connor vous attend.

— A-t-il des enfants ?

Les deux adultes regardent Anna, interloqués par cette question pourtant simple. Elle désire en savoir le plus possible sur le président, et connaître ses héritiers lui semble important. Jake, d'un regard, prie la femme de se taire. Sans cesser de sourire, celle-ci réplique :

— Il répondra de lui-même ! Si vous voulez bien vous donner la peine d'entrer...

— Ce collier, ajoute Anna. Vous n'avez pas pu l'avoir en tant que simple réceptionniste. Il vous l'a offert, n'est-ce pas ?

— Entre ! hurle Jake.

Anna ne se fait pas prier et pénètre dans le bureau présidentiel. Elle découvre une pièce longue d'une cinquantaine de mètres, tapissée de rouge. Sur les murs, une demi-douzaine de portraits la dévisagent. Instantanément, elle se sent mal à l'aise. Tout au fond de la salle l'attend Connor, assis devant une imposante table sur laquelle sont posés des mets appétissants et raffinés. Deux chaises vides. Anna comprend que Jake sera lui aussi de la partie. Fantastique. Elle s'assied tranquillement, prenant soin de ne pas lever les yeux. Elle devine que Connor l'observe de son regard d'acier. Pourtant, lorsqu'il s'exprime, sa voix est chaleureuse :

— Alors, mes amis, qu'est-ce qui vous a pris tant de temps ?

— Anna posait des questions.

— Tiens donc. Quel genre de questions ?

Anna relève la tête. Son regard orange et chaleureux croise les yeux gris et cruels de Connor. Il tente d'exercer son charisme, mais elle soutient le regard du président et répond du tac au tac :

— Vous avez des enfants ?

— On est une petite curieuse, à ce que je vois ! s'exclame joyeusement Connor. Je comprends : tu veux rassembler des connaissances qui te seront utiles une fois libre... Sauf que tu ne seras jamais libre, poursuit-il avec cruauté. Je vais donc te donner toutes les informations que tu désires car elles ne te serviront à rien. Non, je n'ai ni enfant ni héritier. Si je meurs, un membre de ma famille montera sur le trône. Sachant que ma seule famille, c'est ma sœur... qui est encore pire que moi !

Un frisson parcourt la nuque d'Anna. Comment une telle abomination peut-elle exister ?

— À moi de parler, maintenant ! enchaîne-t-il. Kellen a fait du beau travail sur toi. Grâce à ton aimable collaboration, nous connaissons ton Q.I. Sais-tu quel est le Q.I. moyen ?

Anna ne répond pas.

— Il est de 110. Certains font mieux. Jake ici présent a 140. Ma sœur monte à 170, et moi-même à 180. Inutile de te préciser qu'avec ce chiffre, j'ai le plus haut Q.I. de la Société.

Son regard se fait plus intense.

— Jusqu'à ton arrivée, complète-t-il. Toi, tu atteins des sommets. Kellen a estimé ton Q.I. à 225. Un chiffre bien trop élevé pour une enfant de huit ans. La question, c'est comment ? Comment fais-tu, Anna ? Nous n'avons pas la réponse et je devine à ton regard de chien battu que tu ne la connais pas non plus. Mais j'ai bon espoir de la trouver grâce à ceci.

Il sort de sous la table un livre, *le* livre. Anna voudrait bondir de sa chaise, le rouer de coups et récupérer son bien, mais elle doit rester immobile. Stoïque. Un frémissement parcourt néanmoins son visage.

— Sais-tu que ce livre est divisé en deux parties ? Non, bien sûr, s'apitoie-t-il avec perfidie. Tu n'as pas eu le temps de le lire, ma pauvre petite ! La première relate la totalité de l'histoire mondiale. La seconde ressemble plus à un journal intergénérationnel qui dévoile votre propre histoire, à vous, les Gallen. Et tout m'indique que je saurai prochainement comment naissent de pareils génies.

Anna tremble d'effroi. Ce luxueux bureau l'oppresse ; elle voudrait être dans sa petite cellule, avec Judith.

— Ce n'est pas tout, mais tu as sans doute faim ! s'exclame alors Connor d'une voix plus avenante. Et si nous profitions de ce banquet ?

Les deux hommes se servent largement et commencent à manger. Anna, méfiante, examine un plat posé à quelque distance de sa propre place. Pas de sauce, pas de couleur ou d'odeur suspectes ; elle s'autorise à goûter, puis dévore. Elle n'a mangé que de la soupe et du pain rassis durant ces derniers jours ; la viande rissolée aux petits oignons lui paraît tout simplement divine. Connor semble s'amuser de son appétit ; Jake, lui, reste de marbre. Anna se dit qu'il ressemble de plus en plus à une machine.

— C'est bon, n'est-ce pas ? se vante Connor. Les meilleurs chefs de la Société ont mijoté ces plats durant de longues heures. Tu leur fais honneur, Anna.

Connor est détendu, souriant, il a les cartes en main. Mais il suffit parfois d'un coup de vent pour les faire s'envoler. Un coup de vent qui pourrait porter le nom d'Anna...

Le repas se déroule dans un silence religieux, ce qui convient parfaitement à la fillette. On ne lui pose aucune question ; elle commence à maîtriser son angoisse. La nourriture est exquise : elle en oublie jusqu'à ses menottes, sa cheville douloureuse et sa situation précaire. Mais Connor la fixe toujours de ses yeux d'acier.

Pourvu que tout se passe bien ! songe Anna. *Jake a fini : il va se lever et me ramener dans ma cellule.*

Une fois le repas achevé, le président claque des mains ; une dizaine de domestiques apparaissent et entreprennent de débarrasser la table. Tâchant de faire bonne figure, Anna se lève et lance :

— Je vous remercie pour ce dîner, monsieur le président. Maintenant, si vous le permettez, j'aimerais dormir. Il me semble que je vais passer la journée avec Ewen, demain.

— Rassieds-toi.

Anna ne peut qu'obéir. Néanmoins, elle fixe Connor de ses yeux orange, déterminée à faire face.

— Anna, Anna, Anna... Tu croyais vraiment pouvoir t'échapper comme ça ? Sans questions ni tests ? Ça aurait été trop facile, voyons...

Le regard du président se fait plus dur.

— Tu vas subir un test. Ici et maintenant. Un test qui me permettra de mieux connaître tes capacités... Toi aussi, tu en sauras plus sur moi, ce qui est équitable, avoue-le. As-tu deviné ?

Anna tremble de tous ses membres. Tant pis pour sa fierté. Pendant un instant, elle n'est rien d'autre qu'une gamine de huit ans, effrayée et surtout acculée. Connor soupire avant de conclure d'une voix déçue :

— Tu ne devines pas ? Nous allons jouer aux échecs, Anna.

18

Une ombre furtive se glisse dans la nuit, au ras des murs. Une paire d'yeux orange fixe longuement sa cible afin d'en saisir le moindre détail.

Liza a passé toute la journée à trouver la sortie des égouts. Dans la rue, elle a demandé son chemin à de nombreux passants tout en fermant obstinément les yeux, jouant l'aveugle. Un vieil homme très gentil l'a guidée près du bâtiment. Ensuite, elle a attendu l'heure propice. Et cette heure est arrivée.

Elle ne voit que deux entrées. La première mène à la réception ; autant se jeter dans la gueule du loup tout en brandissant un panneau : « Mange-moi ! » Ne lui reste que l'autre possibilité : une fenêtre au rez-de-chaussée, fermée par un imposant grillage. Aussi silencieuse qu'un chat, elle se glisse contre l'École et atteint son objectif. Vite, elle brandit sa pince coupante et attaque les tiges métalliques, déterminée à les vaincre. L'instant d'après, une alarme stridente retentit.

Il faut quelques instants à la jeune fille pour réagir. Elle plonge la pince coupante dans sa poche et commence à courir. Elle ignore où aller, comment s'en sortir, mais sait qu'elle doit s'éloigner le plus vite possible. Lorsqu'une main se pose sur son épaule, elle ne peut s'empêcher de hurler.

Elle tourne la tête. L'uniforme noir arboré par l'inconnu ne laisse aucune place au doute. Liza rencontre pour la deuxième fois son pire cauchemar. Déjà le Corbeau lui passe une menotte, enserrant ensuite son propre poignet.

— Tu vas me suivre bien gentiment à la Caserne.

Liza obéit. Que pourrait-elle faire d'autre ? Leurs corps sont liés par ces maudites menottes ! Elle cherche frénétiquement un moyen de s'évader. La pince coupante qui rebondit en rythme contre sa hanche lui apporte une possibilité qu'elle s'empresse d'exploiter. Elle plonge sa main libre dans sa poche, tout en respirant profondément pour tenter de calmer ses battements cardiaques.

Sa main se referme sur la pince coupante. Elle entame alors la partie la plus périlleuse de son plan : sortir lentement l'outil de sa poche et l'approcher de la chaîne. Le Corbeau marche sans rien remarquer. Elle coupe brutalement la chaîne et s'enfuit aussitôt en courant. Le Corbeau, éberlué, laisse s'écouler quelques précieuses secondes. Sa proie a déjà emprunté une ruelle sombre qu'elle dévale à toute vitesse.

Liza court de toutes ses forces, oubliant son cœur qui gémit, oubliant ses poumons qui réclament de l'air, oubliant même le Corbeau qui la suit. Pourtant, elle entend le claquement de ses bottes sur le pavé et ses horribles jurons. Soucieuse de le semer, elle coupe à gauche, puis à droite, puis une nouvelle fois à droite, avant de plonger dans une caisse en bois. Le Corbeau s'arrête à l'intersection, opte pour la voie de gauche. Ses pas se font plus ténus, jusqu'à disparaître complètement. Du fond de sa caisse, elle pousse un soupir de soulagement. Prudente, elle sort de sa cachette en scrutant les alentours et commence à déambuler un peu au hasard dans les rues.

Grave erreur. L'alarme n'a pas alerté un seul Corbeau, mais toute une escouade. Une voix l'interpelle : Liza reprend sa course dans les rues de la ville. Paniquée, elle hésite, trébuche sur une barre de fer ; son cœur lui hurle de ne pas tomber et elle reprend son équilibre *in extremis*. Cependant, les Corbeaux ont des jambes plus longues, plus fortes ; ils ont subi un entraînement exigeant et rigoureux. Ils gagnent du terrain. En semer un tenait du miracle, alors une demi-douzaine ? Elle voit déjà sa fin arriver. Néanmoins, elle n'abandonne pas. Elle a l'impression d'avoir couru cinq kilomètres.

Soudain, surgissant de l'ombre, une main l'attrape par le col de sa veste et la tire en arrière. Une autre main se plaque contre sa bouche, l'empêchant de hurler.

— Calme-toi, Liza, je t'en supplie ! C'est moi, Calim !

Craignant un piège, elle tourne la tête et croise le regard émeraude de son ami. Soulagée, elle se met à pleurer et serre son sauveur dans ses bras.

— Tu me remercieras quand on sera sortis d'affaire. On doit retourner chez moi.

Liza acquiesce. C'est la seule solution. Calim, bien plus prudent qu'elle, vérifie scrupuleusement que la voie est libre avant de guider son amie dans un dédale obscur. Ils parcourent un long chemin, passant parfois par les toits, pour finalement rejoindre le bâtiment désaffecté. Cinq minutes plus tard, ils s'assoient sur leurs matelas respectifs, épuisés mais en sécurité.

— Calim...

— Stop ! Je vais t'engueuler, tu vas t'excuser, tu vas m'expliquer et on cherchera une solution... OK, mais demain matin. Pour l'instant, on met tout de côté, on mange et on dort.

Liza reste sans voix. Elle avait oublié l'étrangeté de ce prince des égouts, qui déjà se lève pour ouvrir le réfrigérateur. Elle ferme ses yeux orange, savoure cet instant où son cœur s'apaise. Secouée par l'épreuve qu'elle vient de subir et par ce premier échec, Liza s'endort assise sur son matelas, tout en songeant qu'elle est enfin revenue chez elle.

19

La simple évocation du mot « échecs » ramène Anna en arrière, bien avant ce dîner, la cellule et l'enlèvement. Elle revoit sa maison, sa chambre et son lit, ses jambes encore paralysées et ses livres sur la table de chevet. Elle n'a que cinq ans, mais entame déjà des livres de deux cents pages. Lire L'Assommoir *de Zola n'a été qu'une simple formalité pour elle.*

Liza fait soudain irruption dans sa chambre, portant dans une main un plateau couvert de dalles noires et blanches et tenant dans l'autre un petit sac en cuir noir. La petite fille demande aussitôt :

— C'est quoi, Liza ?

Très soucieuse du bien-être de sa sœur, celle-ci lui apporte des livres et de nouveaux jeux tous les jours. Anna sait jouer au poker, à la belote, aux dames et au go. En guise de réponse, l'aînée pose le plateau sur son lit et lui sourit tendrement.

— Anna, voici un jeu très ancien, qui a toujours été considéré comme l'un des meilleurs : les échecs !

Anna a déjà lu ce nom, mais ignorait qu'il s'agissait d'un jeu. Elle n'en connaît pas les règles.

— T'inquiète, sourit Liza, je vais t'expliquer. D'abord, voyons l'utilité de chaque pièce...

Pendant plus d'une heure, elle lui enseigne les règles, les interdictions, les coups fourrés et les astuces. Le roque, la triple barrière, le baiser de la mort n'ont bientôt plus le moindre secret pour Anna. Très vite, elles commencent une partie. Du côté blanc : Liza, pas forcément douée, mais âgée de treize ans. Ses professeurs ont été ses parents. Du côté noir : Anna, cinq ans, qui n'a jamais joué. Une demi-heure plus tard, Liza incline son roi en signe de défaite. Anna a placé un parfait baiser de la mort.

— Encore ! s'écrie l'enfant, enthousiaste.

— Ce soir, Anna, ce soir ! Je dois m'occuper de la ferme. Tu veux un dîner, n'est-ce pas ?

Anna est déçue. Liza sort, lui laissant l'échiquier pour s'entraîner. Bientôt, elle commence à livrer bataille contre elle-même, échafaudant des stratégies, imaginant chaque contre-attaque possible. Liza réapparaît tard le soir, nourrit sa sœur, mais refuse de jouer à nouveau. Bientôt, l'échiquier est relégué dans un placard obscur…

Anna va à nouveau jouer aux échecs. Contre le président de la Société, autrement plus redoutable que sa sœur. Elle ne doute pas de ses chances, mais imagine qu'il s'est longuement entraîné.

— Allons-y, soupire-t-elle. J'imagine que je n'ai pas le choix.

Un domestique apporte un immense échiquier. Les dalles sont en marbre, les pièces gigantesques et finement sculptées. Anna préfère ne pas imaginer la valeur de l'ensemble. Le président attrape un pion de chaque couleur, les mélange dans son dos et adresse un signe de tête à sa prisonnière. Connaissant l'usage, elle hésite et s'exclame :

— Gauche !

Connor lui lance un pion blanc et entreprend d'installer ses pièces. Anna fait de même. Elle a l'avantage de commencer, sachant que cette avance est très précieuse. Il lui faudra jouer avec finesse pour espérer vaincre son bourreau qui affiche un air réjoui ainsi qu'une complète détermination.

— Vas-y, l'encourage-t-il.

Elle frissonne, réfléchit à son premier coup. Quel pion avancer ? Elle choisit celui situé devant le roi, afin de pouvoir libérer sa reine et son fou rapidement. Elle pourra ainsi attaquer sur deux fronts, avantage non négligeable. Mais que va faire Connor ?

Sa réaction la surprend. Sa main fine et blafarde saisit un cavalier et l'avance. Anna connaît la signification de ce coup. Le président va jouer la défense, tout en plaçant quelques pièces en embuscade. Vite, elle l'imite et sort à son tour un cavalier, prêt à le cueillir. Tout son plan tombe à l'eau, du moins pour l'instant.

Les regards se figent sur l'échiquier. La tension monte tandis que la détermination des deux joueurs se renforce. Aucun ne veut perdre. Connor sacrifie un pion, Anna un cavalier. Connor capture un pion, Anna un fou. Et ainsi de suite… Jake, complètement dépassé, ne peut qu'observer les va-et-vient incessants des mains des joueurs.

Désormais, les deux reines sont sorties tandis que les rois restent au bercail. Chacun cherche à capturer discrètement la souveraine de l'autre. Leurs stratégies sont radicalement opposées : si Anna essaie de sauver ses pièces, Connor n'hésite pas à sacrifier les plus faibles afin qu'elles n'entravent pas les autres. Après tout, il procède de la même manière avec sa population, se dit la fillette.

Elle attaque la première, faisant diversion avec un cavalier pour mieux cueillir la reine avec son fou. Connor voit la manœuvre et glisse une tour en défense ; ce faisant, il menace à son tour la précieuse pièce. Leurs regards se croisent. Aucun ne veut céder la moindre parcelle de terrain.

Au bout d'une heure, il ne reste plus que quelques pièces dans chaque camp. Le roi, la reine, une tour, un fou et deux pions pour Connor, et le roi, la reine, une tour et deux fous pour Anna. Elle place ses pièces de manière à coincer le souverain adverse tout en préparant un autre front. Le président continue à jouer la contre-attaque quand soudain, une reine blanche, protégée par sa fidèle tour, s'installe devant son roi. Aucune pièce ne peut l'abattre. Il a perdu. Son visage affiche un instant un rictus, vite effacé par un sourire compatissant.

— Bien joué, Anna, bien joué... Avoir une adversaire de ton niveau est un vrai plaisir. Tous les autres sont bien trop prévisibles. À chaque coup, tu as réussi à me surprendre.

— Lorsqu'on garde l'effet de surprise, la bataille est déjà à moitié gagnée, répond nonchalamment Anna.

Connor éclate de rire. Anna se sent glacée. Pour un peu, elle sympathiserait avec l'ennemi...

— Cette partie était formidable. Et grâce à elle, je sais comment tu fonctionnes, Anna. Tu ne t'en tireras pas à si bon compte la prochaine fois... Jake ?

Le Corbeau, qui semblait dormir les yeux ouverts, reprend subitement vie et s'écrie presque :

— Oui, monsieur ?

— Ramenez-la dans sa cellule.

— Bien, monsieur.

En suivant Jake, Anna se dit que si Connor a appris des choses sur elle, elle aussi le connaît mieux, désormais. Il est terriblement malin, assez pour tenir tête à un génie, et n'hésite pas à échafauder des coups pleins de fourberie. Il ne faut jamais, au grand jamais, baisser sa garde devant lui, au risque de recevoir un coup de poignard dans le dos. De plus, elle devine qu'il manipule sa population comme si chaque habitant n'était qu'une pièce de plus sur l'échiquier. Chacun peut être supprimé et remplacé sans le moindre problème, ce qui permet au tyran d'exercer une pression constante sur ses subordonnés.

Une demi-heure plus tard, Jake pousse Anna dans sa cellule. Le geste du Corbeau est calme, presque doux, comme s'il cherchait à s'excuser. La jeune fille le fixe de ses yeux orange et lit un sentiment qui n'a pas lieu d'être dans son regard. Serait-ce… du regret ? Elle secoue la tête, incertaine. Judith s'est approchée et lui montre, d'un discret signe de la main, que la caméra est de nouveau opérationnelle. Ce qui signifie qu'à partir de maintenant, elles doivent surveiller leurs paroles. Afin de donner l'illusion qu'elles n'ont rien remarqué, la femme s'enquiert aussitôt :

— Alors, ta soirée ?

Anna la lui narre dans les moindres détails, décrivant même chaque coup de la longue partie d'échecs. Judith bouge régulièrement la tête, faisant virevolter sa chevelure claire, tout en posant quelques questions. Elle prend même le pouls de la fillette afin de vérifier qu'elle n'a pas été intoxiquée par le repas.

— Connor voulait mieux te connaître, et il est parvenu à ses fins. Tu aurais dû, je ne sais pas, protester un peu…

— Ce n'est pas toi qui m'as fait un sermon pour que je laisse ma fierté de côté et obéisse aux ordres ? Si j'avais eu le choix, crois bien que j'aurais refusé.

— Qui t'a appris à jouer ainsi ?

Anna plisse les yeux. La question lui paraît étrange ; il ne s'agit que d'un détail, alors que d'autres préoccupations devraient surgir. Néanmoins elle réplique :

— Liza, bien sûr. Elle m'a tout enseigné quand j'avais cinq ans. Il me semble qu'elle tenait ça de nos parents.

Durant une partie de la nuit, Judith questionne Anna qui répond de son mieux. Celle-ci ne parvient pas, ensuite, à trouver le sommeil. Cette soirée, loin de répondre aux interrogations, a soulevé de nouveaux mystères. Que manigance Connor ? Comment expliquer l'étrange comportement de Jake, sa douceur et son regret ? Pourquoi Judith insiste-t-elle pour connaître son passé ? Ces questions tournent dans la tête d'Anna, qui finit par se dire qu'elle a tout le temps pour trouver les réponses.

20

Lorsque Liza se réveille, elle découvre sur la télévision allumée qu'il est déjà 10 heures. Elle bâille et s'étire comme un chat. Calim n'est pas là. Elle saute du lit, attrape un balai qui traîne dans un coin et entreprend de faire le ménage. Son allergie à la poussière la dérange, mais elle traque néanmoins chaque mouton et les jette dans l'eau noire des égouts. Au moment où elle fait une pause pour reprendre son souffle, Calim fait son apparition et lance joyeusement :

— Alors feignasse, tu viens de te lever ? Pas trop fatiguée ?

Puis il ouvre de grands yeux en remarquant la propreté de son antre. Trop fier pour faire le moindre compliment, il se contente de poser quelques provisions sur les étagères avant de se tourner vers sa pensionnaire.

— Maintenant, je veux des explications. Pourquoi ?

— On ne peut pas zapper la partie « engueulade » et « excuses » ? le coupe-t-elle d'un ton suppliant. S'il te plaît...

— Pas question, tranche-t-il. J'ai été inquiet et il faut que je me défoule. Pourquoi tu as pris le risque de sortir au grand jour alors que toute la ville te recherche ? Hier, en allant au marché, deux Corbeaux m'ont passé un portrait-robot de toi. Regarde la ressemblance !

Calim sort le portrait de sa poche et l'exhibe devant les yeux de Liza qui peut observer son visage fidèlement reconstitué dans les moindres détails. Même les motifs des perles dans ses cheveux sont identiques ! Jake, à défaut de l'avoir capturée, a réussi à mémoriser le moindre centimètre carré de sa peau, la moindre particularité. D'ailleurs, sous le portrait sont signalées quelques-unes de ses caractéristiques : les yeux orange, bien sûr, mais aussi l'emplacement de certains grains de beauté et sa main de prédilection, la droite. Nerveuse, elle manipule son médaillon pour retrouver un semblant de calme. Le souvenir de sa mère l'apaise.

— La vache ! laisse-t-elle échapper.

— Bon sang, tu réalises ? Sans moi, ils t'auraient capturée. Tu te rends compte de ta connerie ? Je suis sûr qu'une fois sur l'échafaud, tu aurais été d'une grande utilité pour Anna !

— C'est bon, arrête, stop ! hurle Liza. J'ai fait une connerie ! Je ne recommencerai plus.

— Ce qui me blesse, ce n'est pas ta décision, confie Calim d'une voix calme. C'est que tu ne m'en aies pas parlé avant.

Liza cligne des yeux, surprise. Elle ne connaît ce garçon que depuis deux jours ; lui confier ses craintes et ses envies lui avait paru farfelu. Pourtant, ils suivent désormais une seule et même route qui les mènera vers Anna… ou vers la prison.

— Je suis désolée… bégaie-t-elle. Je pensais que… que je devais agir en solo.

— Pourtant, que tu le veuilles ou non, je vais t'aider.

— Mais pourquoi ? On se connaît à peine !

— Je te connais assez pour te sauver la vie. À deux reprises. De plus, je veux me venger de Connor, d'une manière pacifique bien sûr.

— Je ne voulais pas t'impliquer. Si les Corbeaux t'attrapent, je m'en voudrai jusqu'à la fin de mes jours.

Calim se met alors à pouffer avant d'éclater d'un grand rire franc. Liza se sent vexée. Comment ose-t-il se moquer alors qu'elle essaie de s'ouvrir à lui ?

— Excuse-moi, dit-il, mais ce que tu as dit est absurde. Les Corbeaux me poursuivent depuis des années. Et tu vois, je suis libre comme l'air ! Et, dans le cas très improbable où ils réussiraient à m'avoir, alors ce serait entièrement ma faute. C'est moi qui aurais insisté.

Liza est séduite. L'humour de ce prince des égouts la détend et lui redonne un peu d'espoir. Seule, la tâche aurait été impossible. Avec un allié comme lui, son champ d'action s'élargit. Calim, un grand sourire aux lèvres, attrape sur une étagère quelques biscuits qu'il dévore. Puis, la bouche pleine, il énumère :

— Alors, l'engueulade et les excuses, c'est fait. Il nous reste à échafauder un plan. Il faut nous préparer.

— C'est-à-dire ?

— J'y ai réfléchi cette nuit. D'abord, on va laisser la situation se calmer un peu. Si tu mets un doigt à l'extérieur des égouts, une dizaine de Corbeaux te tomberont dessus. Une semaine au frais, ce sera bien. On la mettra à profit pour t'entraîner.

— Quel genre d'entraînement ?

— Des techniques pour échapper aux Corbeaux, en gros. Ensuite, Liza, on va retourner chez toi. Non seulement tu pourras t'occuper de tes bêtes, mais on pourra consulter ta bibliothèque. Je te parie qu'il y a quelques romans d'espionnage.

— Gagné, approuve Liza qui écoute son interlocuteur avec attention.

— On ne restera pas plus de deux heures. Avec leurs caméras, ils vont nous repérer et envoyer des Corbeaux. On embarquera ce dont on aura besoin et on retournera à la Société en faisant un détour par le nord. Chez moi, on lira des bouquins et on appliquera les méthodes dont ils parlent. Ensuite, je m'arrangerai pour trouver un croquis de l'École. Et on échafaudera un plan, un vrai. Qu'en penses-tu ?

— Que c'est parfait... sauf que je demande deux jours au lieu d'une semaine.

— Quatre.

— Trois ; c'est mon dernier mot. S'ils torturent encore ma petite sœur, je ne me le pardonnerai pas.

— Tu l'aimes tant que ça ? demande-t-il maladroitement.

— Disons que notre relation n'a pas été rose tous les jours. Quand mes parents étaient encore là, je m'enfuyais de la maison pour ne pas la voir. Je la détestais. Elle était tout le temps malade ; et puis c'était un petit génie et pas moi... alors mes parents passaient tout leur temps avec elle. J'étais devenue transparente à leurs yeux. Mais quand ils ont disparu, j'ai dû prendre sur moi. Respecter la dernière volonté de mon père. Il ne m'a pas dit quelque chose comme « veille sur toi », mais « ne me pleure pas et occupe-toi de ta sœur ». Bien sûr, j'ai appris à la connaître pendant ces cinq dernières années. À l'apprécier. Mais ma rancœur n'est pas tout à fait éteinte.

Liza a besoin d'exprimer les sentiments qu'elle éprouve depuis cinq ans et qu'elle taisait pour préserver Anna. Calim est le confident idéal : il l'écoute avec attention et calme.

— Un jour, en plein hiver, alors que j'avais faim, froid, que je ne savais pas si on survivrait jusqu'au printemps, j'ai laissé éclater ma colère. Elle n'avait que cinq ans, la pauvre. Je lui ai dit qu'elle était inutile, qu'elle était responsable de la disparition de nos parents et que je la détestais, que je l'avais toujours détestée. Et tu sais quoi ? Au lieu de pleurer, elle m'a regardée dans les yeux et m'a dit : « Tu ne penses pas ce que tu dis. » Et elle avait raison. Même si la vie était compliquée, j'avais et j'ai toujours pour mission de m'occuper d'elle. Elle représente l'avenir de ma famille et de l'humanité tout entière. Je ne peux pas la laisser entre les mains de ce bourreau. Trois jours. C'est tout ce que je te demande.

Calim accepte, compréhensif. Les deux jeunes gens occupent ensuite leur journée en préparant un repas, puis en regardant la télévision. Les nouvelles ne leur apprennent rien de particulier, si ce n'est la tentative d'intrusion dans l'École et la fuite d'une vache dans les rues de la Société. Puis Calim s'assoit dans un fauteuil, prend un air faussement grave et annonce :

— Liza, je vais t'apprendre quelques techniques pour échapper à un Corbeau. Commençons par la méthode n° 1.

— Combien y en a-t-il ?

— Je ne sais pas. Une trentaine, peut-être ? Enfin, la méthode n° 1 est à mettre en application quand le Corbeau t'agrippe par le bras et que son visage est en face du tien. Que fais-tu dans cette situation ?

Liza hésite. En bonne élève, elle fait marcher son imagination. Pour échapper à un Corbeau, il faut le surprendre. Elle propose :

— Lui cracher dessus ?

— Eh, pas mal ! Je le note dans un coin de ma tête. Mais la solution était... un sachet de poivre.

Pour illustrer son propos, il sort de l'une de ses larges poches un petit sac noir fermé par un fil argenté. Tout est prévu pour pouvoir l'ouvrir rapidement. Un instant, Liza se demande combien d'objets contiennent les fameuses poches de Calim et comment il parvient à saisir si facilement ce qu'il cherche.

— Tu en prends une bonne poignée, discrètement bien sûr, et tu la lances dans ses yeux. Succès garanti ! Maintenant, chaque fois qu'il me poursuit, Jake porte une paire de lunettes noires. J'ai entendu dire qu'il était resté aveugle d'un œil pendant trois jours.

Liza s'amuse de la petite anecdote. Calim lui passe le sac afin qu'elle puisse l'examiner. Elle l'ouvre et goûte son contenu du bout des lèvres : du poivre noir, particulièrement piquant et irritant. Un excellent choix.

— Je vais te dévoiler une de mes meilleures astuces, histoire que tu ne paniques pas si je l'utilise. C'est une méthode perverse et très élaborée dont je ne me suis jamais servi. Regarde ça.

Calim lui tend une poche transparente contenant un liquide rouge et deux seringues pleines, tout en la prévenant :

— Fais attention de ne pas te piquer et de ne pas les faire tomber, j'y tiens beaucoup. Cette méthode n'est à utiliser que dans un cas désespéré. Tout d'abord, tu perces la poche et le sang gicle. Je l'ai piquée dans un laboratoire. Et ensuite, tu t'injectes le produit. Sais-tu quel est son effet ?

Liza secoue la tête en signe de dénégation.

— C'est un produit très rare qui permet de simuler la mort. Quand tu te l'injectes, tu tombes dans les pommes et ton cœur cesse de battre pendant trois minutes. Pouf ! Tu te réveilles ensuite comme après une bonne nuit de sommeil, avec un cœur parfaitement fonctionnel.

— Et ça marche vraiment ?

— Je ne sais pas. Ceux qui l'ont mis au point n'ont pas fait de tests. C'est pour ça qu'il ne faut l'utiliser qu'en cas d'extrême urgence.

L'après-midi se déroule ainsi ; Calim enseigne toutes ses connaissances à Liza, qui se révèle attentive et volontaire. Malgré tout, elle pense fort à sa sœur.

« Encore un peu de patience, Anna... J'arrive. Je te sauverai. Je te le promets. »

21

Anna marche dans les couloirs, tête baissée, afin de ne pas voir son bourreau. Quand Ewen est entré dans sa cellule, elle a tout d'abord cherché à fuir, à s'accrocher à son lit ou à Judith... avant de se résigner. Elle ne veut en aucun cas impliquer sa camarade ou sa sœur Liza. Sans se préoccuper de sa situation, elle prie pour que son aînée soit en sécurité, si possible loin de la Société.

Si possible, mais elle la connaît.

Ewen avance devant elle, tête et dos droits, aussi raide qu'un bout de bois. Un instant, Anna plaint ses parents, qui n'ont pas dû s'amuser avec lui. Elle a décidé d'obéir à chaque ordre, de répondre à chaque question, afin de limiter la douleur. Elle a encore mal à la cheville, et toutes ses coupures ne sont pas encore cicatrisées.

Dans le laboratoire, Ewen la force à s'asseoir dans un fauteuil avant d'attacher une sangle autour de son cou. Elle jette des regards effrayés autour d'elle et remarque une caméra installée dans un coin. Sa peur monte petit à petit, comme une vague. Le scientifique s'installe sur une chaise et consulte ses feuilles sans doute laissées par Kellen. Il annonce :

— Aujourd'hui, nous allons analyser ton comportement, tes goûts, tes envies, tes passions et ainsi de suite. C'est une sorte de test de personnalité. Première question : es-tu droitière ou gauchère ?

Anna cligne des yeux. Est-elle gauchère ou droitière ? Si étonnant que cela puisse paraître, elle l'ignore. Elle s'est toujours servie de ses deux mains, que ce soit pour écrire, manger ou tourner les pages de ses livres. Étrange...

— Je... je l'ignore, bégaie-t-elle, paniquée. Ambidextre, je suppose.

Ewen tourne alors un bouton. Anna n'a pas le temps de se questionner sur son utilité que déjà elle ressent un désagréable courant électrique la parcourir. Apeurée, elle s'écrie :

— Qu'est-ce que vous faites ? J'ai répondu à votre question !

Alors Ewen, qui est dos à la caméra, articule silencieusement :

— Désolé...

Désolé. Ewen est *désolé.* Ce bourreau cruel et sans pitié éprouve du regret. Ce simple mot trouble Anna. Trouve-t-il injuste de torturer une gamine obéissante, lui qui exerce pourtant son métier avec plaisir ? Nul doute que Connor se trouve derrière tout ça. Anna l'imagine très bien s'amuser derrière l'écran de la caméra, le sourire aux lèvres. Seulement, elle ne peut réagir. Le scientifique, comme elle, a peur du président. Il est donc obligé de torturer sa proie, et Anna se doit de répondre ; sinon, elle risque d'être responsable de l'exécution d'Ewen. Malgré ses méfaits, il est un être humain. Tous deux se trouvent dans une impasse.

— Deuxième question. Quelles sont tes passions ?

Anna soupire intérieurement. Ces questions sont trop banales pour être posées par un scientifique. À quoi vont servir ses réponses ? À déterminer si elle est plutôt littéraire, historienne, géographe ? Si elle préfère les chiens aux chats ?

— La lecture et tout ce qui est casse-tête. Les puzzles, les codes et les énigmes.

Ewen approuve, note et pousse un peu plus le bouton. La décharge fait tressaillir Anna, mais elle serre les dents pour mieux résister.

— Tes plats préférés ?

— ... Les gâteaux aux fraises... et tout ce qui est frais. Les fruits, les légumes et surtout les agrumes.

Nouvelle décharge, nouvelle douleur, plus forte. Anna sent ses cheveux se dresser sur sa tête tandis que l'inquiétante vague parcourt son corps. Cette fois, elle ne parvient pas à retenir un petit cri, qui résonne comme un jappement.

— Couleurs ?

— Surtout les couleurs froides. J'aime beaucoup le bleu, le bleu roi, plus précisément.

Il note, pousse le bouton. Cette fois, Anna hurle de toutes ses forces. Elle le sent, son cœur va exploser. Comme ça. Boum ! Fin de l'histoire. Son cerveau s'embrume, elle défaille, commence à sombrer dans l'inconscience ; non, elle résiste. Hors de question de perdre au petit jeu de Connor.

— Animaux ?

Anna prend le temps de réfléchir. Elle craint la prochaine décharge. 200 volts, peut-être plus. Jusqu'où Connor veut-il aller ?

— Les marsupiaux. Kangourous, wallabys, koalas... et aussi les canidés. Les dingos, les chiens et les loups.

Ewen note une nouvelle fois et semble hésiter. Doit-il vraiment pousser ce bouton ? Seulement, Connor l'observe derrière l'écran de la caméra. L'instant d'après, le corps d'Anna est pris de convulsions. Elle ne cherche même plus à résister ; vaincue, elle sombre dans l'inconscience. L'électricité, ça fait toujours son petit effet.

22

Les yeux rivés à l'écran, Connor joint les mains et sourit. Non seulement la séance de torture est à la hauteur de ses espérances, mais en plus, il peut observer la scène en direct. Il s'installe un peu plus confortablement dans son fauteuil et profite du spectacle. Il assiste à l'évanouissement d'Anna, à son réveil dix minutes plus tard, puis à la suite de l'interrogatoire. Chaque fois, l'intensité de la décharge augmente, sans jamais être mortelle. La douleur causée par l'électricité est assez forte pour traumatiser la petite et la rendre un peu plus malléable. De plus, connaître ses goûts permettra de la manœuvrer plus facilement. Comment l'amadouer ? En lui offrant un gâteau aux fraises. La torturer ? En peignant les murs de sa cellule en rouge. Quand on a toutes les clefs, il est facile d'ouvrir une serrure, si solide soit-elle.

Tout en gardant un œil sur la télévision, Connor attrape le livre posé sur son bureau. Il saute la première partie, narrant l'histoire de l'humanité, pour se concentrer sur la seconde qui dévoile l'histoire des Gallen, de la fondation de la famille à aujourd'hui. Le président commence par la fin, pour en savoir plus sur Liza et Anna.

06-06-2369

Anna vient d'avoir trois ans. Elle a passé son anniversaire dans son lit, terrassée par la maladie. Gros rhume qui pourrait se transformer en pneumonie. Il faut rester vigilant. Liza passe tout son temps dehors, à jouer avec les animaux ou à confectionner des machines sans utilité. Pourtant, certaines de ses installations produisent de l'énergie. Mais rien à voir avec le petit miracle d'il y a quelques années... Anna ne doit pas mourir. Elle est la seule à pouvoir reprendre le flambeau. J'espère que sa santé va s'améliorer...

11-11-2368

Liza a dix ans. Elle était toute contente de voir les bougies sur le gâteau qu'elle a cuisiné avec sa mère. Elle est très manuelle, cette petite ; hier, elle m'a aidé à réparer la clôture et ne s'est pas blessée une seule fois. Je suis sûr qu'elle saura se débrouiller toute seule en cas de besoin.

06-06-2368

On a fêté les deux ans d'Anna aujourd'hui. Deux bougies. J'ai du mal à y croire, elle grandit si vite ! Son sens artistique se développe indéniablement : elle ne peut dormir sans m'avoir écouté jouer du violoncelle. Elle se montre également sensible à la lecture et adore quand sa mère imite les voix des personnages. Une petite merveilleuse...

11-11-2367

Voilà les neuf ans de Liza. Elle adore son cadeau, mon ancienne bicyclette ! Elle fait le tour du jardin en riant aux éclats. Anna assiste à la scène dans les bras de sa mère. À un an et demi, elle ne sait toujours pas marcher. Mais on ne s'inquiète pas : elle a une santé fragile et ne se développe pas très vite. Néanmoins, elle commence à s'exprimer par phrases. Ce matin, elle m'a demandé un supplément de fraises ! Vive et intelligente, c'est tout ce que je demande.

06-06-2367

Anna a un an, elle a soufflé sa première bougie (avec l'aide de Liza, bien sûr). Elle est un peu petite et frêle, mais semble réceptive. J'espère tant qu'elle pourra devenir le génie qui continuera notre lignée ! Non pas que Liza en soit incapable, cependant j'ai testé son Q.I. : elle plafonne à 120. Elle ne sera pas stupide, mais seulement terriblement ordinaire.

11-11-2366

Nous n'avons pas pu fêter l'anniversaire de Liza, car elle s'est enfuie. Elle ressent une grande jalousie vis-à-vis d'Anna, dont les yeux sont devenus orange il y a quelques jours. Elle croit que la petite nous vole tout notre amour. Elle a compris qu'elle n'était pas le génie escompté et que nous plaçons désormais tous nos espoirs en sa sœur. Enfin, il s'agit sans doute d'une crise de préadolescence, je ne m'inquiète pas trop…

06-06-2366

Notre deuxième petite fille est née ! Elle se nomme Anne, en l'honneur d'Anne d'Autriche, mesure une petite cinquantaine de centimètres et pèse 2,5 kilos. Quand elle a ouvert ses yeux, ses magnifiques yeux, j'ai cru tomber dans un abîme et m'élever dans le ciel. J'ai tant d'espoir pour cette petite… Je parie qu'elle deviendra le parfait génie Gallen.

Liza a passé sa journée à bouder, tout en appelant sa sœur Anna. Ça l'amusait car, disait-elle, « Anna n'est plus votre petite reine, maintenant ». Pourquoi insiste-t-elle pour qu'on l'appelle Liza, alors ? Je ne comprends plus cette enfant. Je ne sais pas de qui elle tient un caractère pareil...

Connor s'arrête là. Cet ouvrage l'a plongé dans une vie de famille tendue par les maladies de la petite et les crises de la grande. Mais surtout, il a glané deux informations importantes : les parents semblaient préférer la cadette, qu'ils nommaient déjà l'héritière sans tenir compte de l'aînée. Il sait aussi que l'adolescente ne se nomme pas Liza. Il décide de lire le paragraphe consacré à sa naissance :

11-11-2358

Ma première fille est née aujourd'hui. Quelle frayeur, mais aussi quel bonheur ! J'ai cru qu'elle ne sortirait jamais, qu'elle allait mourir avec sa mère... Mais son premier cri m'a réconforté et soulagé. Elle est adorable et devra, un jour, reprendre le flambeau de notre belle famille. Je suis convaincu qu'elle le pourra. Elle se nomme Elizabeth, en l'honneur d'Elizabeth II d'Angleterre, mesure un peu plus de cinquante centimètres et pèse 3,3 kilos. On l'aime déjà tellement...

Connor s'amuse. Ce pauvre John Gallen ne sait pas encore que, d'ici quelques années, son aînée lui causera bien du souci. Pour finir, il consulte le début de l'histoire des Gallen.

Cinq minutes plus tard, il repose le livre, effaré. Son cœur bat à tout rompre, ce qui ne lui est pas arrivé depuis des années. De simples mots, de simples lettres se gravent dans son esprit de manière indélébile. Connor vient d'apprendre une vérité fascinante.

Une vérité qu'il est, à l'heure actuelle, le seul à connaître. L'origine de la famille Gallen.

23

Trois jours. Cela passe vite. Chez Calim, l'heure est aux préparatifs : les deux complices rassemblent de la nourriture, des armes, des outils, des sacs en plastique. Liza ne laisse rien au hasard et contrôle tout avec vigilance. Si les Corbeaux les attrapent durant leur petite escapade, ils peuvent dire adieu à leur plan de sauvetage.

— J'embarque combien de bidons d'eau ? demande Calim.

— Prends-en deux ! répond Liza en parfaite organisatrice. Oh, et emporte un peu de sucre, en cas d'hypoglycémie.

Liza sait ce qu'elle veut. Chaque excursion, à la ferme, était précédée d'une préparation minutieuse : dès qu'elle sortait en forêt, elle passait une heure à choisir ses pièges et ses armes, à préparer la nourriture nécessaire. Ils décident de partir au milieu de l'après-midi.

— Tu es sûr qu'on ne ferait pas mieux de partir cette nuit ? s'inquiète la jeune fille.

— Certain. De jour comme de nuit, ils vont repérer notre départ et envoyer les Corbeaux. Mieux vaut profiter de la lumière : on gagnera du temps.

Liza hoche la tête, mais Calim sait qu'elle reposera la question dans une dizaine de minutes. Il sera trop tard alors. Ils bouclent leurs sacs, quittent la cachette, traversent les égouts avant de sortir en plein air. Liza inspire goulûment l'oxygène dont elle a été privée pendant trois jours puis se dirige, sans la moindre hésitation, vers l'est. Ils ont décidé de sortir de la Société par le trou créé par Liza, et de revenir en passant par le nord afin de ne pas croiser leurs ennemis. Elle s'oriente dans les rues, hésite parfois, choisit toujours et retrouve finalement l'endroit. Le trou a été refermé mais, grâce à ses outils, elle crée une nouvelle ouverture. Ainsi, les deux adolescents se glissent sans difficulté dans le monde extérieur.

Maintenant, ils savent que le temps leur est compté. D'un pas vif, elle guide son ami vers sa voiture, dissimulée derrière un rocher. Lorsque Calim voit le curieux véhicule, il ne peut s'empêcher de s'exclamer :

— Tu es venue ici avec *ça ?!*

— Elle n'est peut-être pas très belle, mais elle fonctionne ! Vas-y, monte !

— La déco n'est certes pas terrible… mais ce n'est pas tout.

— Quoi donc ?

— Il n'y a qu'un siège !

Liza éclate de rire, un rire franc et aigu, presque incontrôlé.

— Il n'y a pas d'autre place, hoquette-t-elle, mais il y a… un coffre !

Le garçon dévisage son amie : elle ne plaisante pas. Il prend donc place dans le coffre avec les bagages. L'espace est sombre et étroit, mais il devra s'en contenter. Liza jette son sac à côté du siège, s'y installe, met ses lunettes de conduite et démarre. La voiture accélère brusquement et se met à cahoter sur la route, secouant ses occupants. Calim grogne plusieurs fois dans son coffre, mais Liza n'en a cure. Rien ne compte plus que de creuser l'écart avec la Société.

Une petite heure plus tard, la voiture s'immobilise devant la ferme. Liza sent sa gorge se serrer. Elle aurait dû revenir ici avec Anna. Une observation rapide lui permet de repérer quelques poules mortes ; certaines cultures aussi sont desséchées, rien de dramatique. Elle ouvre le coffre. Calim s'écrie aussitôt :

— Bon sang, tu conduis comme une brute ! Je vais avoir des bleus partout !

Tout en râlant, il s'extirpe du coffre et observe à son tour les lieux. Il a toujours vécu dans la Société : cet environnement rural est nouveau pour lui. Liza, consciente qu'il n'y a pas une seconde à perdre, lui ordonne :

— Tu vas dans la maison, tu tournes à gauche et tu entres dans la première pièce. Les livres sont là.

— Et toi, que vas-tu faire ?

— M'occuper des bêtes et des cultures. Je leur dois bien ça.

Calim s'exécute. Le temps leur est compté, lui aussi le sait.

24

Pendant sa patrouille, Jake reçoit un appel. Il dégaine son téléphone.

— Jake Regan à l'appareil.

— C'est Alice.

Alice… la secrétaire de Connor ou sa maîtresse, au choix. Ce qui veut dire que le président va lui confier une mission urgente, qu'il va détester. Exécuter un de ses hommes ? Emmener Anna à l'échafaud ? Subir une harassante partie d'échecs ?

— Les caméras ont détecté la fuite de Liza et du jeune Calim von Switten. Ils sont partis plein est à pied avant de monter dans un véhicule. Le président veut que vous les rattrapiez. Prenez Thibault et Garry avec vous.

— Tout de suite.

Finalement, cette nouvelle lui paraît plutôt réjouissante. Il va poursuivre Calim, son rival de toujours ! Les arrêter tous les deux, lui et Liza, serait pour lui la consécration ultime. Le cœur bondissant d'impatience, il se hâte vers la Caserne. Mais alors qu'il se dirige vers le garage, Yanis fait son apparition, goguenard.

— Je n'ai pas le temps de m'amuser avec toi, lui dit-il sèchement.

— Laisse-moi deviner, tu vas pourchasser les deux gamins ? Inutile. Tu vas les laisser s'échapper, une fois de plus. Je ne comprends pas pourquoi Connor te garde. Tu es un chef pitoyable.

— Et toi un cousin abominable. Je ne peux pas croire qu'un même sang coule dans nos veines.

Jake ne s'est pas arrêté, Yanis le suit. Même pas, même carrure : ils sont bien de la même famille.

— Numérote tes abattis, Jake, menace Yanis. Tes jours en tant que chef sont comptés. Connor ne va pas supporter longtemps tes échecs.

— J'ai hâte de voir la tête que tu feras quand je vais ramener Liza et Calim. Maintenant, va-t'en. J'ai du travail, contrairement à toi.

Jake ouvre la porte du garage et repère Garry et Thibault. Ses deux meilleurs Corbeaux, efficaces et fidèles, qui exécuteront le moindre de ses ordres sans se poser de questions. Ils ont préparé la voiture et l'attendent à l'intérieur. Passer la porte de la ville n'est qu'une formalité ; bientôt, le véhicule roule à toute allure sur les routes accidentées du désert. Direction la ferme.

25

Dès que Liza a fini de nourrir les animaux, elle rejoint Calim dans la bibliothèque. Elle retrouve rapidement ses repères. Son ami a déjà trouvé quelques ouvrages. Tous deux passent une bonne demi-heure dans la pièce, inspectant chaque étagère, déchiffrant chaque titre, choisissant d'autres volumes.

— On ferait peut-être mieux de partir, suggère Liza au bout d'un moment.

— Liza, tu es un paradoxe vivant ! Un coup tu es inconsciente, un coup tu es trop prudente ! Calme-toi...

Au même instant, un corbeau croasse au-dehors. Le sang de Liza ne fait qu'un tour. Elle jette les livres dans son sac, attrape Calim par la manche de son manteau et le traîne dans la cour. Elle pose les besaces dans le coffre, propulse son ami dans l'habitacle et s'y installe sans se préoccuper du manque de place. La tête et la main droite du garçon sont même à l'extérieur.

— Liza, tu peux m'expliquer à quoi ça rime ?

En guise de réponse, Liza dirige son doigt vers l'horizon. Tout d'abord, Calim ne voit rien, puis il constate qu'un point noir s'approche imperceptiblement. Son cœur s'emballe. Il reconnaît la voiture des Corbeaux. Liza lui tend un revolver ancien, héritage de ses ancêtres. Son poids indique qu'il est chargé et prêt à tirer. Le garçon s'exclame :

— Pourquoi moi ?

— Parce que tu sais piloter cet engin, peut-être ? rétorque Liza, prise de panique. S'ils nous rattrapent, vise les roues.

Elle démarre et pousse immédiatement le moteur à plein régime, direction le nord. Le véhicule fonce vers l'horizon. Loin des Corbeaux.

26

La voiture de Jake s'immobilise à son tour dans la cour. Le Corbeau avise aussitôt les traces de pneus sur le sol. Elles sont récentes et se dirigent vers le nord. Sans plus tergiverser, Jake redémarre. Ni Garry ni Thibault, qui oscillent sur leurs sièges au rythme des violentes secousses ne songent à se plaindre. Ils fixent la route, espérant repérer leur objectif. Soudain, le premier s'exclame :

— Voiture droit devant, chef !

Jake plisse les yeux : un point coloré, en effet, tranche avec l'uniformité du désert. Le véhicule roule à vive allure, mais les Corbeaux auront tôt fait de le rattraper, car leur voiture est plus puissante. Reste à savoir quand la bataille va s'engager ; Calim regorge d'astuces pour échapper aux menaces, et la jeune Liza ne semble pas manquer de ressources. Plus le temps passe, plus la tension monte. Jake serre un peu plus le volant, Garry et Thibault dégainent leur pistolet. Prêts à faire feu.

27

Liza voit, affolée, les Corbeaux se rapprocher. Plus que quelques mètres, et ils seront à portée de tir. Calim reste très calme ; il regarde la scène comme s'il la découvrait sur un écran de télévision.

— Au fait, Liza, j'ai droit à combien de tirs ? demande-t-il.

— Trois.

Une brève vague de panique fait frémir Calim. À défaut d'avoir la quantité, il va devoir privilégier la qualité. Il braque le canon de son arme vers la voiture des Corbeaux, aussi noire que la nuit, et attend le moment opportun pour tirer. À l'instant où il presse la détente, Liza fait une brusque embardée et la balle se perd au loin. Le garçon hurle :

— Tu pourrais prévenir !

— Et toi, éviter de gâcher les balles !

Mais les deux adolescents n'ont pas le temps de se disputer ; les Corbeaux se mettent à tirer avec une précision mortelle. La première balle frôle un pneu, la deuxième touche Liza. La voiture fait une nouvelle embardée, plus violente cette fois ; Calim manque de passer par-dessus bord.

— Putain, mais qu'est-ce tu fous ?

Puis il se tait. Du sang coule sur le bras de Liza. Son visage a pâli, et elle se mord la lèvre pour ne pas hurler. La balle est entrée juste sous l'épaule, lésant peau et muscles.

Calim sait qu'ils devraient s'arrêter, soigner la blessure. Impossible sous la menace des Corbeaux. Le garçon déchire un pan de sa veste et bande fermement le bras blessé. Mais le sang coule toujours. Alors il tire à son tour. La balle ricoche sur le pare-brise de la voiture noire. Sans perdre de temps, il ajuste et tire une nouvelle fois. Cette fois, il fait mouche ; un pneu éclate et le véhicule part dans le décor. Ils peuvent enfin distancer leurs ennemis.

— Bien joué, souffle Liza, dont les traits sont déformés par la douleur.

Elle semble au bord de l'évanouissement. Calim décide de prendre les choses en main, pose le pistolet devenu inutile et attrape le volant. Elle ne proteste même pas, perd peu à peu connaissance. Il serre les dents, essaie de comprendre le fonctionnement de l'engin. Heureusement, ce n'est pas trop difficile. Ils filent dans le désert, creusant l'écart avec leurs poursuivants. Calim se retourne toutes les deux minutes, s'attendant à discerner une tache noire au loin. Il réfléchit. Comment s'introduire dans la Société ? Jake a dû poster des Corbeaux le long du grillage. Soudain, un éclair de génie : le souterrain ! Pourquoi n'y a-t-il pas pensé avant ? Quelques années plus tôt, alors qu'il parcourait les égouts en quête d'un emplacement pour sa maison, il a trouvé un passage menant directement à l'extérieur. S'il le retrouve, ils pourront entrer sans difficulté… Il cherche dans sa mémoire et se souvient que l'entrée était située à proximité d'un imposant rocher. Il parcourt l'horizon du regard. Son cœur s'emballe. Le rocher ! Il presse l'accélérateur, le rejoint, stoppe la voiture, descend et débusque la fameuse trappe. Il ouvre le coffre, saisit les sacs et prend ensuite Liza dans ses bras. Il grimace sous le poids mais serre les dents. Il n'a pas le choix. Calim s'engouffre dans l'obscurité.

Il descend une vingtaine de marches et avance tranquillement tout en réfléchissant. Comment soigner Liza ? Il pense alors à Johan, un médecin qui l'a sauvé après sa toute première course-poursuite avec Jake. Ce dernier l'avait touché au bras, créant une longue estafilade dont il conserve la cicatrice. Certain que Johan pourra sauver Liza, Calim se dirige vers sa maison, située dans un quartier isolé. Après s'être assuré qu'aucune caméra ne le filme, il tambourine contre la porte à l'aide de son pied.

— Johan ? C'est Calim ! Ouvre, s'il te plaît !

La porte s'ouvre sur un homme d'une quarantaine d'années, qui sourit à son ami mais blêmit en apercevant Liza.

— Je t'en supplie, soigne-la !

— Porte-la à l'intérieur.

Ils entrent dans la maison ; Calim pose la blessée sur un fauteuil. Johan défait les pansements et coupe la manche de sa veste, dévoilant au grand jour la blessure qui saigne abondamment. Sans hésiter une seconde, le médecin plonge une pince dans la plaie. Il en sort un morceau de métal noirci par le sang de la jeune fille.

— Le triceps est touché, constate-t-il. Je peux lui donner les premiers soins. Ça va, Calim ? Tu es tout pâle, toi aussi…

Il nettoie la plaie et pose un bandage serré.

— Sa plaie va se refermer, mais il faudra du temps. Elle peut avoir une forte fièvre pendant quelques jours. Restez chez moi, si vous voulez.

— Tu es sûr ? s'inquiète Calim. Je ne veux pas te causer d'ennuis.

— Certain. Je ne peux pas mettre une blessée à la porte : c'est contraire à mon éthique. Tu as eu de la chance que je sois en congé aujourd'hui.

— Je ne sais pas comment te remercier. Sans toi... Sans toi...

Confus, Calim n'arrive pas à s'exprimer. Il a cru qu'il allait perdre Liza. Compréhensif, Johan pose une main sur son épaule.

— Va te reposer. Je m'occupe d'elle.

— Non... je veux la veiller.

— Ce n'est pas un conseil, mais un ordre. Allez ! S'il y a le moindre problème, je t'appellerai.

Calim, à contrecœur, se rend dans la chambre d'amis, ouvre le sac et en sort plusieurs ouvrages. S'il ne peut pas veiller Liza, il se rendra utile, d'une manière ou d'une autre. Il lit pendant une bonne heure avant de s'endormir, vidé par cette journée mouvementée.

28

Anna trouve le temps long. Depuis trois jours, elle n'a reçu aucune visite, ce qui n'augure rien de bon. Le calme avant la tempête ? Elle dort beaucoup ; sa cheville guérit peu à peu, de même que ses coupures. Elle se remet doucement des tortures infligées grâce au sommeil et au soutien de sa compagne d'infortune.

La fillette quitte son lit et fait quelques pas dans sa cellule. Maintenant, elle marche presque normalement. Judith, assise dans un coin sombre, la fixe de son regard azur, sans dire un mot.

— Je m'ennuie... geint Anna.

— Ne le dis pas tout haut, Connor t'écoute.

Anna lève les yeux au ciel. Judith l'exaspère quelquefois avec ses précautions ! Certes elle est enfermée ici depuis plusieurs années, mais elle pourrait se montrer moins méfiante... Elle se frotte le bras gauche : depuis une demi-heure, elle éprouve une gêne juste sous l'épaule. Pourtant, elle n'a pas une égratignure...

29

Connor s'ennuie, lui aussi. Il attend impatiemment le retour de Jake. Aura-t-il capturé Liza et Calim ?

Soudain, l'interphone grésille.

— Monsieur le président ? Jake souhaite entrer, dit la voix d'Alice.

— Faites.

Le Corbeau s'avance, seul. Connor, contrarié, esquisse une moue irritée.

— J'espère que vous m'apportez de bonnes nouvelles, menace-t-il. Je suis d'humeur massacrante, aujourd'hui.

— Je ne vais pas vous mentir, monsieur, avoue Jake. Liza s'est échappée. Cependant...

— Quoi ? Vous avez échoué, Jake. Une fois de plus !

— Cependant, termine le Corbeau avec calme, Garry a réussi à la toucher. La prochaine fois, elle ne nous échappera pas.

Connor plisse les yeux. Doit-il châtier Jake pour son manque d'efficacité ? Non : en dépit de ses fautes, il reste le meilleur Corbeau de la Société. L'exécuter serait une grave erreur. Mais il doit craindre pour sa vie. Après tout Ewen, sous le poids de l'intimidation, s'est révélé un bourreau bien plus performant.

— Je vous épargne… pour cette fois. Uniquement parce que j'ai encore besoin de vous.

Son regard devient plus dur. Il flaire la peur de Jake, son effroi.

— C'est votre dernière chance, annonce-t-il d'une voix glaciale. Si, d'ici une semaine, vous ne m'avez pas ramené Liza vivante, vous la remplacerez sur l'échafaud. Je trouverai un autre pion pour vous succéder. Je pense que Yanis serait ravi d'être celui-là !

Pâle comme la mort, Jake s'incline avant de rebrousser chemin. Connor sait désormais qu'il mettra tout en œuvre pour arrêter Liza, blessée ou non. Il garde la situation bien en main. C'est lui qui tient toutes les ficelles, et il les manipule avec une précision d'orfèvre. Ses proies ne tarderont plus à se jeter dans ses filets.

30

Calim, une fois réveillé, se rend dans le salon pour voir son amie. Un mot trône sur la table et indique :

« *Je suis parti travailler. Comme Liza est toujours endormie, j'ai préféré ne pas te réveiller. Je serai de retour ce soir.* »

Calim s'assoit sur un canapé et consulte les livres qu'ils ont trouvés. Le premier de la pile s'intitule *Évasion*. Il l'ouvre, plisse les yeux à cause de l'absence de lumière et déchiffre, un à un, les minuscules caractères qui s'alignent sur les pages. Il sait lire, bien sûr, mais n'a plus accompli l'exercice depuis son évasion de l'École.

Il lit ainsi durant une partie de la journée tout en veillant sur Liza. Dès qu'il repère un paragraphe parlant d'un outil ou d'une méthode pour ouvrir les portes ou couper les caméras, il le recopie sur une feuille de papier. Il apprend ainsi comment crocheter une serrure avec des pinces ou désactiver le système de sécurité en piratant un code. Aller chercher ces livres en valait la peine : ils vont pouvoir puiser un tout nouveau savoir et ainsi préparer un plan précis. Il est régulièrement interrompu par le son de la télévision s'allumant toute seule.

Vers 14 heures, Calim oscille entre éveil et somnolence. Il ferme de temps en temps les yeux, pour les rouvrir quelques secondes plus tard. Son cerveau lui ordonne de dormir. Finalement, il pose son livre sur le sol et s'allonge, tout en jetant un œil à Liza. Rien n'indique qu'elle va bientôt émerger de son inconscience. Rassuré par sa respiration lente et régulière, il plonge lui-même dans un profond sommeil peuplé de rêves et de Corbeaux.

31

À l'instant où Liza se réveille, elle crie. La douleur parcourt son corps comme un feu brûlant. Où se trouve-t-elle ? Dans le désert, chez les Corbeaux ? Qui dort à côté d'elle ? Jake, Connor, Anna, Calim ? Et surtout, comment se fait-il qu'elle soit toujours vivante ? Elle était persuadée que sa blessure serait mortelle. Elle murmure des mots incompréhensibles. Elle a l'impression d'avoir une boule de feu à la place de la tête, un soleil incandescent à la place du bras gauche.

Lorsqu'une main se pose sur son bras valide, elle hurle de plus belle et des larmes coulent sur ses joues. Mais quand une voix rassurante s'élève, elle se calme un peu.

— Allons, Liza, allons... tu es en sécurité, ici.

Sa vision se fait moins trouble. Elle reconnaît l'horrible veste violette de Calim, à laquelle il manque une manche. Le garçon s'éloigne un peu, revient, pose une serviette humide sur son front.

Liza reste allongée. Ses pensées deviennent plus claires ; elle ne reconnaît pas les lieux, mais se souvient d'Anna, qui l'attend dans sa prison, et de son ami Calim, toujours là pour l'aider. Par réflexe, elle cherche son médaillon du bout des doigts. D'une voix rauque et faible, elle demande :

— À boire...

Calim se lève aussitôt et lui rapporte un verre d'eau. Elle avale avidement le précieux liquide. Calim, assis à côté d'elle, l'examine avec attention avant de l'informer :

— Tu as dormi toute la nuit. Ce matin, tu as un peu déliré à cause de la fièvre, mais je pense que tu vas mieux. Il est 16 heures.

— Que… que s'est-il passé ? demande-t-elle d'une voix plus assurée. Comment as-tu échappé à Jake ?

— J'ai tiré dans le pneu avant de la voiture. Ils ne nous ont pas rattrapés. Je t'ai amenée chez Johan. C'est un de mes amis, et il est médecin. C'est lui qui t'a soignée. Mais maintenant que tu es blessée, nous n'avons plus le droit à l'erreur. Il ne faudra pas qu'on se fasse prendre, la prochaine fois.

Liza se redresse. Son bras la lance, sa tête tourne, mais elle doit sauver Anna le plus vite possible. Blessure ou non. De sa main droite, elle attrape les notes de Calim et les parcourt rapidement.

— Tu as lu combien de livres ?

— Deux. J'entame le troisième à l'instant.

Les notes de Calim recensent des informations utiles sur les méthodes à appliquer en cas d'intrusion en territoire ennemi. Il a également fait une liste de quelques outils à fabriquer. Et une formule pour fondre des balles de pistolet.

— Ça, je l'ai trouvé dans l'un des bouquins. J'ai songé qu'on aurait besoin de réserves de munitions.

Elle approuve tout en songeant que sans lui, elle serait probablement morte noyée dans les égouts… ou tuée par les Corbeaux. Au choix. Pour la troisième fois, il lui a sauvé la vie.

— Au fait, lance-t-il, j'ai ébauché un plan. Tu veux voir ?

Calim lui tend une autre feuille de papier, couverte de gribouillis et de petits dessins indéchiffrables. Elle fronce les sourcils, intriguée, tandis que son ami lui explique :

— Ces dessins, c'est un schéma de l'École telle que je me l'imagine. Je l'ai élaboré selon mes souvenirs.

Les étapes du plan de Calim ont été numérotées avec soin.

1) Entrer de nuit. Calim, seul, va trouver en priorité deux salles : la salle de contrôle et la buanderie.

— La buanderie ? interroge Liza, perplexe.

— Pour mettre des uniformes de garde, précise Calim. On sera moins repérables.

— Tu ne peux pas en voler ?

— Les gardes ne sortent jamais de l'École. On ne peut trouver un uniforme ailleurs.

2) Une fois les alarmes désactivées et les caméras coupées, Liza va entrer par la porte normale et chercher le registre. Retrouve Calim à une intersection de couloirs (à déterminer).

3) Enfiler les uniformes et se diriger dans le bâtiment dédié aux sujets spéciaux. Trouver la cellule. La crocheter. Donner un uniforme à Anna et repartir calmement.

— C'est tout ?

— C'est déjà pas mal !

— Sauf qu'il manque des trucs sur ton plan ! Comment tu comptes entrer sans te faire repérer ou sans activer une alarme ? Toutes les fenêtres doivent être piégées.

— Je saurai me débrouiller, assure le garçon. De toute manière, il faudra bien que quelqu'un le fasse.

Liza maudit la blessure de son bras gauche, qui la réduit à l'impuissance. Avec précaution elle palpe sa plaie à travers le pansement ; une douleur fulgurante lui arrache une grimace. Sa souffrance est telle qu'elle se demande si elle va guérir un jour. Sans doute gardera-t-elle une certaine gêne… Dans tous les cas, ce handicap l'ennuie. Réussira-t-elle à sauver Anna avec un bras en écharpe ? Au moins, elle est droitière…

— Es-tu assez en forme pour rentrer ? lui demande Calim. Je ne veux pas mettre Johan en danger.

— Je pense que ça ira.

Calim rassemble leurs affaires, écrit un mot à l'intention du médecin et aide Liza à se lever. Cette dernière, bien que très faible, ne se plaint pas et, s'appuyant sur son ami, sort de la maison. Ils empruntent les petites rues. Le hors-la-loi connaît par cœur l'emplacement des caméras. L'entrée des égouts n'est pas bien loin et ils se trouvent bientôt sous la surface, en sécurité. Chez Calim, Liza s'effondre sur le lit, exsangue. L'effort a été trop violent pour elle ; mais il était nécessaire.

— Repose-toi, ordonne Calim. Tu as besoin de reprendre des forces.

— Je sais.

Liza, épuisée, ferme les yeux et sombre presque aussitôt dans le sommeil.

32

La porte de la cellule s'ouvre dans un grincement ; Anna voit Kellen entrer. Voilà trois jours qu'elle n'a reçu aucune visite. Rien qui puisse perturber son quotidien. Les jeux avec Judith. Les repas. Anna en est venue à se demander si on ne l'avait pas oubliée… À quoi donc pouvait bien jouer Connor ?

La Colombe n'a pas changé : toujours les mêmes cheveux hirsutes, les lunettes de travers et la blouse mal ajustée. D'un ton calme et doux, il questionne :

— Alors, as-tu eu le temps de te remettre ?

— On va dire que oui.

Afin de le prouver, Anna agite sa cheville sous le nez du scientifique. Le geste lui arrache une petite grimace. Il y a trois jours, elle pouvait à peine marcher.

— Je suppose que tu te demandes pourquoi nous t'avons laissé un peu de repos ? La raison est simple : nous allons tester tes capacités physiques. Il fallait que tu sois remise de tes blessures.

— Eh bien, c'est le cas ! Allons-y et finissons-en.

Après avoir adressé un petit signe de tête à Judith, elle quitte la cellule et suit tranquillement le scientifique. Ses entrevues avec Kellen lui manquaient ; Anna est ravie de le voir. Tant qu'Ewen ne le remplace pas à la dernière minute… Ils dépassent le laboratoire de la Colombe, qui explique :

— Nous avons besoin de matériel spécifique, et donc d'un autre laboratoire.

Anna n'est pas rassurée. Même si elle ne l'avoue pas, l'inconnu l'effraie un peu. Et si ce chemin menait à Ewen, Jake ou Connor ? S'ils avaient décidé de la tuer ? Elle préfère ne pas y réfléchir et se mure dans le silence. Kellen la guide dans d'innombrables couloirs, bifurquant tantôt à gauche, tantôt à droite. Anna se concentre et mémorise le chemin… au cas où. Finalement, le scientifique s'immobilise devant une grande porte en fer qu'il pousse. À l'intérieur, les lumières s'allument. La fillette découvre une immense pièce meublée de divers appareils, tels que des tapis de course, des buts de football ou des cibles de tir à l'arc. Tout est prévu pour pratiquer les sports dont elle a lu la description dans ses livres. Au centre de la salle l'attend une autre Colombe, assise derrière un petit bureau en bois.

— Anna, je te présente Sam. C'est le grand spécialiste du corps humain et de l'effort.

L'homme n'a ni le sourire affectueux de Kellen, ni le regard dur d'Ewen. Il n'est ni petit, ni grand, ni blond, ni brun, ni sale, ni propre ; ordinaire, banal. Lorsqu'il s'exprime pour la première fois, sa voix n'est ni grave, ni aiguë.

— Approche-toi !

Anna, qui a compris qu'il ne servait à rien de désobéir, obtempère. La Colombe lui installe toutes sortes de fils et de ventouses sur le corps, qui serviront sans doute à contrôler son rythme cardiaque ainsi que l'intensité de ses efforts. Il relie le tout à une machine. Anna prend le risque de demander :

— Est-ce que vous pouvez me retirer mes menottes ? Elles vont me gêner…

Puis elle coule un regard suppliant à Kellen. Il faut qu'il accepte. Anna n'en peut plus de ces menottes qui entravent en permanence ses mouvements. Cela mine son moral. Les scientifiques hésitent, murmurent entre eux et finissent par prendre une décision.

— Bien sûr qu'on va te les enlever. Mais tu les remettras après les examens.

Kellen tire d'une de ses poches un imbroglio d'objets hétéroclites et finit par trouver un trousseau de clefs. Il déverrouille les menottes de sa patiente. Lorsqu'un petit « clic » retentit et que l'entrave tombe à terre, tous poussent un soupir de soulagement. Anna agite ses poignets et exécute de grands mouvements avec ses bras, ravie.

— On peut commencer ? demande Sam.

— Oui.

Le scientifique désigne le tapis de course ; la fillette s'y installe et attend la suite des événements. Bientôt, la machine s'enclenche ; Anna commence par marcher, puis se met à courir à faible allure. Il s'agit d'un exercice d'endurance. Sachant qu'elle a passé sa vie dans un lit, sachant qu'il y a une semaine encore elle ne savait pas marcher, sachant qu'elle est prisonnière dans une cellule exiguë, elle ne s'attend pas à briller. Sa cheville se plaint presque aussitôt : elle abandonne et souffle bruyamment. Elle s'étonne que Kellen lui impose un tel exercice mais se doute qu'il ne fait qu'obéir à Connor.

— Trois minutes et vingt-sept secondes. C'est peu, commente Sam.

Il laisse Anna se reposer, puis lui demande de plonger dans une petite piscine. Lorsqu'elle avoue ne pas savoir nager, le scientifique enchaîne aussitôt sur des exercices d'adresse, comme le football. Anna doit tirer dans le ballon pour l'envoyer dans les buts. Elle s'exécute du pied droit, puis du gauche, et rate le cadre à chaque fois. La Colombe la réprimande :

— Bon sang, je n'ai jamais vu une empotée pareille ! Tire de ton pied directeur, mais pas avec les deux !

— Je suis ambidextre ! rétorque-t-elle.

Anna peut en effet écrire de la main gauche ou de la main droite sans difficulté ; dès qu'elle doit accomplir une action, elle sélectionne une main au hasard. Elle n'a aucune préférence.

Anna ruisselle de sueur et respire bruyamment. Ces exercices l'épuisent. Sam l'examine et lui fait passer quelques radios ; après quoi il conclut :

— Je devrais avoir suffisamment de données. Seulement, j'ai l'impression qu'elle le fait exprès. Même les gamins de cinq ans s'en sortent mieux qu'elle.

— Parce que vous testez tous les enfants ?

— Bien sûr, approuve Kellen. Leurs capacités physiques déterminent leur métier futur. Tu ne verras jamais un asthmatique devenir Corbeau.

— Bon, Anna, regarde-moi, reprend Sam. Tu es petite et fragile pour ton âge. Tu peux passer pour une gamine de six ans alors que tu en as huit. Tes os peuvent se briser comme des brindilles et tes muscles ne sont pas développés. Tes capacités respiratoires sont plus que limitées. Y a-t-il une explication logique à cela ?

Anna hésite. Doit-elle raconter son mode de vie à la ferme, les raisons de son ancienne immobilité ? Mieux vaut leur dire la vérité. Du moins, une partie.

— Jusqu'à la semaine dernière, mes jambes étaient paralysées.

Les deux scientifiques se tournent vers elle et la dévisagent, étonnés. Sam prend aussitôt des notes, conscient que sa patiente n'est pas ordinaire.

— Effectivement, c'est logique, approuve-t-il. Pourquoi étaient-elles paralysées ?

— Je l'ignore, ment-elle. C'était de naissance, je suppose.

— Explique-moi en détail quand et comment elles se sont débloquées.

— C'était le 7 juin, quand vos *chers* Corbeaux sont venus me kidnapper.

Anna décide de se montrer plus offensive. Elle souhaite toucher Connor, qui l'écoute en ce moment même devant son poste de télévision. Lui faire comprendre que ses actions ne sont bénéfiques pour personne.

— Quand ils sont arrivés, je suis allée me cacher en rampant sous le lit de Liza. Jake m'a trouvée et attrapée. Je suppose que la peur et le choc ont débloqué quelque chose en moi puisque, lorsqu'il m'a mise debout, mes jambes m'ont portée. Pour la première fois.

Les deux scientifiques sont sidérés. Anna se tait et croise les bras. Une flamme de défi brille dans ses yeux orange. Sam prend de nouvelles notes avant de conclure :

— Je pense que nous avons tout ce qu'il nous faut. Kellen, tu peux la ramener.

La Colombe guide alors Anna jusqu'à la sortie, sans oublier de lui remettre ses menottes. Elle le suit docilement dans les innombrables couloirs. Soudain, il lui glisse à l'oreille :

— J'ai des nouvelles à propos de ta sœur.

Anna sursaute et se retourne. Avant de répondre, elle observe le lieu où ils se trouvent, une cage d'escalier, et s'assure qu'aucune caméra ne les filme. Après quoi elle chuchote :

— Racontez !

— Elle s'est échappée une fois de plus. Seulement, les Corbeaux ont réussi à la blesser.

— Où ? Comment ?

— Elle est retournée à la ferme, explique le scientifique. Les Corbeaux l'ont poursuivie alors qu'elle rentrait à la Société. Une caméra l'a filmée dans une rue : elle a été touchée au bras gauche.

Malgré la gravité de la situation, Anna ne peut s'empêcher de pousser un soupir de soulagement. Le bras gauche de Liza ne sert pas à grand-chose ; s'ils l'avaient touchée aux jambes, au ventre ou au visage, ça aurait été plus problématique. Néanmoins, elle s'inquiète pour son aînée. Va-t-elle bien ? Sûrement pas, avec une telle blessure. Un détail la chiffonne : la veille, elle éprouvait une gêne… justement au bras gauche. Serait-elle reliée à Liza ? Une autre question la préoccupe : comment est-elle retournée à la Société avec une balle dans la peau ? Kellen répond à sa question informulée :

— Ta sœur n'est pas seule, Anna. D'après ce que Connor a bien voulu me dévoiler, elle a un complice.

Anna esquisse un sourire, rassurée. Kellen, en silence, la raccompagne jusqu'à sa cellule. Anna boitille, fatiguée par les efforts qu'elle vient de fournir. Lorsqu'elle entre dans sa cellule, elle capte aussitôt le regard inquiet de Judith mais lui fait signe que tout va bien.

— Que te voulait Kellen ? s'enquiert sa compagne.

— De nouveaux tests. Physiques, cette fois-ci. Ils m'ont fait courir sur un tapis.

— Tu t'en es bien sortie ?

— Non, s'esclaffe la fillette. Ils ont dit qu'ils n'avaient jamais vu une telle calamité.

Toutes deux éclatent de rire. Si Connor espère qu'elles échangeront des secrets, elles comptent lui donner l'illusion d'une vie heureuse et joyeuse, histoire de le faire rager un peu. Anna a peur, cependant, qu'il ne lui envoie Ewen afin de créer un nouveau contraste entre bonheur et douleur. Quelles tortures lui infligera le bourreau cette fois-ci ? Anna craint soudain pour son corps, pour sa vie.

33

Deuxième réveil. Par réflexe, Liza palpe sa blessure et esquisse une nouvelle grimace. Une vague d'angoisse lui serre le cœur. Jamais, dans cet état, elle ne pourra secourir Anna ! Calim, assis sur son matelas, lit tranquillement tout en prenant des notes.

— Tu es debout ? Enfin... Façon de parler...

— Quelle heure est-il ?

— Presque 20 heures. Tu dormais à poings fermés. Tu savais que tu ronflais ? la taquine-t-il.

Liza, trop préoccupée par son bras, ne relève pas la plaisanterie. Elle se redresse sur son matelas : ses forces sont en partie revenues. Son corps fonctionne normalement.

— Tu te remets vite, constate Calim. C'est presque miraculeux. D'habitude, quand on se prend une balle, on en a pour des semaines de convalescence !

— J'ai été touchée au bras, tempère Liza, pas à un organe sensible. C'est normal que je guérisse vite. Et il faut croire que les premiers soins ont servi à quelque chose.

Elle félicite Calim pour son sang-froid. Ils ont eu de la chance.

— Je pense que mon plan est au point, annonce le garçon. Si on se prépare bien, on pourra passer à l'action dès demain soir.

Liza est prise d'un vertige. Demain soir ! Sera-t-elle capable, d'ici là, de produire un effort long et soutenu ? Mais si Calim se croit prêt, pourquoi ne pas lui donner raison ? Elle lui laissera le soin des préparatifs et se reposera.

— D'accord, dit-elle. Si tu ne m'obliges pas à soulever des haltères avec mon bras gauche, tout devrait bien se passer.

— Tu es sûre ? Le plan repose en grande partie sur toi. C'est toi qui forceras la serrure, qui chercheras le registre.

— Tout ira bien.

— Alors... j'ai un petit cadeau pour toi.

Calim sort d'une de ses innombrables poches une carte soigneusement pliée ; Liza la déroule sur la table basse et découvre un plan détaillé et complet de l'École, immense et complexe. La jeune fille constate que le bâtiment dédié aux sujets spéciaux s'étend sur plusieurs niveaux.

— Je vais me perdre, là-dedans ! se plaint-elle.

— Concentre-toi sur l'essentiel. Regarde, si on retire les labos, les cours... Entoure la salle de contrôle, la buanderie, la réception et les cellules qui nous intéressent.

Avec un feutre noir, Calim isole quatre lieux : la réception à l'entrée du bâtiment, la salle de contrôle et la buanderie dans l'aile gauche et les cellules aux étages de cette même aile.

— Il y a quatre étages. Le premier chiffre de la cellule l'indique. Si ta sœur est enfermée, par exemple, au 336, alors il te faudra chercher au troisième.

Liza fixe la carte. Tout lui semble beaucoup plus clair, désormais. Quelque part sur ce papier l'attend Anna ; dès demain, si tout se passe bien, elle la retrouvera.

Calim fait courir son index sur le plan et explique :

— Je vais entrer par la gauche pendant que tu resteras à l'extérieur. Je chercherai la salle de contrôle et je couperai le courant. J'ai appris dans un de tes livres comment pirater un système de sécurité. Ensuite, tu pourras entrer. Tu chercheras le registre qui doit être quelque part dans le hall pendant que je me dirigerai vers la buanderie. On se retrouvera ici.

Avec son feutre, Calim entoure une intersection située à mi-chemin de l'entrée et de l'aile ouest.

— On enfilera les tenues de garde, puis on cherchera la cellule. Tu crochèteras la serrure, tu entreras et tu passeras immédiatement une tenue à Anna. Puis on s'éclipsera le plus vite possible. Des questions ?

— Comment on voit, dans le noir ?

— Avec des lampes électriques. Autre chose ?

— Tu fais quoi des gardes ?

Il sourit, comme s'il s'attendait à cette question, et sort de sa poche une autre feuille de papier couverte de gribouillis. Liza reconnaît l'écriture de son ami. De nombreux chiffres y sont inscrits.

— Qu'est-ce que c'est ?

— Ce sont, gente demoiselle, les horaires des rondes ! La première colonne marque leur début et la seconde leur fin !

— Comment les as-tu obtenus ?

— Par un ami que tu connaîtras peut-être un jour.

Liza lit chaque colonne. Les tours de ronde commencent à l'heure exacte et durent cinquante minutes. Ce qui laisse une dizaine de minutes de flottement, durant lesquelles ils pourront agir.

— Quels idiots de laisser dix minutes de battement à chaque fois ! s'écrie l'adolescente.

— Tu sais, je doute que beaucoup de personnes souhaitent s'infiltrer dans l'École. Le métier de garde est plutôt tranquille. Ils ne sont là que pour le symbole.

Liza secoue la tête ; elle pense que cette organisation est plutôt bancale. Quelle heure sera la plus favorable pour mettre leur plan à exécution ? Pas trop tôt, histoire de ne pas croiser des gardes trop dynamiques, ni trop tard, afin de ne pas avoir à subir le poids de la fatigue. Calim propose :

— J'ai réfléchi, on pourrait agir juste avant une heure du matin. Ainsi, les gardes seront plus calmes et ta sœur peut-être même encore éveillée... ce qui nous fera gagner du temps.

Liza approuve une nouvelle fois. Calim a bien travaillé. Elle ne peut s'empêcher de se sentir inutile, avec son bras handicapé. Trouvera-t-elle l'énergie nécessaire pour sauver sa sœur ? Pour elle, Liza soulèverait des montagnes... mais sa blessure change la donne. Elle pose alors son regard orange sur Calim. Qu'aurait-elle fait sans lui ?

— La nuit tombe, constate justement le garçon. Il vaudrait mieux qu'on dorme. Demain sera une rude journée.

— Regardons juste les infos. Je n'ai pas eu de nouvelles d'Anna depuis sa séance de torture.

Calim hésite avant d'allumer le petit appareil. La présentatrice apparaît sur l'écran.

... D'abord, nous allons assister à une arrestation impressionnante. Ce matin Harry, honnête commerçant, a surpris un homme en train de lui voler des provisions de haricots. Il lui a couru après et, sans la moindre hésitation, l'a jeté à terre d'une prise violente et efficace.

Les images complètent les paroles de la journaliste. On y voit une bagarre entre deux hommes, entre le gentil et le méchant ; comme toujours, le bien l'emporte et l'équilibre est préservé. Liza songe alors que, d'ici à demain, Calim et elle perturberont peut-être la mécanique de la Société. La présentatrice continue :

Nous poursuivons avec notre feuilleton du moment : les sœurs Gallen. Vous savez tous que la cadette est prisonnière tandis que l'aînée cherche à la secourir ; nous avons aujourd'hui des informations inédites à vous livrer à ce propos. Nous laissons la parole à Jake Regan.

Derrière la présentatrice apparaît un deuxième écran, révélant Jake sous son meilleur jour. Son visage, ses yeux et même son maintien dévoilent sa détermination. Il souhaite ardemment mettre la main sur ses deux proies, quitte à terroriser la population.

Hier, nous avons poursuivi la jeune Liza Gallen sans réussir à mettre la main sur elle. Cependant, mon second l'a blessée au bras gauche. Désormais, elle est affaiblie et vulnérable. La personne qui la capturera se verra accorder une faveur de son choix ; telle est la décision de notre président bien-aimé. N'oubliez pas : cette fille est là pour semer le chaos.

Liza frémit. Le Corbeau la fait passer pour un monstre, telle la peste. Comme si une gamine de seize ans pouvait amener un tel fléau... Cependant, toute la population doit le croire ; seul Calim reste sur ses positions. À moins que...

— Et si je te livrais aux Corbeaux ? s'interroge-t-il d'une voix grave.

Liza n'en croit pas ses oreilles. Un instant, elle a envie de s'enfuir ; malgré tout, son ami continue son raisonnement.

— Réfléchis. J'aurais le droit à une faveur. Je leur demanderais de laisser les sœurs Gallen en liberté… et le tour serait joué !

Liza sourit ; elle a un peu honte d'avoir soupçonné son ami.

— Franchement, je ne pense pas que Connor soit homme à tenir ses promesses, objecte-t-elle. De plus, même s'il accepte, il en profitera pour te jeter au cachot ; aucune faveur ne pourra te sauver. Et tu mourras par ma faute. Donc… c'est hors de question.

— C'était pourtant bien pensé, admets-le !

— C'était bien pensé, mais on va s'en tenir au plan initial.

Calim hoche la tête. Lui aussi tient à sa vie. Pendant leur petite délibération, Jake a continué son discours, parlant de « mission » et de « devoirs ». Le deuxième écran disparaît ; la présentatrice enchaîne sur un autre sujet :

La jeune Anna a goûté à trois jours de repos. Elle a repris aujourd'hui le chemin des laboratoires pour des examens physiques.

Liza, soulagée, constate que le scientifique qui accompagne sa petite sœur n'est pas le bourreau tant craint. D'ailleurs, Anna affiche une mine presque sereine ; même sa cheville semble guérie. Elle ne reconnaît pas sa cadette qui, à la ferme, se contentait de lire, immobile dans son lit. Sa semaine en prison l'a changée. Maintenant, elle est ancrée dans le monde réel et l'affronte avec sa force dérisoire.

— Ma petite sœur… souffle-t-elle, fière et terrorisée.

Anna a d'abord couru à faible allure sur un tapis avant d'exécuter quelques exercices. À l'issue de la séance, Sam, scientifique spécialiste de l'effort, a déclaré ne jamais avoir vu une enfant avec aussi peu de forces, d'énergie et de capacités respiratoires. De plus, il a constaté qu'elle souffrait d'asthme.

Liza connaît déjà toutes ces informations. Après tout, c'est Anna le cerveau, et Liza les muscles ; cet équilibre fraternel ne se rompra pas si facilement. La présentatrice annonce maintenant les noms des futurs exécutés. Calim, las, éteint le poste.

— C'est embêtant, murmure-t-il. Si ta sœur est asthmatique, on ne pourra pas se permettre de courir longtemps.

— Si sa vie en dépend, elle suivra ! Dans le pire des cas, je la porterai.

— Avec un bras handicapé ?

— La douleur ne sera pas un frein. Tant pis si je rouvre ma blessure.

Liza affiche une détermination farouche. Calim baisse la tête et sourit. La combativité de son amie fait plaisir à voir. En quelques heures, elle a retrouvé presque toutes ses forces, mais aussi son tempérament de feu et sa volonté. Il reconnaît le bulldozer qui a fait irruption un beau matin dans les égouts. Il lui adresse un grand sourire franc et chaleureux. Lui qui vivait en solitaire depuis des années découvre pour la deuxième fois l'amitié… Et cette fois, il n'aura pas à tuer sa camarade – à moins que Connor ne les capture. Ce qui n'arrivera pas.

— On ferait mieux d'aller se coucher, intervient Liza. Il me semble qu'on a une infiltration au menu de demain !

— Avec une longue préparation comme hors-d'œuvre ! ajoute malicieusement Calim.

Le garçon éteint les lumières. D'ici vingt-quatre heures, ils quitteront la Société définitivement ou rejoindront Anna dans les cellules de l'École. Liza préfère de loin la première option. Elle s'allonge sur son matelas, remonte les couvertures et palpe son bras. Il est encore très douloureux et elle ne peut le remuer qu'avec peine. L'infiltration mettra ses nerfs et sa blessure à rude épreuve... Calim s'est déjà endormi. Peu à peu, Liza, fatiguée, sombre elle aussi dans le sommeil, malgré son angoisse.

34

Anna rêve et le sait. Comment expliquer autrement qu'elle se trouve au beau milieu d'une arène romaine ? Si d'habitude elle prévoit le futur, elle semble cette fois plongée dans le passé. Un passé paradoxalement calme et tranquille, aux douces senteurs de nostalgie. Elle sait pourtant, grâce à ses livres, que l'époque romaine s'est achevée tragiquement par l'explosion de l'empire, de nombreux siècles plus tôt.

Elle tourne sur elle-même, observe les gradins en pierre et le sol sableux. Elle regarde les voûtes merveilleusement conservées et alignées. Elle constate que, curieusement, il n'y a pas un chat. Si elle se trouvait à l'époque romaine, il y aurait des courses de chars, des gladiateurs et des lions. Mais ici, il n'y a rien. Anna est seule. Elle place ses mains en porte-voix et crie :

— Il y a quelqu'un ?

Seul lui répond l'écho. Anna commence à se sentir mal à l'aise dans ce lieu à la fois magique et inquiétant. Pourquoi rêve-t-elle de cette arène antique ? Cette vision a-t-elle un rapport avec l'avenir ? Elle fouille le décor du regard, soucieuse de dénicher une trace de vie. Le mugissement du vent lui fait froid dans le dos.

Alors, elle veut quitter ce rêve.

Anna se pince le bras. Ce geste réussit toujours à l'expulser de ses songes. Mais cette fois, Anna ne s'éveille pas, au contraire : l'arène devient plus nette, plus réelle. Des gens apparaissent, s'installent sur les gradins et la désignent du doigt. Ils parlent d'elle. Se moquent. Elle rassemble ses pensées afin de tirer au clair cette étrange situation.

— Je suis dans une arène. Les gens m'observent ; je suis donc au centre de l'attention. De toute l'attention, même, songe-t-elle.

Liza apparaît soudain, ainsi qu'un garçon qu'elle ne connaît pas. Son regard émeraude la frappe. Tous deux portent des costumes de gladiateur. Leurs épées s'entrechoquent brutalement. Anna, terrorisée, leur hurle :

— Arrêtez, arrêtez de vous battre !

Mais ils continuent, de plus en plus violemment. Les coups pleuvent, les combattants se rapprochent d'Anna. Tournant la tête dans un même mouvement, ils lui murmurent :

— Mais Anna, on fait tout ça pour toi !

Et ils s'éloignent. Elle ne comprend plus rien, veut s'enfuir en courant, quitter ce rêve démoniaque ; cependant, au moment où elle s'y attend le moins, son bras gauche s'ouvre en deux et déverse son sang sur le sable. Le public, loin d'être effrayé, pousse des cris de joie. Anna ne peut que voir son sang, sa vie s'écouler. Les spectateurs scandent :

— C'est ton destin, c'est ton destin, c'est ton destin…

Deux mains se posent sur les épaules d'Anna et la secouent. Elle se réveille pour de bon, un hurlement bloqué au fond de la gorge. Ses yeux lui apprennent qu'elle est de retour dans sa cellule, mais son cerveau reste ancré dans ce songe étrange… et si réel. Anna se rappelle chaque image, chaque détail. Elle entend Judith lui crier :

— Anna, Anna, que se passe-t-il ?

L'inquiétude se lit dans son regard bleu. Anna se calme peu à peu, reprend pied dans la réalité.

— Rien de grave, Judith, souffle-t-elle enfin.

— Tu es sûre ? Tu gigotais dans tous les sens et tu marmonnais des phrases dont le sens m'échappait… Tu parlais d'arène, de combat, de mort, de vide et de vent.

— Ce n'est qu'un mauvais rêve. Ça m'arrive de temps à autre.

Anna aimerait raconter toute la vérité à Judith, mais Connor, elle le sait, les surveille. S'il apprend que sa prisonnière peut lire partiellement l'avenir, alors elle subira une nouvelle batterie de tests. Si la parole est d'argent, le silence est d'or ; Anna décide de tenir sa langue.

— Je suis fatiguée. Dormons, maintenant.

Elle se tourne vers le mur et ferme les yeux. Judith regagne sa propre couche ; dix minutes plus tard, sa respiration devient profonde et régulière. Anna se redresse et regarde par la fenêtre. Elle ne voit rien d'autre que le gris de l'École, le gris des murs, le gris des cours, le gris du ciel. Elle n'a qu'une envie : quitter ce lieu et retrouver les couleurs chatoyantes de la ferme. Du bout des lèvres et les larmes aux yeux, elle chuchote :

— Liza, je t'en supplie, tire-moi vite d'ici…

35

Le jour se lève sur la Société. Anna cligne des yeux. Judith dort encore paisiblement. La fillette pose alors son regard orange sur la caméra. L'objet semble la narguer. « Bonjour, je suis là, je te regarde, je te regarderai toujours. Et tant que je suis là, tu ne peux ni faire, ni dire ce que tu veux. » Anna voudrait l'arracher à son socle et la briser.

Sa propre violence l'effraie. Durant un bref instant, elle a souhaité frapper une caméra et non le sadique installé devant son écran.

— Je deviens folle, siffle-t-elle entre ses dents. Je deviens folle !

Connor, qui ne perd pas une miette de ces images, doit bien s'amuser. Anna, du fond de son trou, le maudit.

La porte s'ouvre, livrant passage à Ewen. Anna lit le regret sur son visage. Le bourreau va devoir la torturer une nouvelle fois – contre son gré. Sans songer à résister, la petite fille le suit dans les couloirs, oubliant même de dire au revoir à Judith. Elle sait qu'elle reviendra, d'ici deux ou trois heures, avec de nouvelles blessures sur le corps. Elle s'y prépare mentalement. Ewen la fait entrer dans son laboratoire et s'assied en face d'elle.

— Quels tests allez-vous me faire passer, aujourd'hui ? demande-t-elle d'une voix presque trop tranquille.

— Aucun, répond Ewen avec franchise. Kellen n'a encore rien rédigé, alors Connor veut que je te torture. Pour la forme.

— Laissez-moi deviner, dit-elle en plissant les yeux. Connor veut varier vos plaisirs, histoire de me marquer un peu. Après la foudre, vous allez donc faire un truc genre me plonger dans une cuve d'eau bouillante ou glacée, ou encore me brûler… n'est-ce pas ?

Le scientifique ouvre de grands yeux. Cette gamine le défie ! Anna devine qu'il est surpris par son raisonnement, mais aussi par son calme. Pourtant, elle sait également que cette assurance s'effritera aux premières douleurs. Après tout, elle n'a que huit ans.

— Pourquoi faites-vous tout cela ? demande-t-elle.

— Pour te rendre folle. Nous détruisons ton esprit. J'en veux pour preuve que ton tempérament change de jour en jour. Au début, tu affrontais tes ennemis. Ensuite, tu t'es rendu compte que ton comportement pouvait mettre Judith en danger, alors tu as capitulé. Et pour finir, tu montres une confiance débordante, dans l'espoir que ta sœur te délivre. Tu vas bientôt atteindre le point de non-retour, et tu le sais.

Anna tressaille, horrifiée. Le scientifique vient de résumer tout ce qu'elle a ressenti ces derniers jours, sa détresse croissante, ses espoirs. Si elle souhaite si ardemment la venue de Liza, c'est parce qu'elle sent qu'elle va bientôt craquer. Elle qui se croyait forte…

— De plus, tu ne peux te confier à Judith à cause de la caméra, ce qui accélère le processus. Connor a tout prévu.

La fillette serre les poings. Encore ce maudit personnage ! Non seulement il élabore ses plans avec une précision d'orfèvre, mais en plus elle tombe dans le panneau à chaque fois. Où est passée sa brillante intelligence ? Le président l'a réduite à néant. Pour la première fois, elle a la sensation de n'être qu'un simple pion d'un jeu d'échecs. Des larmes dévalent ses joues. Elle braque son regard orange sur Ewen, qui peut y lire sa détermination.

— Tu essaies de réparer les pots cassés en retrouvant ton caractère des premiers jours, ironise-t-il. Seulement, c'est inutile. D'ici peu, tu seras complètement brisée. Ton esprit commence à s'échapper.

Anna n'en croit pas ses oreilles. Elle voudrait hurler qu'il se trompe, mais elle mentirait et elle le sait. Connor tient son esprit entre ses mains. Elle a glissé sur la pente préparée pour elle.

— Et maintenant que tu as compris, tu vas arriver à la dernière étape : la résignation. Tu sais déjà qu'il est inutile d'espérer, alors tu vas te laisser manipuler. Doucement, mais sûrement.

Le scientifique a raison. À quoi bon espérer ? Tout a été prévu pour la détruire, méthodiquement ; même si elle se bat aujourd'hui, elle capitulera plus tard. Et que dire de Judith ? Connor l'a placée là afin de la mettre au supplice. C'est comme s'il disait : « Je t'ai donné une amie à qui tu ne peux plus te confier ! » Que peut-elle faire, sinon renoncer ? Son agonie serait plus rapide et Liza n'aurait pas besoin de risquer sa vie pour la sauver.

Quand Ewen s'avance et pose une main sur son épaule, elle ne tressaille même pas. Elle sait qu'elle agit comme le veut Connor, et s'en fiche éperdument. Elle souhaite en finir le plus vite possible. Mais quand la Colombe approche lentement une flamme de sa jambe, elle hurle par réflexe :

— NON !

Anna fait un bond en arrière.

— Je ne m'avouerai pas vaincue. Jamais ! Je n'abandonnerai que dans la tombe !

Pour ponctuer ses paroles, elle crache sur le sol et adresse un magnifique doigt d'honneur à Connor. Elle n'en revient pas d'avoir failli capituler ainsi, sans s'être battue. Elle comprend alors le sens de son rêve.

Au début, je me battais... contre un ennemi invisible. Voilà pourquoi je ne voyais rien. Mon pire ennemi est mon propre cerveau : s'il s'engourdit, je suis morte.

En l'espace d'un instant, Anna est redevenue elle-même : une gamine têtue comme une mule, pleine de rêves et d'espoir. Ewen plisse les yeux.

— Ainsi tu continues à te débattre. Voyons ce que tu es capable de faire. Voyons ce que tes petits poings vont réussir à frapper.

— Connor n'est pas le seul à pouvoir influencer les esprits ! Tu vas voir !

Ces dernières paroles s'adressent directement au président. Ewen pousse un profond soupir et approche une nouvelle fois la flamme d'Anna.

— Je n'aurais pas dû te parler de tout ça.

Sans crier gare, il laisse la flamme courir sur la jambe droite d'Anna, qui pousse un horrible cri de peur et de souffrance. La douleur lui permet de réaliser ce qu'elle a failli devenir : le parfait petit pantin de Connor. Il avait presque gagné sa bataille contre l'esprit d'Anna. Presque.

Quand Ewen détourne enfin la flamme, Anna n'ose jeter un œil à sa jambe, de peur de défaillir. Cependant, elle ne peut s'empêcher de sourire. Sa volonté est intacte. Mais la douleur la rattrape : elle pousse un nouveau cri avant de s'évanouir.

36

Judith voit la porte s'ouvrir. Ewen entre, tenant Anna dans ses bras. Celle-ci fait peur à voir, avec son teint livide et sa jambe noire.

— Monstre, profère-t-elle. Quand allez-vous arrêter ces horreurs ?

— Quand elle sera résignée. Ce qui devrait bientôt arriver. Son excès de zèle, aujourd'hui, sera le dernier. Connor a tout prévu.

— Anna sera plus forte. Vous la connaissez très mal.

— Toi aussi, Judith.

Ewen quitte la cellule et Judith se penche sur Anna. Pauvre gamine. À huit ans, elle doit affronter la torture et les manigances tordues de Connor. Pourtant, la femme est persuadée qu'elle réussira à s'en sortir. Elle n'est pas une Gallen pour rien. D'ici quelques instants, elle va reprendre conscience. Si le plan de Connor a fonctionné, elle sera désormais résignée à son sort. S'il a échoué, alors elle continuera d'espérer.

— Judith... souffle-t-elle. Ma jambe... j'ai mal !

— Tout ira bien, répond calmement l'interpellée. Tu vas guérir. Tu vas guérir et nous sortirons d'ici.

— J'espère bien. J'espère...

Judith sourit. Anna ne s'avoue pas encore vaincue. Connor ne l'emportera pas si facilement.

37

Lorsque Liza se réveille, elle constate aussitôt qu'il est plus de midi. Calim l'a laissée dormir. Elle se demande où est son ami, promène son regard partout. Où a-t-il encore disparu ?

— C'est moi que tu cherches ?

Calim, portant un sac en papier bien rempli, vient de franchir le seuil.

— Où étais-tu passé ?

— J'ai pensé que l'intrusion serait plus simple avec ceci.

Il tend le sac à Liza qui, curieuse, l'ouvre. Il contient deux pistolets ainsi que plusieurs boîtes de cartouches et un grappin. Les armes, noires comme la nuit, effraient un peu l'adolescente. Elle préfère de loin le pistolet légué par son père. Cependant, celui-ci est resté dans la voiture. Inutile, donc, d'espérer le récupérer. Ils devront se contenter de ces deux revolvers.

— Juste pour savoir… Où as-tu trouvé ça ?

— Les plus grands magiciens ne dévoilent pas leurs secrets ! réplique malicieusement Calim.

Liza lui jette un coup d'œil moqueur. Calim pousse un long soupir et répond finalement :

— Mais je ne suis pas magicien. J'ai pioché ça dans la Caserne des Corbeaux.

La jeune fille n'en croit pas ses oreilles. Son ami a pris des risques inconsidérés ! Lui qui se plaignait qu'elle n'était pas assez prudente ! Et si les Corbeaux l'avaient arrêté, à quelques heures du début des opérations ?

— Tu es complètement fou.

— Je ne me suis pas fait prendre. Regarde ! Je suis en un seul morceau et j'ai ramené des armes. Tu pourrais au moins me remercier.

— Et si tu n'étais pas revenu, j'aurais dû te remercier aussi ?

Calim ne répond pas. Les deux adolescents sont sur les nerfs. Liza se lève brusquement, grimace à cause de son bras et entreprend de rassembler ses affaires. Calim lui enjoint de se calmer.

— Assieds-toi et repose-toi. Je vais tout préparer, fais-moi confiance.

— Non ! J'ai besoin de vérifier. C'est plus fort que moi.

— Alors lance-moi tes ordres de ton lit ! Tu dois ménager ton bras. Et si tu t'évanouissais au beau milieu de l'École ?

— Mon bras va parfaitement bien, bluffe Liza.

Elle fait un mouvement un peu trop brusque et pousse un cri de douleur ; quelques secondes plus tard, son bandage se teinte de rouge. Liza regarde la tache s'étendre, horrifiée. Elle est encore loin de la guérison. Une fois encore, Calim avait raison. À contrecœur, elle décide alors de lui faire confiance et s'allonge sur son lit.

— Tu peux m'apporter un bandage propre ? demande-t-elle d'une petite voix.

Le garçon s'exécute et entreprend aussitôt de changer le pansement. Liza se force à rester calme : sa vie et celle d'Anna dépendent de sa capacité à garder son sang-froid.

— Et voilà, tout beau, tout propre ! dit Calim. Si tu ne gigotes pas trop aujourd'hui, ça devrait tenir ce soir… devrait. Je ne suis pas médecin, après tout.

Juste un voleur de haut niveau, songe Liza. *Et un formidable ami.*

Elle a eu une chance incroyable. Si elle était tombée sur n'importe quel autre habitant de la Société, elle serait sans doute prisonnière à l'heure qu'il est. Ou pire. Sur cent mille personnes, elle a trouvé la perle rare. Liza regarde Calim s'affairer dans tous les coins. Elle sent une grande lassitude l'envahir.

— Je vais dormir un peu, je crois…

— Bonne idée : tu en as besoin. Et ne t'inquiète pas, je m'occupe de tout !

Soulagée, Liza ferme les yeux et se laisse emporter dans le sommeil.

38

Anna se réveille une nouvelle fois et gémit. Sa jambe n'est qu'un brasier. Judith pose régulièrement des compresses froides sur la brûlure, mais la souffrance ne reflue pas.

Inquiète, Anna essaie de bouger son membre. En vain. Sa jambe semble paralysée. Comment pourra-t-elle, dans cet état, tenter une éventuelle évasion ?

Elle pense à Connor, à ses plans diaboliques. Il a échoué cette fois, mais ne s'avouera certainement pas vaincu. Les paroles d'Ewen résonnent toujours dans l'esprit de la fillette. Elle qui croyait conserver sa liberté d'agir n'était en réalité qu'un simple pantin manipulé par de grossières ficelles. Il faut les couper au plus vite… Et pour cela, une seule solution : la fuite. Mais comment, avec sa jambe calcinée et ses poignets entravés ? Comment, avec des gardes placés à tous les endroits stratégiques ? Avec Connor qui les surveille, avec Jake prêt à les tuer à chaque instant ? Son cœur se serre brusquement. Sa grande sœur lui manque. Elle, peut-être, pourrait l'aider.

— Tout va bien, Anna ? demande Judith.

— Dans la mesure où j'ai une jambe brûlée et paralysée, on va dire que oui !

Anna ferme les yeux et essaie de se reposer. Ewen a prédit sa défaite. Est-elle si influençable ? S'en sortira-t-elle la prochaine fois ? Elle en doute, maintenant. Pourtant, malgré son sort, malgré sa douleur, Anna sourit. Elle est persuadée que Liza ne tardera plus. Forte de cette conviction, elle sombre une nouvelle fois dans l'inconscience.

39

Calim réveille Liza. Elle ouvre aussitôt ses grands yeux orange et balbutie :

— Il est quelle heure ?

— Minuit.

— Minuit ! Pourquoi tu ne m'as pas réveillée avant ?

— Parce que je n'en voyais pas l'utilité, avoue le garçon. Voici ton sac.

Liza se penche aussitôt sur sa besace et l'ouvre. Calim y a glissé tous ses outils, un bloc-notes, un crayon, un pistolet et des balles, de quoi manger, des pansements propres, de l'eau et un étrange appareil. Elle demande :

— À quoi sert-il ?

— À crocheter la serrure. Tu vas voir, c'est sacrément efficace. J'en ai pris un aussi. Emporte un pistolet, juste au cas où.

Liza obéit à sa suggestion, puis remet un peu d'ordre dans sa crinière : rapidement, elle tresse quelques mèches pour dégager son visage. Elle grimace plusieurs fois à cause de son bras, mais achève tout de même son œuvre. Calim l'observe avec intérêt ; jamais il n'a côtoyé la moindre fille et s'étonne de l'importance que celles-ci accordent à leurs cheveux. Lui les laisse ébouriffés et sales en permanence. Il faut dire que dans les égouts, il ne connaît pas le luxe de la douche. Liza fouille une nouvelle fois dans son sac et demande brusquement :

— Où est passé le collier ?

— Comment ?

— Mon collier. Il était là-dedans.

— Oh ! Je l'ai posé sur la table.

Liza attache autour de son cou le précieux bijou. Calim ne peut s'empêcher de demander :

— À quoi servira ce truc, cette nuit ?

— À rien, mais j'y tiens. Ce collier porte chance.

— Ah bon ? Raconte.

Calim s'assied sur son matelas, prêt à entendre l'histoire. Liza, amusée par l'expression de ses grands yeux enfantins, s'installe elle aussi, caresse le médaillon du bout des doigts et commence son récit :

— Mon père a offert ce collier à ma mère pour leur mariage, explique-t-elle. En plus de la bague. Ma mère n'a jamais quitté ce collier. Elle croyait dur comme fer qu'il la protégerait contre tous les problèmes de la vie. Elle l'a retiré une seule fois... une certaine nuit, il y a cinq ans. Elle se rendait à la Société pour chercher un médicament destiné à ma sœur et ne voulait pas prendre le risque de le perdre. Elle l'a retiré une seule fois, et ça a suffi pour qu'elle disparaisse. Depuis ce jour, je le garde toujours près de moi. Afin qu'il me porte chance, bien sûr, mais aussi dans le cas où je la retrouverais.

Calim ferme les yeux. Il comprend parfaitement que Liza garde l'espoir de retrouver sa mère. Lui a perdu ses deux parents très tôt, ce qui a creusé un grand vide dans son cœur. Vide qui se comble peu à peu grâce à son amie, mais qui demeure profond.

— Seulement, soupire Liza, je pense qu'elle est morte. Comment pourrait-il en être autrement ? Si elle était vivante, elle serait revenue chez nous depuis longtemps.

Une petite larme perle au coin de ses yeux orange. Calim, qui déteste ce genre d'ambiance, lance :

— Bon, et si on partait ? Il est déjà minuit et demi et il faut bien dix minutes pour arriver à destination.

— Bien sûr. Allons-y.

À la fois excités et effrayés, les deux adolescents se mettent en route. Durant tout le trajet, ils ne prononcent pas un mot et s'orientent grâce à la faible lueur des lampadaires. D'épais nuages masquent la lune. Le cœur de Calim s'emballe sous l'effet de l'émotion. Il a l'impression de se trouver à la veille d'un examen important – sauf que ce sont leurs vies qui sont en jeu, ce soir. Le garçon tente de chasser toutes les pensées négatives et de se concentrer sur son objectif. Il doit s'occuper de la partie la plus risquée : s'infiltrer malgré les alarmes, se glisser jusqu'à la salle de contrôle et tout désactiver. Liza n'aura qu'à pénétrer dans la réception, trouver le numéro de la cellule d'Anna et le rejoindre à l'embranchement choisi.

Dix minutes plus tard, ils arrivent devant l'École, sinistre bâtiment dont la sévérité leur hurle de faire demi-tour. Calim a déjà observé l'établissement à maintes reprises et sait par où entrer. Ni par les portes, ni par les fenêtres ; ne reste que le toit. Une gouttière devrait l'aider à se hisser. *Devrait.* En cas de besoin, il se servira du grappin rangé dans son sac.

— Quelle heure est-il ? demande une nouvelle fois Liza.

— 0 h 40. J'ai mis une montre dans ton sac. Si à 1 heure les lumières ne sont pas éteintes, tu fuis. De même, si je ne te rejoins pas avant 1 h 10, tu te barres. Pareil si tu entends l'alarme. Si tout se passe bien, on sera repartis dans une demi-heure, sans croiser le moindre garde. L'alarme fonctionne sur toutes les fenêtres ; elle s'active si les caméras détectent des mouvements anormaux. N'essaie donc pas d'entrer avant que j'aie coupé le courant. Seuls les gardes peuvent circuler la nuit.

Liza acquiesce, focalisée sur son objectif. Lorsque Calim voit un garde sortir par l'entrée principale, il n'hésite pas. Son temps est compté. Telle une ombre, il contourne furtivement l'École, jusqu'à la gouttière qu'il a repérée. Calim teste tout d'abord sa solidité ; constatant qu'elle ne supportera pas son poids, il utilise son grappin. Il lance la corde et entreprend l'escalade. Agile et rapide, il réussit l'exercice sans difficulté. Une fois arrivé sur le toit, il trouve facilement la lucarne la plus proche de la salle de contrôle. Heureusement, il connaît par cœur le plan de l'École.

Calim pose une ventouse sur la vitre de la lucarne, la presse à plusieurs reprises et tire délicatement. Les livres trouvés chez Liza lui ont appris cette méthode. Tout d'abord, le verre ne bouge pas d'un pouce, mais finit par se soulever dans un grincement. Il tend l'oreille. Aucune alarme ne retentit. Soulagé, il sort une corde de son sac, l'attache à une cheminée et la laisse tomber dans l'ouverture. Aussi silencieux qu'un chat, il se glisse dans l'École. La première partie de son plan s'achève sans accroc.

Dès l'instant où ses pieds touchent le sol, il fait un nœud au bout de sa corde et la lance par la lucarne. Il se trouve dans un couloir sombre et silencieux, au sol gris et aux murs blancs. Aucune lumière n'est allumée. Les salles qui l'intéressent se trouvent dans un couloir parallèle. Mais, avant de le rejoindre, il doit repérer les caméras.

Il en trouve quatre dans ce couloir, dont deux sont mobiles : il se plaque contre le mur pour gagner quelques secondes, puis observe leur mouvement, analyse leur rythme. Après une longue minute, il s'élance et rejoint, en rampant, un autre couloir où de nombreuses caméras sont placées. Il progresse centimètre par centimètre, craignant à chaque seconde d'entendre la sonnerie de l'alarme. Bondissant d'un point à l'autre, d'un angle mort à l'autre, il limite les risques d'être repéré.

0 h 53. Il n'a que sept minutes pour exécuter la deuxième partie de son plan. Calim aperçoit deux nouvelles caméras, cette fois fixes. Rasant les murs, il atteint enfin la salle où sont rangés les uniformes. La porte n'est pas verrouillée. Puisque les gardes se changent dans cet endroit, Connor n'y a installé aucune caméra. Calim prend trois uniformes et trouve, dans la poche du premier, un passe magnétique indiquant *salle de contrôle*. On lui mâche le travail ! Comme si Connor l'accueillait : *Bienvenue à l'École, Calim, n'hésite pas à repartir avec un prisonnier ou deux !* Tout lui semble trop facile. Il fait demi-tour et rejoint la salle de contrôle. Cette fois, la porte est fermée. Il sort le passe et le glisse dans la fente. Le voyant devient vert et la porte s'ouvre sans un bruit. Le garçon pénètre dans la pièce.

Là aussi, il y a une caméra. Pas d'angle mort : il va devoir apparaître sur les vidéos durant quelques secondes. Contre le mur du fond s'alignent des dizaines d'écrans reliés aux détecteurs et appareils de surveillance. Calim s'avance vers la table de contrôle tout en consultant sa montre. 0 h 55. Il doit trouver le bouton *immédiatement* ; Liza doit entrer dans l'École au moins trois minutes avant le prochain garde. Le garçon balaie la table du regard : il ne tarde pas à trouver, triomphant, celui sous lequel un cartouche indique : *Arrêt d'urgence de l'installation électrique.*

Il appuie sur le bouton. Les écrans s'éteignent aussitôt : jusque-là, tout va bien...

40

Assis devant son bureau, Connor suit tranquillement les mouvements de Calim. Les technologues ont récemment installé dans l'École un second réseau de caméras miniaturisées : il n'est donc pas surpris de voir les images disparaître. Le garçon a coupé le courant, Liza va maintenant pénétrer dans l'École. Il sourit. Il s'y attendait. Le président compose un numéro sur son téléphone portable. Une voix mal réveillée lui répond dans un grommellement :

— Allô ?

— Jake ? C'est Connor. Ordonnez aux gardes de l'École de cesser leurs rondes, envoyez trois patrouilles pour encercler le bâtiment et venez me chercher en voiture avec Garry et Thibault. Nous allons nous amuser un peu.

— À vos ordres.

Connor raccroche, enfile sa veste et quitte son luxueux bureau. Sa proie vient de se jeter dans la gueule du loup ; il doit l'accueillir chaleureusement. Ce n'est plus qu'une question de minutes, désormais.

41

Le cœur de Liza bat fort dans sa poitrine. Lorsque les lumières s'éteignent, elle se rue vers l'entrée. Les portes coulissantes ne fonctionnant plus, elle attrape une pierre de la main droite et l'abat sur le verre qui se brise. Elle se glisse alors dans le passage, tout en faisant attention à ne pas se couper. La voilà dans la place.

L'obscurité lui fait froid dans le dos. Cependant, elle se dirige vers le bureau et en fouille chaque tiroir avec minutie jusqu'à ce qu'elle trouve un dossier portant une étiquette *Bâtiment dédié aux sujets spéciaux – Liste des pensionnaires.*

Liza tourne les pages à toute vitesse, cherchant le nom de sa sœur. À la lettre G pour Gallen, rien. A pour Anna ? Le prénom a en effet été inscrit sans plus de précision… mis à part trois chiffres et une lettre. 235A. La cellule où elle est détenue.

L'adolescente court de toutes ses forces vers l'embranchement où elle doit retrouver Calim. Elle a retenu par cœur le plan du rez-de-chaussée et parvient à s'orienter dans les couloirs. Calim a-t-il accompli sa mission ? Sera-t-il au lieu de rendez-vous ? Cette dernière question trouve aussitôt sa réponse. Liza arrive au croisement sous le regard bienveillant de son ami.

— Pas de difficultés ? demande-t-il.

— Aucune.

— Mets ça.

Il lui tend une tenue de garde qu'elle se hâte d'enfiler. Lui porte déjà la sienne. Malgré leur situation périlleuse, ils ne peuvent s'empêcher d'être soulagés : le plan se déroule à la perfection. Cependant, les forces de Liza s'amenuisent.

— Où la détiennent-ils ? interroge Calim.

— Cellule 235A.

— Deuxième étage, donc. Suis-moi.

Calim ouvre la marche. Liza le suit de son mieux, tenant son bras douloureux. Ils parcourent plusieurs couloirs, tous identiques, et montent des escaliers. Liza souffle bruyamment et s'arrête à chaque palier. Sa blessure l'épuise. Pourtant, elle continue, consciente qu'Anna n'est plus très loin. Une fois arrivé au deuxième étage, Calim lui lance :

— Nous allons courir côte à côte dans les couloirs. Tu regardes à droite, moi à gauche.

Elle obéit sans discuter. Anna est ici, dans ce couloir, tout près. Les portes se succèdent. 216A, 216C, 298A... La logique de cette numérotation lui échappe. Soudain, Calim s'immobilise. Le cœur de Liza est au bord de l'explosion.

— 235A. C'est ici. Utilise tes outils. Tu es plus douée que moi.

Liza hoche la tête, s'approche de la porte et entreprend de la crocheter. Ses mains tremblent, son bras la lance horriblement, lui arrachant des gémissements. Quand un claquement retentit, elle pousse un soupir de soulagement. Trouvera-t-elle vraiment Anna ici ? Prenant une grande inspiration, elle pousse la porte.

Le bonheur l'envahit aussitôt. Juste en face d'elle, assise sur un lit, Anna l'attend.

Sourit.

Sans se soucier du reste du monde, Liza se rue dans les bras de sa sœur tout en poussant un cri de joie. Des larmes coulent sur ses joues, mais elle s'en moque. Rien ne compte plus que la petite fille qu'elle étreint de toutes ses forces. Puis elle s'éloigne un peu, contemple sa cadette de haut en bas. Mis à part une horrible brûlure à la jambe, celle-ci semble en bonne santé.

— Dieu soit loué, murmure-t-elle, tu vas bien...

Les deux sœurs échangent un regard. Leurs yeux orange brillent d'une même flamme de joie.

— Liz... chuchote Anna. Je suis si contente de te retrouver...

— Le cauchemar est fini. Nous repartons sur-le-champ.

— On peut emmener Judith ?

Liza découvre alors qu'il y a une autre personne dans la cellule, une femme blonde comme elle et affaiblie par sa captivité. Celle-ci pose son regard bleuté sur le médaillon de la jeune fille, puis sur son visage. Liza hoquette de surprise et ses yeux se remplissent une nouvelle fois de larmes. La femme, qui pleure elle aussi, n'est nulle autre que...

— Maman... ?

La mère et la fille s'observent en silence, ne sachant comment réagir. Judith, la première, ouvre ses bras, et Liza vient s'y blottir.

— Je le savais ! sanglote-t-elle. Je savais que tu étais vivante !

Pour Liza, qui a été privée de cet amour durant cinq ans, le temps s'arrête. Cinq longues années ! Judith s'écarte finalement, à regret, pour concentrer son attention sur Anna. La fillette, trop surprise pour réagir, a regardé la scène avec des yeux ronds.

— Anna, mon cœur, je suis désolée de t'avoir caché la vérité. Je vais tout t'expliquer. *Vous* expliquer, corrige-t-elle en regardant Liza. Il y a cinq ans, quand les Corbeaux m'ont trouvée, je m'attendais à être tuée. Sauf que leur chef était là ; il m'a reconnue. Après tout, les fugitifs ne sont pas nombreux. Ils m'ont ramenée à la Société et ont laissé Connor décider de mon sort. Il m'a proposé un marché. Soit il me tuait sur-le-champ, soit il me jetait en prison jusqu'à la fin de mes jours... avec une condition : ne jamais parler du passé. Jamais, sous peine de mort. J'ai accepté en me disant que si je restais en vie, je pourrais peut-être vous revoir. Mais jamais je n'aurais pensé trouver, un beau matin, Anna dans ma cellule. Je n'en croyais pas mes yeux. J'avais ma propre fille devant moi et je ne pouvais pas lui dire la vérité. J'espère que tu ne m'en veux pas, ma puce. Je n'avais pas le choix.

L'expression interloquée d'Anna se mue en un doux sourire. Liza constate alors que sa sœur a mûri, physiquement et mentalement.

— Maman, tu n'as pas à t'en vouloir ! Je le savais. Dès le premier instant, ne serait-ce que grâce à ton prénom ! Comment expliquer autrement ton regard horrifié quand je suis arrivée ? Ta ressemblance frappante avec Liza ? Tes connaissances sur le monde extérieur ? J'ai eu la certitude que tu étais ma mère quand tu as parlé sans hésitation d'années 2374 et 2014. Dans la Société, ils vivent en l'an 152.

Liza est radieuse. Elle retrouve sa sœur, avec sa logique implacable et son intelligence supérieure. Mais Calim, soucieux, vient interrompre leurs retrouvailles.

— Je ne voudrais pas perturber ce beau moment, mais il faudrait mieux se tirer ! Pas la peine que vous enfiliez les uniformes, on va se contenter de courir. Anna, monte sur mon dos.

Il s'approche d'Anna, la soulève sans difficulté et la pose sur ses épaules. Les quatre évadés quittent la cellule pour se ruer dans les couloirs. Liza en oublie sa blessure. Elle a l'impression de rêver : d'ici quelques instants, elle va se réveiller chez Calim... Mais non, son ami court devant elle, Anna sur son dos, suivi par Judith... leur mère ! Le cœur de Liza déborde de joie et de soulagement. D'ici quelques heures, ils seront libres.

Calim s'arrête soudain et pointe son pistolet devant lui. Liza pousse un cri de colère et de dépit et l'imite. De découragement et de désespoir, aussi. Devant eux se trouve leur pire cauchemar : une image vue à la télévision devenue réelle. Connor, souriant de toutes ses dents, et Jake, qui les tient en joue.

— Enfin ! s'exclame Connor.

Il s'amuse de cette situation, malgré les deux pistolets braqués sur lui.

— Enfin, tu te jettes dans la gueule du loup, Liza ! J'ai failli attendre.

— Au cas où vous ne l'auriez pas remarqué, vous avez deux flingues pointés sur vous ! menace Liza.

— Allons donc, comme si vous alliez tirer... Ne me faites pas rire.

Liza est tentée d'appuyer sur la détente rien que pour effacer ce sourire narquois, mais la présence menaçante de Jake l'en dissuade. La dernière fois qu'elle a croisé son chemin, elle a reçu une balle dans le bras. Le Corbeau regarde la scène sans intervenir, mais elle sent qu'il est prêt à agir.

— De plus, ajoute Connor, à la seconde où vous tirerez, vous vous retrouverez *tous* avec une balle entre les deux yeux. Et un nouveau président montera sur le trône car j'ai pris soin de former mon successeur.

Liza se met à ricaner. Calim, Anna et Judith se tournent vers elle, étonnés. Où trouve-t-elle la force de rire dans une telle situation ?

— Vous croyez que votre petit bluff va marcher ? lance-t-elle. En quelques jours, j'ai eu le temps d'apprendre deux ou trois petites choses sur votre *Société*.

Elle a craché ce mot avec rage. Calim ne se rappelle pas l'avoir vue si amère, si incisive, si rancunière. Tout ce qu'il espère, c'est qu'elle ne pressera pas la détente.

— Vous proclamez la démocratie en vous disant président, continue-t-elle, mais la succession se fait en famille. Votre père était un Connor, de même que votre grand-père et votre arrière-grand-père. Je me trompe ? Si on suit mon raisonnement, l'actuel héritier est un membre de votre famille. Vous n'avez pas de fils ; votre sœur a disparu depuis des années. Alors il est vrai que, à moins qu'elle ne surgisse brusquement, c'est votre *successeur* qui devrait monter sur le trône. Mais il n'existe pas ! Vous croyez que je suis aussi naïve qu'Anna ? Votre sœur est ici, sous nos yeux. Elle s'appelle Judith !

Tous se tournent vers la jeune femme, ébahis, Anna la première. Elle dévisage sa mère, puis Connor… son oncle ! Comment un homme pareil pourrait-il être de sa famille ? Mais maintenant que Liza a levé le voile, tout devient clair.

— Si vous avez bluffé tout à l'heure, poursuit Liza, c'était pour voir si Judith allait protester. Révéler son passé malgré sa promesse, afin de la tuer sur-le-champ. Mais ses filles sont assez intelligentes pour connaître la vérité ! Vous vous ressemblez. Et son nom de jeune fille est Connor ! Pourquoi l'épargner, alors que vous exécutez des agriculteurs qui ne fournissent pas leurs quotas ?

Connor éclate d'un rire grave et guttural.

— Liza, tu es bien la fille de tes parents ! Un petit génie Gallen ! Je n'en attendais pas moins de toi.

— Sauf que vous vous trompez. Le petit génie, c'est Anna. Je ne suis que sa protectrice.

— Liza, Liza, Liza… Ma propre nièce. Sais-tu ce que j'ai découvert dans ce bouquin ?

Connor brandit le livre cadenassé. Liza voudrait se jeter sur lui, le frapper au visage, effacer cet horrible sourire.

— Ce bouquin est formidable, la nargue-t-il. On y trouve toute l'histoire du monde, mais aussi l'histoire de votre propre famille. L'histoire des Gallen.

— Arthur, ne fais pas ça ! s'exclame soudain Judith.

— Oh que si, petite sœur. Que ça te plaise ou non, j'ai toutes les cartes en main. Et je crois que tes chères petites filles ont le droit de connaître la vérité. Pourquoi les Gallen ont-ils les yeux orange ? Pourquoi, de génération en génération, sont-ils des génies ? La réponse est très simple. Vous êtes des génies *artificiels.*

Chaque parole se grave dans l'esprit de Liza ; la dernière la frappe comme une massue. *Artificiels.* Anna et elle sont *artificielles*. Connor continue son récit :

— Tout a commencé dans les années 2010. Un groupe de scientifiques a élaboré une théorie selon laquelle les nourrissons choisissent inconsciemment l'une de leurs mains, gauche ou droite : la partie non concernée du cerveau se mure alors, d'une certaine manière, dans le silence. Vous suivez ? Les gauchers stimulent la partie droite de leur cerveau et vice versa. Les scientifiques ont alors compris qu'un être parfaitement ambidextre stimulerait équitablement les deux parties de son cerveau et serait donc plus intelligent. L'un d'eux, nommé *Gallen*, a alors proposé son propre enfant, âgé de quelques heures, pour servir de cobaye. Ils le faisaient manger tantôt à gauche, tantôt à droite, regardaient s'il prenait un stylo d'une main afin de compenser avec l'autre, et ainsi de suite. Tous les jours, ils vérifiaient si un hémisphère de son cerveau prenait l'avantage sur l'autre. Ce qui n'arriva pas. L'enfant devint, comme prévu, parfaitement ambidextre et ses yeux, bleus à la naissance, se teintèrent d'orange au bout de quelques mois. Et les tests de Q.I. furent formels. L'enfant était un génie. Le tout premier.

Connor marque une pause, soucieux de captiver son auditoire. Tous sont suspendus à ses lèvres.

— Cet enfant a fait de brillantes études, a trouvé une femme et a eu un enfant ambidextre, qui a fait de brillantes études… et ainsi de suite. Chaque Gallen donnait naissance à un seul et unique petit Gallen. Jusqu'à votre génération, ajoute Connor en fixant ses nièces. Car Liza a brisé la tradition. Elle a des yeux orange, mais est droitière. John et Judith ont donc donné naissance à une seconde fille, qui correspondait à leurs attentes. Mais moi, je me pose quelques questions à ton sujet, Liza. Tu es l'exception dans une famille d'exception. Un sujet d'étude rarissime que je me dois d'examiner. Et te voilà, prête à te battre pour sortir de ce guêpier.

Liza, sous son regard d'acier, ne flanche pas. Elle est issue d'une famille *artificielle*, et alors ? Elle se trouve ordinaire, banale, adore sa mère et sa sœur. Point final. Elle se fiche éperdument du discours de Connor, de ses yeux gris, de la pression qu'il exerce. Elle veut juste mettre un terme à ce cauchemar.

— J'ai un marché à te proposer, à toi aussi, dit-il. Une occasion en or pour sauver ta mère et ta sœur. Je les remets en cellule pour l'instant, et toi, tu devras affronter cinq épreuves. Tu sais, ajoute-t-il en brandissant le livre, ceci est une vraie mine d'or. On y apprend tout : la mythologie, par exemple. Le mythe d'Hercule, en particulier, m'a intrigué. Tu as entendu parler des douze travaux ?

— Bien évidemment.

Liza voit où il veut en venir. Il va lui imposer des épreuves impossibles à surmonter, et ensuite la garder prisonnière avec Anna et Judith.

— Cinq épreuves. Une tous les deux jours. Si tu les passes toutes, je vous laisserai la liberté, à toi, Anna, Judith et Calim si tu veux. Mais si tu échoues…

— Alors vous me jetterez en prison. Sauf que vous semblez oublier un élément. C'est nous qui avons le plus d'armes – ainsi que votre héritière. Nous sommes en position de force.

Connor éclate de nouveau de rire. Anna, se serrant fort contre Calim, tremble de tous ses membres. Un instant, elle redevient une enfant de huit ans, terrorisée. Judith, elle, soutient le regard de son frère, prête à se battre pour ses filles.

— Vous vous croyez en position de force ! s'esclaffe Connor. Bon sang, mais que tu es naïve ! Une quarantaine d'agents surentraînés vous attendent dehors. Et si ça ne vous suffit pas, je dispose d'une autre arme. Pourquoi n'avons-nous jamais retiré les menottes d'Anna, à votre avis ?

Anna regarde ses menottes. En un éclair, elle a compris pourquoi Kellen avait peur de les déverrouiller.

Elles sont piégées.

— Tu as bien compris, Anna. Elles contiennent une bombe. Toute petite, certes, mais suffisamment puissante pour te tuer. Si vous coupez le fer, si vous crochetez la serrure, elle explose. Seule une clef peut les ouvrir sans danger, clef qui se trouve entre les mains d'Ewen.

Connor a tout prévu. Il ne leur laisse aucune marge de manœuvre. La joie des retrouvailles n'a servi qu'à créer un contraste douloureux avec le sentiment de désespoir que Liza ressent maintenant. Des larmes perlent à ses yeux, troublant sa vision. Elle les chasse en secouant la tête. Hors de question de montrer sa faiblesse.

— Qu'est-ce qui me dit que vous délivrerez Anna et Judith après les épreuves ? Qu'est-ce qui me prouve qu'elles ne seront pas truquées ?

— Ma parole, déclare Connor en levant la main droite. Si j'y faillis, je demande à Jake de faire feu sur moi. Il m'obéira. Il obéit à tous mes ordres.

Lorsque Liza croise le regard du Corbeau, elle y lit de la sincérité. Il veillera au grain et n'hésitera pas. Au moindre faux pas de son président, il appuiera sur la détente.

— Donc, si je réussis vos épreuves, vous nous laisserez filer, tous les quatre. Sans oublier les menottes d'Anna.

— Tu as tout compris. Alors Liza, ta réponse ?

Liza se tourne vers Anna, blottie contre Calim. Ce dernier lui adresse un signe d'encouragement. Il la soutiendra quoi qu'il arrive. Malgré cela, elle doit prendre sa décision seule, porter le destin de sa famille sur ses épaules. Elle aimerait pouvoir s'enfuir, tout simplement, mais elle ne peut pas. Il lui faudra se battre.

— J'accepte, dit-elle à contrecœur.

— Fort bien ! s'exclame Connor, radieux. Tu recevras toutes les informations nécessaires par la télévision. Maintenant, je suggère que tout le monde aille dormir. Il est très tard. Garry, Thibault ?

Les deux Corbeaux sortent de l'ombre. Connor ne bluffait pas. Ils pointent leurs armes sur le groupe. Pourtant, lorsque Liza croise le regard de Thibault, elle y lit de la pitié et du regret.

— Ramenez Judith et Anna dans leur cellule, ordonne Connor. Jake, conduisez-moi au Palais. Et dites à vos hommes de ne plus poursuivre ces deux jeunes gens.

Les trois Corbeaux exécutent les ordres reçus. Thibault arrache Anna à Calim ; cette dernière jette un regard désespéré à sa sœur. Liza lui sourit tendrement, mais au fond d'elle-même, elle est horrifiée. Découragée. Anéantie. Ils sont tombés comme des mouches dans le piège de Connor ; leur destin dépend exclusivement d'elle, désormais. La liberté ou l'emprisonnement à vie. Pourtant, lorsque Calim lui prend la main, elle ressent une vague de soulagement. Quoi qu'il arrive, elle n'est pas seule.

— Rentrons, propose simplement le garçon.

Liza jette un dernier coup d'œil derrière elle, adresse un silencieux au revoir à sa mère et à sa sœur, puis entame le chemin du retour, la main de Calim dans la sienne. Elle s'y accroche – comme à sa propre vie.

42

Liza se laisse tomber sur son matelas et hurle dans son oreiller. De toutes ses forces. Calim s'assoit à ses côtés et tente de la réconforter, mais il ne peut changer la réalité.

En l'espace d'une nuit, ils ont appris que la mère de Liza était vivante et prisonnière, et que les deux sœurs étaient les nièces de Connor. Ce dernier leur a en outre révélé l'origine de leur famille de génies. Une singularité parmi le genre humain, parmi laquelle Liza fait encore figure d'exception. Son intelligence normale devient surnaturelle.

— Pourquoi ne suis-je pas comme Anna ? murmure-t-elle. Un même sang coule dans nos veines, nous avons été éduquées par les mêmes personnes. Alors pourquoi ? Pourquoi ne suis-je pas le petit génie Gallen ?

— Tu veux connaître ma théorie ?

Liza fixe Calim, intriguée.

— En fait, je pense que *tu* es « un petit génie Gallen », comme tu dis.

— Quelle belle théorie ! ironise Liza, amère. Tu ignores tout de notre famille. Des capacités d'Anna. Tout !

— Je sais que j'ignore tout. Par contre, j'en connais un rayon sur toi. Ton passé. Tes propres capacités. Tu as appris à lire à six ans, et alors ? Tu ne parles qu'une langue, la belle affaire ! N'as-tu jamais pensé avoir d'autres qualités que ta sœur ?

Les paroles de Calim n'ont aucun sens pour Liza. Depuis sa plus tendre enfance, on lui a répété qu'elle n'était pas le génie escompté. Cette vérité s'est ancrée en elle comme une mauvaise herbe particulièrement tenace. Pourtant, les mots de son ami font vaciller ses convictions.

— Liza, continue-t-il en plongeant son regard dans le sien, tu es un génie. À ta manière. Connais-tu beaucoup de personnes capables de gérer une ferme à l'âge de onze ans ? De bricoler des barrages, des éoliennes, des voitures électriques ? De protéger une gamine plus jeune au péril de leur vie ? Anna possède des connaissances littéraires et artistiques. Toi, en revanche, tu as un esprit scientifique. Mathématiques, sciences, physique, mécanique, tu t'y connais dans ces quatre domaines sans même t'en rendre compte.

— Alors... cela veut dire qu'il y a deux génies ? J'ai du mal à le croire.

— Je reformule. Anna a le cerveau et toi les muscles et le système D. Anna a la théorie et toi la pratique ! Littérature et sciences, et ainsi de suite ! Et je pense sincèrement que si vous êtes deux, c'est pour séparer ces deux savoirs et pour les approfondir. Pour construire quelque chose d'important. Ou un truc du genre.

Liza, troublée, reste silencieuse. Elle qui se croyait inférieure à sa sœur, voire stupide, découvre une autre possibilité. Anna et elle seraient bel et bien complémentaires ! Qu'aurait donné une voiture pensée par la cadette et construite par l'aînée ?

— Tu sais que tu es presque intelligent, parfois ?

— Content de te voir sourire, rétorque Calim sans relever la plaisanterie.

— Par contre, le « truc du genre » casse tout, à mon avis !

Les deux adolescents partent dans un fou rire qui chasse toutes leurs noires pensées. Ils ont revu Anna, retrouvé Judith. Ils ont une chance. Une chance unique de les sauver ! Eux qui se croyaient dans une impasse découvrent qu'un chemin existe, même s'il est semé d'embûches. Ce ne sera pas simple, Liza le sait. Connor leur réservera nombre de mauvaises surprises, mais elle serre les dents et les poings. Ose même sourire à l'avenir.

DÉTERMINATION

1

Les deux adolescents dorment d'un sommeil agité jusqu'au petit matin. Marquée par sa nuit mouvementée, Liza bâille ostensiblement, les yeux cernés. Son ami semble plus reposé. Comme toujours, il sourit, déterminé à mettre un peu de bonne humeur dans la maisonnée. Il consulte sa montre, constate qu'il est l'heure du bulletin d'informations et allume la télévision. Le générique des nouvelles retentit et la présentatrice brune annonce :

Nous avons de grandes nouvelles. Connor a rencontré la jeune Liza et a discuté avec elle. Leurs objectifs étant différents, lui souhaitant l'intégrer à la Société et elle voulant libérer sa sœur et sa mère, Connor a proposé de délivrer les deux femmes si Liza réussissait à relever cinq défis choisis par notre président. Elle a accepté. Les épreuves auront lieu dans l'Arène ; il y en aura une tous les deux jours, afin que Liza puisse se reposer et préparer la suivante. Connor a annoncé que la première serait physique et offrirait donc un grand spectacle. Elle commencera demain à 13 heures. Je vous conseille de venir en avance, les places seront vite prises...

Liza intègre, une à une, les diverses informations énoncées. Pour sa première épreuve, elle devra se battre au milieu de l'Arène, soit devant plusieurs milliers de personnes. De plus, elle constate que si Connor a caché une partie de la vérité, il n'a pas cherché à noircir l'image de sa jeune opposante, ce qui la soulage.

Nous annoncerons le thème de chaque épreuve la veille, continue la journaliste. *De plus, Connor a tenu à préciser quelques règles. Il pourra y avoir des blessés ou des morts, donc n'amenez pas vos enfants. Des blessés et des morts des deux côtés. Liza pourra mourir, tout comme ses adversaires. Notre président vous prouvera que chaque épreuve est bel et bien réalisable afin de démontrer sa bonne foi et sa fiabilité. Je le cite : « Si je truque ces rencontres ou si je ne tiens pas mes engagements, Jake a pour ordre de me tirer dessus. » Toujours est-il qu'un beau spectacle nous attend. Nous serons en direct dans l'Arène pour retransmettre les événements. Et pour finir, Connor vous ordonne à tous de ne pas approcher Liza, de la laisser tranquille jusqu'à nouvel ordre. Maintenant, passons aux quotas du jour...*

Calim éteint la télévision. Les informations suivantes ne les concernent pas. Il se tourne vers Liza qui triture ses nattes.

— Donc tu vas commencer par des combats ! Bonne ou mauvaise nouvelle ?

— Je ne sais pas trop... Mon père m'a appris à me battre, au cas où, mais mon bras va me gêner.

— Tu sais te servir d'armes ?

— Oui. L'arbalète, essentielle pour chasser, le sabre, car j'étais fascinée par les samouraïs étant petite, et puis je me débrouille à mains nues. Il y avait des manuels de judo et de karaté dans ma bibliothèque.

— Mouais… à quoi ça va te servir ?

— Attaque-moi, pour voir !

Calim hésite. Osera-t-il s'en prendre à son amie blessée ? Il décide finalement de tenter une approche furtive et rapide, et d'attaquer son côté endommagé pour faucher ses jambes et la faire chuter. Il s'avance, amorce son attaque… mais soudain il sent une main agripper son poignet et le tordre. Il ne peut plus bouger. Au moindre mouvement, Liza pourrait lui casser le bras.

— OK, capitule-t-il, c'est bon, tu sais te battre ! Lâche-moi, maintenant !

Liza s'exécute avec un petit rire. Les hommes sous-estiment toujours les femmes… à leurs risques et périls. Elle n'a jamais eu l'occasion de montrer ses talents jusqu'à maintenant. Demain, elle devra affronter des adultes expérimentés qui ne lui feront aucun cadeau.

— J'ai besoin d'armes, réfléchit-elle à voix haute. Je suppose que les armes à feu seront interdites. Il me faut une épée, une arbalète et de quoi confectionner quelques pièges.

— Pour l'épée, je peux te fournir un grand couteau de cuisine ! Pour l'arbalète, bon courage… Les armes sont interdites dans la Société ; seuls les gardes et les Corbeaux en possèdent. Et ce sont des armes à feu, bien sûr.

— Trouve-moi juste du bois, du métal, de la corde et des élastiques. Je saurai me débrouiller.

Circonspect, Calim fouille le bric-à-brac qui encombre sa tanière et lui fournit le matériel demandé. Liza sort ses outils et commence à travailler. Habilement, elle taille le bois, tresse la corde. Par chance, Calim possède un arc de cercle métallique, ce qui lui fait gagner un temps considérable. Le garçon, lui, s'est éclipsé afin de trouver une épée ou une quelconque arme tranchante.

Après une petite heure de travail, Liza observe le résultat de ses efforts avec satisfaction.

— Tu m'étonneras toujours ! s'exclame une voix.

Liza sursaute. Elle n'a pas entendu son ami rentrer ! Brandissant un nouveau sac en plastique, il arbore son éternel sourire. Il lui montre un long couteau, tranchant et menaçant. Liza, en examinant la lame, remarque quelques petites traces de sang.

— Mais tu as volé ça à un tueur en série ?

— Bien sûr que non ! J'ai piqué ça au boucher du coin ! Tu me prends pour qui ?

— Pour un voleur vivant dans les égouts. Qu'as-tu d'autre ?

— Regarde-moi ça, se vante-t-il en sortant un pot de son sac, c'est un baume ! Je l'ai trouvé chez l'apothicaire. Il paraît qu'avec ça, les plaies ne sont bientôt plus qu'un mauvais souvenir.

Il tend le pot à Liza qui l'examine, méfiante. La couleur de la pommade, d'un magnifique vert vomi, la rebute. Cependant, elle ne peut se permettre de faire la difficile. Elle ôte son bandage, grimace devant sa plaie toujours béante et la nettoie à l'eau fraîche. Ensuite, elle applique le baume qui dégage une odeur abominable. Cependant, le froid atténue un peu la douleur.

— Il y a des bouchers, des apothicaires… On se croirait presque dans une ville normale.

— Tu sais, le boucher, c'est celui à qui on confie les bêtes vivantes et qui les donne aux marchands, mortes et dépecées. L'apothicaire, c'est celui auquel on apporte des plantes étranges, des mauvaises herbes ; il fait des mélanges et leur donne des vertus. Un peu au hasard.

— Quoi ?! Et tu m'as donné un de ses baumes ? Mais tu veux me tuer ou quoi ?

— Tu me prends pour qui ? s'indigne Calim. J'ai pris soin de tester ce truc avant, sur l'une de mes propres écorchures ! Regarde-moi ça !

Liza se penche sur la jambe de Calim, profondément égratignée lors de son intrusion dans l'École. Il ne reste plus qu'une légère trace.

— Ta blessure est bien plus profonde. Même si la peau va cicatriser, il faudra du temps à ton muscle pour se reformer. Demain, tu ne pourras toujours pas te servir de ce bras, remarque-t-il d'un air soucieux.

— Alors je ferai sans. Ça va être compliqué.

— Connor a choisi de tester ta résistance. Il sait que tu es blessée, il veut que tu perdes… Le pari ou la vie, au choix.

Liza sait déjà que Connor manœuvre de main de maître et n'hésitera pas à mettre leurs vies en jeu. Cependant, elle espère. Réussir ces maudites épreuves et gagner le droit à la tranquillité et à la liberté. Dans le cas contraire, elle trouvera un autre moyen de s'en sortir, voilà tout. Tant qu'Anna et Judith sont sauves, le reste importe peu.

— Ne veut-il pas me garder en vie pour m'examiner ? s'étonne-t-elle.

— Oui, bien sûr ! Mais il préférera te tuer plutôt que de perdre la face devant son peuple. Et il t'observera durant les épreuves.

— Maudit soit le jour de sa naissance, profère Liza.

— Tu n'es pas la seule à vouloir sa perte. Un jour, il mourra, de mort naturelle ou à cause de son propre peuple…

Liza manipule distraitement son arbalète. À l'aide de quelques bâtons, elle confectionne des traits qu'elle pose en tas sur la table. Une flamme de défi danse dans ses yeux orange. Elle veut sauver sa famille, mais aussi ridiculiser Connor devant son peuple. Et elle fera tout pour cela.

2

Anna fait les cent pas dans sa cellule, rageuse. Tout comme Liza, elle maudit Connor. Désormais, son destin repose entre les mains de sa sœur. Judith, allongée sur sa couche, la fixe avec intensité. Anna ne peut s'empêcher de sourire tendrement. Au moins, elle a retrouvé sa mère !

— Maman ?

Elle n'arrive pas à s'habituer à ce mot. Maman. Les enfants le prononcent à l'âge d'un an et le répètent ensuite durant des décennies, mais Anna en a été privée pendant toute son enfance. « Maman... » Le lien filial se tisse tout naturellement entre elles.

— Oui, ma puce ?

— Pourquoi je ne te ressemble pas ?

Judith rend son sourire à Anna. De son propre aveu, elle non plus ne parvient pas à y croire. Pourtant cela fait presque deux semaines que l'enfant a atterri dans sa cellule. Maintenant, elles peuvent parler à cœur ouvert. Tant pis si Connor les écoute.

— Tu tiens tout de ton père. Tes cheveux, tes yeux, ton nez, ton menton, tout ! Et Liza tient tout de moi. Sauf la couleur de ses yeux.

— Papa... murmure Anna, émue. Je ne me souviens pas de lui.

— Tu sais, Anna, ton père était quelqu'un de formidable, prêt à tout pour sa famille. Quand nous courions pour échapper aux Corbeaux, j'étais à la traîne et quand j'ai été capturée, il n'a pas hésité un seul instant à m'abandonner à leurs griffes. Il savait que c'était mon souhait, il savait qu'il fallait protéger ses petites filles. Même lorsqu'il a reçu une balle dans l'abdomen, il a continué à courir.

— Tu savais qu'il était mort ?

— Bien sûr. Personne ne survit à une blessure pareille, surtout après des kilomètres de course ! En revanche, je ne savais pas que tu avais survécu. Je l'espérais sans pouvoir en être sûre. Te voir arriver a été une bénédiction... et une angoisse.

Anna se tait quelques instants. Parler à une mère et découvrir ses origines est un cadeau qui n'a pas de prix.

— Maman...

— Oui ?

— Pourquoi Connor est-il comme ça ?

— C'est une longue histoire, Anna. Comme tu le sais, Connor est mon frère, mon aîné de trois ans. Nous avons grandi ensemble dans le Palais et, contrairement à ce qu'on pourrait penser, nous nous entendions très bien. Nous n'avions pas le droit de sortir, de jouer avec d'autres enfants, alors on se débrouillait seuls. Nous étions à la fois frère et sœur, meilleurs amis et confidents. Rien n'a changé au fil des ans, même lorsque ma mère est morte et que mon père nous a appris qu'Arthur était issu d'une relation avec une de ses maîtresses. Je me souviens qu'il en a été choqué, mais nous nous entendions toujours très bien. Nous avons commencé ensemble des études de neurologie tout en sachant que, le jour où mon père mourrait à son tour, je deviendrais présidente. Cela ne le dérangeait pas. Il voulait devenir le meilleur scientifique de la Société. Mais un grain de sable s'est insinué dans cette machine bien huilée. Et tu sais qui est ce grain de sable.

— Papa...

— Oui, ton père, John Gallen. Nous nous sommes fréquentés quelque temps et, rapidement, j'ai dû faire un choix. Tout quitter pour cet amour, ou rester et devenir présidente. Je n'ai pas réfléchi longtemps. Le lendemain matin, je faisais mes valises pour partir de cette Société qui m'oppressait. J'ai abandonné mon père malade, j'ai abandonné mon frère qui m'adorait, j'ai accompli un acte lâche et égoïste en fuyant. Est-ce que tu comprends mieux l'attitude d'Arthur, maintenant ?

— Oui. Il est cruel car il a été abandonné par la personne qu'il aimait le plus. Il te garde emprisonnée car la présidence te revenait de droit : il l'a usurpée. Il hait la famille Gallen qui t'a arrachée à lui... et toi, pour l'avoir délaissé.

— Il y a une autre raison, Anna. Connor n'était pas ambitieux. Il ne voulait pas devenir président et savait très bien, depuis les révélations de mon père, que je passais avant lui dans l'ordre de succession. Nous travaillions dans les Laboratoires. Il adorait son travail. Il faisait des expériences sur le cerveau afin de comprendre comment l'esprit humain fonctionne. Ça a toujours été son unique objectif : savoir ce qui nous motive, ce qui fait que nous avons une conscience, que nous aimons ou détestons notre prochain. Mais moi, je l'ai empêché de réaliser son rêve. Je l'ai arraché à son travail, je l'ai forcé à occuper une fonction dont il ne voulait pas. Quand je l'ai revu, il y a cinq ans, j'ai constaté qu'il avait radicalement changé. Il s'était adapté à son poste de dictateur. Il était devenu dur. Les expériences qu'il ne pouvait plus faire dans un laboratoire, il les appliquait à l'échelle de toute la Société. Voilà pourquoi il te torture, voilà pourquoi il torture tout le monde. Connor n'est plus qu'un pur amas de haine… à cause de moi.

Abasourdie, Anna comprend enfin le comportement de son oncle, ses manigances, ses manipulations, son caractère froid et calculateur. Cependant, l'abandon qu'il a subi ne justifie pas les atrocités qu'il inflige à sa population, à sa propre sœur, à ses nièces ! La petite prisonnière s'approche de Judith et l'enlace. Pour la première fois de sa vie, elle sent l'amour maternel l'envahir, la revigorer, la réconforter. Elle est privée de liberté, mais a retrouvé une mère.

À cet instant, la porte de la cellule s'ouvre ; la petite fille hoquette quand elle reconnaît Connor.

— Vous, ici ! s'écrie-t-elle. Qu'allez-vous me faire encore ?

— Quel comité d'accueil ! Je ne vais rien te faire, Anna… ou devrais-je dire Anne ? Qu'en penses-tu, Juju ?

Son ton se veut léger, mais son regard dénonce sa cruauté. Il souhaite réduire les deux sœurs en esclavage, briser leurs rêves et leur vie. Anna serre le poing. Cet homme sait tout d'elles.

— Je pense que tu es un salaud, lâche Judith. Touche à mes filles et…

— Et quoi ? Tu vas me tuer ? J'aimerais bien voir ça ! Enfin, je ne suis pas là pour faire du mal à ta *chère* fille. J'ai promis à Liza de ne plus la toucher et je tiens toujours mes promesses. Je veux juste vous montrer en détail le déroulement de l'épreuve de demain.

— Épreuve à laquelle vous allez nous faire assister histoire de nous torturer et de mettre la pression à Liza ! devine Anna.

— Tout juste ! Vous serez à mes côtés dans la loge présidentielle ! Vous devriez me remercier !

Pendant un instant, Anna songe à une possibilité. Et si elle parvenait à retirer ses menottes et à les lancer sur leur bourreau juste avant qu'elles n'explosent ? L'idée est tentante, mais malheureusement irréalisable. Il lui faudrait trouver une épingle, réussir à crocheter la serrure et évaluer correctement le compte à rebours. Trop d'inconnues.

— Bon, vous me suivez ? s'impatiente Connor. Je veux que vous voyiez ce qui attend votre *chère* Liza, votre *unique espoir*.

Connor a insisté sur ces derniers mots, qui font trembler les prisonnières. Jake entre à son tour dans la cellule, apportant une béquille pour Anna et pointant son pistolet sur deux femmes impuissantes. Anna croise son regard, sans rien y lire.

— Alors, Jake, le provoque-t-elle, content de menacer deux femmes innocentes et impuissantes ? Content d'exécuter les ordres d'un dictateur ?

— Les ordres sont les ordres, réplique-t-il simplement.

— Le rôle d'un chef est de commander les troupes, de gérer les risques, d'arrêter des hors-la-loi dangereux pour la Société… mais vous n'êtes qu'un lèche-bottes.

Jake ne cille même pas. Il a échoué une fois en laissant filer Liza et Calim ; il est déterminé, désormais, à obéir à Connor en toutes choses. Anna et Judith, sous la menace du pistolet, se décident à avancer et suivent Connor qui ouvre la marche d'un pas sautillant. Jake la ferme, son arme bien en main. Anna, à cause de sa jambe blessée et de sa béquille, ralentit l'allure. Ils croisent de temps à autre un garde ou un scientifique. Lorsque Kellen apparaît au détour d'un couloir, Anna le salue du regard, soucieuse de ne pas attirer l'attention sur elle. Il lui répond de la même manière.

Et quand Jake arrive à sa portée, il se rue sur lui, taser à la main, et l'électrise sans ménagement. Anna se retourne et observe la scène, médusée. Kellen attrape le pistolet et le pointe sur Connor.

— La comédie est finie, Connor, lance le scientifique. Relâchez-les.

Seulement, Kellen est un scientifique et non un combattant. Lorsque Jake frappe l'arrière de ses genoux du plat de la main, il s'écroule, laissant échapper son arme. Le Corbeau la reprend et tient la Colombe en joue. Corbeau contre Colombe. Bien contre Mal. Connor ricane :

— Alors, Kellen, on se croyait plus fort que la Société ? Vous êtes vraiment très drôle !

Anna voit devant elle un oiseau qui a essayé de prendre son envol mais qui a misérablement échoué. Alors elle se tourne vers Connor dont le visage affiche l'autorité inflexible. D'une voix calme et impitoyable, il ordonne à Jake :

— Passez-moi votre arme.

Anna voudrait crier, protester, défendre la condition de cet homme si gentil, mais Connor ne lui en laisse pas le temps. Sans hésiter, il arrache l'arme des mains de Jake et appuie sur la détente. Anna voit au ralenti la balle sortir du canon, se diriger vers le scientifique qui, sidéré, n'ose esquisser le moindre mouvement. Après une seconde infiniment longue, elle achève sa course dans la tempe de Kellen.

— NON ! hurle Anna d'une voix suraiguë.

Le sang jaillit en même temps que le hurlement, teintant le sol de rouge. Kellen s'affaisse sur un ultime regard à Anna. Durant ces quelques secondes, le cri n'a pas cessé. Judith serre fort sa fille dans ses bras, comme pour la préserver de l'horreur de la situation. Anna se dégage de son étreinte et s'approche du corps, incrédule.

— Kellen…

Elle ne réalise pas que cet homme a donné sa vie pour la sauver, qu'il ne bougera plus jamais, ne sourira plus, qu'il n'aura jamais l'occasion d'aimer ou de donner la vie.

— Kellen ? répète-t-elle.

Elle l'appelle – elle espère qu'il va se lever, repartir dans son laboratoire, comme si rien ne s'était passé. Elle espère qu'il va reprendre vie sous ses yeux, narguant la mort. Elle espère se réveiller de cet infâme cauchemar.

Mais Kellen ne bouge plus. Toute vie l'a quitté. La réalité frappe la fillette de plein fouet : Kellen est mort. Il a donné sa vie pour elle.

— KELLEN ! hurle-t-elle.

Ses larmes jaillissent enfin, nombreuses, amères, tandis que son cœur semble se briser. Définitivement. Judith l'enlace une nouvelle fois, et Anna se blottit au creux de ses bras en sanglotant. Elle tremble, elle a l'impression de brûler de l'intérieur. Le monde extérieur tangue. Elle oublie tout, des bras de sa mère à la présence indésirable de Jake. Elle oublie même Connor, ignoble assassin d'un innocent.

— Allons bon, grogne Connor, tu ne vas pas faire ta chochotte ?

Durant un bref instant, Anna voit rouge. Prenant appui sur sa jambe valide, elle s'élance vers Connor dans l'espoir de le rouer de coups… mais Judith la retient. La rage et la rancœur dominent à présent sa tristesse. Connor. Un jour, elle aura sa peau.

— Tu es un salaud ! crie Judith.

— Allons, Juju, tu radotes ! Je l'ai tué parce qu'il a menacé son président, voilà tout.

— Et toi, tu te conduis comme un monstre, en permanence. On ne t'exécute pas pour autant.

— Parce que je suis tout-puissant !

Judith jette un regard meurtrier à son frère qui hausse les épaules. Connor a tué Kellen sous les yeux d'une gamine, de sa propre nièce. Il paiera pour cela...

— Bon, lance nonchalamment Connor, et si nous continuions ?

Judith, abattue, se lève sans cesser de serrer Anna contre elle. Elle ne connaissait pas Kellen mais suppose qu'il était d'une gentillesse exceptionnelle pour que sa fille l'apprécie autant. Une perle rare parmi les Colombes.

Le groupe se remet en route. Judith, portant Anna, suit Connor ; Jake les surveille. La petite fille ne dit plus un mot. Ses tremblements ne cessent pas. Sa mère préfère ne pas imaginer ce qu'elle ressent. Elle se rappelle sa propre douleur lorsqu'elle a vu son mari recevoir une balle dans le ventre. Anna vit un traumatisme dont elle ne se relèvera pas facilement.

Ils quittent l'École tous les quatre. Une demi-douzaine de Corbeaux, sitôt la porte passée, leur font escorte. Judith pousse un soupir. N'ont-ils rien de plus utile à faire ? Elle en reconnaît certains. Thibault et Garry, décrits par Anna, mais aussi un garçon plus jeune, Yanis. Le cousin de Jake. Judith l'a vu il y a un peu moins de vingt ans lorsqu'elle vivait encore à la Société. Son père l'avait emmenée chez son grand ami le chef des Corbeaux. Ce dernier leur avait présenté Jake, encore bébé, dans son couffin, et son neveu Yanis, qui marchait déjà. Il est donc devenu un Corbeau et semble nourrir une certaine haine envers son cousin, nommé chef avant lui, bien que plus jeune. Quelque part, elle ne peut s'empêcher de comparer leur relation avec celle qu'elle entretient avec Connor. Eux aussi se détestent pour une simple question de place...

Le président les fait monter dans une voiture : Jake s'installe au volant. Deux Corbeaux entourent Judith qui serre toujours sa fille dans ses bras. La tristesse de l'enfant inquiète sa mère, qui ne peut que chuchoter quelques mots à son oreille.

— Où allons-nous ? demande-t-elle ensuite.

— Tu n'as pas besoin de le savoir, rétorque Yanis, installé à la droite de Judith.

— Allons, Yanis ! s'exclame Connor. Ne te montre pas si désagréable avec nos invitées. Je vous emmène à la Caserne et plus précisément au terrain d'entraînement des Corbeaux.

— Et pourquoi donc ?

— Tu le sauras sur place.

Sachant qu'elle n'arrivera pas à glaner d'autres informations, Judith se mure dans le silence. Anna s'est un peu calmée et a même sombré dans un sommeil agité. Sa mère regarde alors le paysage, les maisons et les immeubles défiler, les gens dans les rues. D'un seul coup d'œil, on sait que quelque chose cloche. Il n'y a pas un sourire, pas un rire d'enfant ; pas de fleurs aux fenêtres, pas d'habitants prenant un café en terrasse. Tout est trop calme. Les gens partent travailler à l'aurore et rentrent le soir. Seules les femmes enceintes ou allaitantes sont exemptées. Elle serre le poing. Si elle ne s'était pas enfuie, les choses auraient été bien différentes.

Au bout d'une dizaine de minutes, la voiture s'immobilise devant un bâtiment cubique, peint en noir mat. Des lettres blanches annoncent : *Caserne de la milice présidentielle. Interdite au public.* Judith réveille doucement Anna, qui s'étire et s'agite. Elle ne tremble plus, mais son visage est horriblement pâle, et quelques cernes ont fait leur apparition sous ses yeux. En l'espace d'une demi-heure, elle a vieilli de plusieurs années.

— Tu vas mieux ? lui souffle Judith.

— Je... je crois, balbutie-t-elle d'une voix rauque.

Anna cligne des yeux et sort du véhicule. Jake lui tend sa béquille qu'elle prend avec soulagement. C'est quelque chose de concret, de réel à quoi elle peut s'accrocher. Sa tête tourne. À chaque instant, l'image du corps sans vie de Kellen vient la tourmenter. Sa tête pèse une tonne. Un marteau y cogne inlassablement. Malgré tout, elle a repris possession de ses moyens et parvient à réfléchir normalement.

— Ravi de te voir sur tes jambes, sourit Connor.

— Vous allez le payer un jour, menace Anna.

Chaque mot lui écorche la gorge, comme si elle crachait des oursins. Elle déteste cet homme, son faux sourire et ses horribles plans. Elle déteste ses menottes qui la privent de liberté et l'empêchent de se battre. Elle déteste cette Société qui l'a arrachée à tout ce qui lui était cher. Elle revoit l'action désespérée de Kellen, la balle atteignant la tête du scientifique, son cœur devenu muet, son dernier regard. Les larmes jaillissent à nouveau de ses yeux, sans la soulager.

— Ce n'est qu'un avant-goût de ce qui t'attend, prévient Connor.

Elle devine aussitôt. Liza ! Liza risque de perdre la vie durant les épreuves auxquelles Anna va devoir assister. La mort de sa sœur l'anéantirait et permettrait à Connor d'arriver à ses fins. Ainsi brisée, elle serait malléable à souhait. Connor, sans doute satisfait de son petit effet, se remet en route. La jeune fille remarque pour la première fois les Corbeaux qui les ont accompagnés : Garry, pour une fois séparé de Thibault, et un autre qu'elle ne réussit pas à identifier.

Cependant, il ressemble un peu à Jake. Son frère, ou son cousin, qui sait ?

Les trois Corbeaux, Connor, Judith et Anna pénètrent dans l'inquiétant bâtiment. L'intérieur, comme l'extérieur, est sombre et épuré. Il n'y a pas un seul meuble. Ils s'arrêtent finalement devant une porte, noire elle aussi, que le Corbeau inconnu pousse. Anna devine qu'il connaît parfaitement les lieux. Cependant, il s'efface afin de les laisser entrer.

Contrairement au reste du bâtiment, la pièce est peinte de couleurs claires. Suffisamment vaste pour accueillir de nombreux Corbeaux, son utilité ne fait aucun doute : les mannequins, cibles et armes témoignent de l'entraînement draconien que subissent les militaires. D'ailleurs, quelques jeunes hommes s'exercent au tir à la carabine, mettant dans le mille à chaque coup. Ils s'arrêtent quand ils aperçoivent le petit groupe, saluent et reprennent leur travail.

— Voici l'endroit où les Corbeaux, dont les futurs adversaires de Liza, s'entraînent quotidiennement, explique Connor. Sa première épreuve sera le combat.

— Elle va affronter des Corbeaux ? s'écrie Anna. Mais elle n'a aucune chance !

— Ne t'en fais pas, j'ai interdit les armes à feu, histoire de ménager le suspense. Cependant, ses adversaires seront sans pitié.

— Combien y en aura-t-il ? questionne Judith.

— Trois. Le premier sera Garry, plus faible mais plus expérimenté. Le deuxième sera Yanis, superviseur des jeunes recrues. Il travaille plus que n'importe qui, notamment avec les armes tranchantes. Le troisième sera Jake, qu'il est inutile de présenter. Chef exemplaire depuis deux belles années, calme et intelligent, vif et efficace. Yanis, Jake, faites-leur une petite démonstration.

Les deux Corbeaux acquiescent et se dirigent aussitôt vers le centre de la pièce. Anna peut sentir leur haine réciproque. Yanis est jaloux de Jake. Ils se mettent en garde au même instant et passent à l'attaque.

D'un geste rapide et presque flou, Yanis dégaine un couteau caché dans sa botte et exécute un large arc de cercle visant à égorger son adversaire. Ce dernier se baisse au dernier instant et projette son poing dans l'estomac de son collègue. Celui-ci se plie en deux sous le choc, mais réplique aussitôt en envoyant deux dagues de jet. Si Jake esquive la première, il ne peut que parer la deuxième avec son bras ; l'arme tranche le tissu et finit sa course dans la chair tendre.

— Allons, Jake, un peu rouillé ? ricane Yanis.

— Parle pour toi !

Malgré l'intensité du combat, aucun des deux Corbeaux ne dévoile la moindre émotion. Anna devine qu'il s'agit d'une règle fondamentale. Captivée, elle regarde les hommes entamer un nouvel assaut. Cette fois, Jake sort un long couteau et Yanis dégaine une épée. Ils se mettent en garde et attaquent ensemble. Les lames s'entrechoquent dans un bruit métallique ; Jake, au même moment, fauche les jambes de son collègue. Ce dernier tombe, roule pour esquiver un coup de couteau et se relève promptement. Il s'éloigne, observe son adversaire. Sourit. Connor frappe dans ses mains.

— C'est bon, fin de la démonstration ! Je pense qu'Anna sait ce qui attend sa chère sœur, désormais.

Effectivement, Anna le sait. Liza va affronter tour à tour trois Corbeaux surentraînés, vifs et efficaces. Yanis et Jake ont démontré leur valeur sans dévoiler toutes leurs capacités.

Liza, blessée, n'aura pas la moindre chance. Cette première épreuve lui sera fatale.

— Et encore, ce n'est qu'un début. Si elle en sort vainqueur, elle ne sera pas au bout de ses peines...

— Un vrai tyran, profèrent Judith et Anna de concert.

— Dois-je vous rappeler qu'un même sang coule dans nos veines ?

Anna secoue la tête. Elle n'arrive pas à réaliser que cet homme soit son oncle.

Connor ordonne à ses Corbeaux de ramener les deux prisonnières dans leur cellule. Ils s'exécutent, les guidant à travers les nombreux couloirs. Anna réfléchit à toute vitesse. Comment prévenir Liza de ce qui l'attend ? Comment lui faire parvenir un message ?

— Tout va bien, Anna ? s'inquiète Judith, très maternelle.

— Oui, ne t'en fais pas.

Comment pourrait-elle aller bien ? Elle a vu une Colombe perdre ses ailes, entraperçu ce qui attendait sa sœur aînée. Partout où elle pose le regard, elle a l'impression que la mort se cache, tapie dans l'ombre, prête à agir à tout moment. Alors, elle recommence à trembler.

Une demi-heure plus tard, toutes deux sont de retour dans leur cellule. Anna s'affale aussitôt sur sa couche, soulagée de pouvoir enfin reposer sa jambe. Même si la peau cicatrise, formant des croûtes, son membre demeure douloureux. Et le visage livide de Kellen vient la hanter, encore et encore.

Tu crois que Kellen voudrait que tu t'apitoies sur son sort ? lui souffle sa conscience.

Probablement pas. Cependant, elle ne peut s'empêcher d'éprouver une tristesse profonde. Kellen souhaitait mourir en héros et il l'est devenu dans le cœur d'Anna. Elle s'allonge lentement, étend sa jambe et ferme les yeux. Vidée par toutes les émotions qu'elle a éprouvées, elle s'enfonce aussitôt dans un gouffre sombre et glacial, un sommeil de captive épuisée…

3

Liza effectue de nombreux mouvements avec le long couteau que Calim lui a offert, soucieuse d'apprendre quelques enchaînements avant le grand jour. Elle ignore tout des combats qu'elle devra livrer ainsi que de ses adversaires, mais devra s'adapter. Son ami s'est éclipsé afin d'aller chercher de la nourriture. Il ne manquerait plus que Liza fasse un malaise hypoglycémique au beau milieu de l'Arène !

Au moment où elle abat son couteau sur l'épaule du mannequin qu'elle a confectionné, Calim rentre et jette son haut-de-forme ainsi qu'un sac en plastique sur le canapé. Il annonce :

— Tout le monde parle de toi en ville, ainsi que de tes défis. J'ai entendu un nombre incroyable d'hypothèses sur le ou les combats de demain.

— Et celles qui reviennent le plus souvent sont... ?

— Que tu affronteras les habitants les plus puissants, les plus intelligents et les plus entraînés de la Société... ce qui paraît logique.

— Et quels sont ces habitants ?

— Les Corbeaux, Liza ! Les Corbeaux ! Et je dois dire que je trouve cette théorie inquiétante et réaliste.

L'adolescente réfléchit quelques instants. Quelles chances a-t-elle face aux Corbeaux ? L'hypothèse de Calim tient la route. Connaissant Connor, tout est possible.

— Alors je suppose que tu vas me briefer sur les Corbeaux que je risque d'affronter ?

— Tout juste. À force de les fuir, je commence à bien les connaître. Il y a une hiérarchie entre eux. Jake, leur chef, a deux lieutenants principaux, Garry et Thibault, ceux qui nous ont poursuivis en voiture. Ensuite il y a celui qui s'occupe de former les petits nouveaux. Redoutable également. Il s'appelle Yanis. Pour finir, il y a tous les Corbeaux moins importants, mais tout aussi dangereux. Je connais surtout les quatre que je t'ai cités.

— Alors dis-moi tout ce que tu sais d'eux.

— Bien. Garry a une quarantaine d'années ; il est peut-être un peu moins frais que les autres, mais a davantage d'expérience. Il est très intelligent et aime mettre en place des stratégies. Il ne s'en sort pas mal aux armes de lancer, mais a quelques lacunes au corps à corps. Je lui ai tordu le poignet, une fois. Thibault est son grand ami depuis quelques années. Il a vingt-cinq ans environ. Moins intelligent certes, mais plus vif et plus rapide. Tu pourrais réussir à le piéger, il est assez naïf. Ensuite, Yanis. Un personnage très intéressant. C'est le cousin de Jake. Plus jeune que Thibault, il entraîne les jeunes Corbeaux depuis des années. Il est très fort au corps à corps comme à distance, n'est pas crédule et reste très professionnel. Son principal défaut est sa colère. Il a tendance à s'énerver facilement et donc à devenir prévisible.

— Ne reste plus que ton « cher ami » Jake ! ironise-t-elle.

— À mon avis, c'est le plus redoutable. Il est très jeune, dix-huit ans seulement, et dirige les Corbeaux depuis deux ans avec succès. Il est fort et intelligent ; lui aussi sait élaborer des stratégies. Il ne se laisse pas emporter par ses émotions. Insensible. Et ses défauts ne te seront pas utiles au combat. Si tu affrontes Jake, tu devras rester prudente en permanence. Ne baisse jamais ta garde, sinon il s'enfoncera dans la brèche et n'hésitera pas un seul instant à t'exécuter devant la foule.

Liza assimile lentement toutes ces informations. Elle ne retient qu'une chose : si elle tombe sur Jake, elle ne fera probablement pas le poids. Cependant, elle se battra de toutes ses forces pour réussir cette première épreuve et sauver sa sœur. Anna… Son aînée espère qu'elle va bien, malgré la situation.

La soirée s'écoule ensuite à une vitesse ahurissante. Liza s'entraîne encore pendant deux heures, sous les yeux de Calim qui lui prodigue de nombreux conseils. Il lui enseigne comment bien tenir son couteau, comment le lancer… Ensuite, il prépare un dîner consistant qu'elle dévore avec reconnaissance. Pour finir en beauté, ils enchaînent sur un combat sérieux et intense qui s'achève par la défaite de Liza, vaincue par son bras gauche qui lui fait atrocement mal. Elle s'assoit sur le lit, examine la plaie et l'enduit de baume. Puis elle s'allonge, souffle un grand coup et s'endort presque aussitôt, exténuée par cette longue, très longue journée.

4

Anna se réveille tard dans la matinée, les yeux rougis par les larmes. Le visage de Kellen l'a hantée jusque dans ses rêves. Exténuée, elle se relève doucement, ménageant sa jambe. Judith s'est assise devant la fenêtre et regarde à travers les barreaux. Elles ne sont que des oiseaux en cage.

— Bien dormi ? s'enquiert-elle.

— Plus ou moins. Aujourd'hui est une grosse journée. Dire qu'il y en aura quatre autres…

— Peut-être pas, souligne Judith, pessimiste. Je vois mal Liza défaire ces trois Corbeaux.

— Mais il faut croire en elle, maman.

Cependant, les paroles de Judith ravivent ses propres craintes. Elle serre les poings, se concentrant sur la journée à venir. D'ici quelques heures, elle va assister à un combat cruel, violent et potentiellement mortel.

— Quelle heure est-il ?

— Midi, répond sa mère. Ils ne devraient plus tarder à venir nous chercher.

La porte s'ouvre une minute plus tard ; Anna reconnaît Thibault. Jake, Garry et Yanis doivent sûrement se préparer pour leurs combats. Le Corbeau les salue, sans sourire néanmoins.

— Bonjour. Je suppose que vous savez pourquoi je suis là.

Aucune des deux ne prend la peine de répondre. Thibault tend une béquille à Anna, et ils se mettent en route. La fillette essaie de se vider de ses pensées sans y parvenir. D'ici quelques heures, elle ressentira la joie de la première étape franchie... ou la tristesse d'une nouvelle perte et de l'emprisonnement à vie.

Thibault les fait monter dans la voiture des Corbeaux et les conduit vers le nord de la ville. Anna regarde distraitement par les vitres des portières. Elle voit de nombreux habitants se diriger vers l'Arène. Aucun ne sourit ou n'exprime la moindre émotion. Elle a l'impression de voir une armée de zombies. Elle est soulagée lorsque Thibault gare la voiture et les guide vers un ascenseur isolé.

— Je suppose qu'on va retrouver Connor, là-haut ! soupire Anna.

— J'aimerais pouvoir faire autrement, lâche Thibault. Mais les ordres sont les ordres.

La petite cabine se met en marche ; deux étages plus haut, elle s'ouvre sur la tribune présidentielle.

Spacieuse et luxueuse, cette dernière offre tout le confort nécessaire aux invités du président : des serviteurs, des paniers repas et une dizaine de sièges moelleux placés en arc de cercle. Connor les attend dans le siège central. Il leur dédie un sourire froid.

— Ravi de vous voir. Regardez-moi tout ce monde !

Anna s'avance prudemment et contemple le panorama qui s'offre à elle : les gradins bondés, une autre tribune, face à eux, occupée par un présentateur armé d'un micro, les tours sur les côtés regorgeant de snipers et surtout l'ovale de sable fin qui accueillera Liza dans une heure. Anna est au comble de l'angoisse. L'épreuve décidera de leur avenir à toutes les trois.

— Comment te sens-tu, ma chérie ? s'inquiète Judith en la prenant dans ses bras.

— J'ai peur, maman…

Un bref instant, elle redevient l'enfant de huit ans qu'elle devrait être. Cette situation la dépasse et l'effraie. Elle n'arrive pas à réaliser que son avenir se joue ici dans cette Arène fourmillante d'activité. Elle surprend même des habitants parier sur les futurs adversaires de Liza ! À 12 h 20, le présentateur hurle dans son micro :

— Bonjour à tous et bienvenue dans l'Arène ! Aujourd'hui, nous allons assister à un combat fantastique dont personne n'ignore l'enjeu : la liberté pour Liza, Anna et leur mère Judith, ou l'intégration à la Société… et du spectacle en perspective pour nous !

Galvanisé par ces jeux qui apportent une distraction inhabituelle, le public répond par une ovation. Anna a envie de pleurer. Dire que son destin se joue dans cette foire !

— Des informations ont filtré et nous connaissons désormais les adversaires de Liza. Ils seront au nombre de trois et personne n'ignore leurs noms ! Le premier sera un des plus vieux Corbeaux, expérimenté et intelligent, j'ai nommé Garry !

Le public hurle une nouvelle fois son approbation. Anna serre les poings ; ses phalanges blanchissent. La peur s'insinue en elle, glaciale.

— Le deuxième sera l'instructeur des jeunes Corbeaux, fort et entraîné, j'ai nommé Yanis !

Nouvelle effervescence. Anna a l'impression qu'elle va assister à un match de football, de basket ou de handball ; un événement heureux, sportif, inoffensif. Il n'en est rien.

— Et le troisième, si Liza en arrive là, sera le chef des Corbeaux, qu'il est inutile de présenter. Jake !

Tout le public se lève et applaudit. Anna se bouche les oreilles. C'en est trop pour elle. Ce spectacle n'est rien d'autre qu'une mascarade, une immense farce, une campagne de propagande pour Connor. Grâce à ces jeux, il devient plus populaire, plus aimé ; il pourra d'autant plus martyriser son peuple.

— Nous ne pouvons que souhaiter bon courage à Liza, qui aura bien du mal à passer cette première épreuve.

Anna serre les dents. Elle espère de toutes ses forces qu'un miracle surviendra.

5

De leur côté, Calim et Liza se mettent tout juste en route. Les héros doivent savoir se faire attendre ! L'adolescente se ronge les ongles, stressée par cette fameuse épreuve. Lui chantonne tranquillement pour dissimuler son angoisse. La matinée a été marquée par des préparatifs silencieux et tendus. Le garçon a fait un nouveau bandage à son amie, de sorte qu'elle puisse bouger le bras sans trop souffrir. Ensuite, Liza a passé son couteau à sa ceinture, placé son arbalète et son carquois sur son épaule valide et un sac rempli de cordes sur son dos.

— À quoi serviront les cordes ? a demandé Calim.

— Les cordes sont souvent utiles, a répondu Liza. Je pourrai peut-être tendre des pièges, ainsi.

D'ici une vingtaine de minutes, Liza sera dans l'Arène, tandis que Calim assistera à un magnifique combat… ou à une mise à mort organisée. Cependant, elle veut croire en ses chances. Les duels seront loyaux, à un contre un ; elle est plus jeune et plus vive que ses adversaires. Pourquoi ne s'en sortirait-elle pas ? Les Corbeaux ne l'effraient pas. Elle abattra tous ces volatiles un à un.

— Tu vas bien ? demande Calim, histoire de rompre le silence.

— Oui, je pète la forme ! ironise Liza. J'ai à la fois envie d'en découdre et peur d'échouer.

Le silence s'installe, pesant. Livrée à elle-même, Liza ne peut s'empêcher d'avoir peur.

Vivement que cette journée s'achève... songe-t-elle.

6

Dans une salle souterraine de l'Arène reconvertie en salle d'entraînement, les trois Corbeaux s'échauffent. Garry exécute de larges mouvements tout en se préparant mentalement : il sera le premier à se jeter dans la bataille. Non loin de lui, Yanis lance diverses armes sur un mannequin de paille qui ne fait pas long feu sous ses assauts, tandis que Jake affronte un de ses collègues au corps à corps. Ses muscles roulent sous sa peau tandis qu'il renverse sa victime sur le dos.

— Tu es fin prêt, je crois ! s'exclame le malheureux.

— On n'est jamais assez prêt, réplique Jake. Relève-toi.

Il sent alors une main se poser sur son épaule. Il se retourne vivement et fait face à son cousin Yanis : la haine brille dans son regard. Narquois, il lance à son chef :

— Inutile de t'entraîner, Jake, tu n'auras rien à faire… Je tuerai cette gamine de mes propres mains.

— Je n'en serais pas si sûr à ta place. Elle m'a échappé à deux reprises. Elle a de la ressource.

— Tu es complètement inefficace, oui ! Je te garantis que, d'ici une heure, elle baignera dans son sang.

À cet instant, Jake n'a qu'une seule envie : envoyer son poing dans le visage de Yanis, histoire de lui apprendre l'humilité. Mais blesser un compétiteur avant son combat n'est sans doute pas une bonne idée, et il se retient de justesse. Il se retourne vers son collègue, se met en garde et l'attaque sans sommation. Ils chutent, se battent : Jake l'emporte une nouvelle fois.

— Je t'aurai prévenu, soupire Yanis.

Et il s'éloigne. Jake se relève, brosse la poussière sur ses vêtements et va s'asseoir sur un banc. Il n'a pas peur, mais ne peut s'empêcher d'être tendu. Il ne sait pas ce que le futur lui réserve. Assistera-t-il à une exécution ? Ou combattra-t-il la gamine devant des dizaines de milliers de témoins ? Il l'ignore, mais espère ne pas être mêlé à tout ça. Dire qu'il ne s'agit que de la première épreuve…

Jake se tourne vers son cousin et le dévisage. Leur parenté ne fait aucun doute. Tous deux possèdent le visage des Regan. Cependant Yanis contrôle mal sa haine et sa jalousie ; malgré sa puissance, il reste prévisible. Garry, en dépit de son intelligence, ne tiendra pas un long combat. Si Liza garde la tête froide, il l'affrontera tôt ou tard.

Ce qui doit arriver arrivera…

7

Après un quart d'heure de marche silencieuse, les deux amis arrivent en vue de l'Arène. Dans dix minutes à peine, l'épreuve commencera. Un Corbeau croise leur route, les reconnaît et lance :

— Liza doit se rendre à la porte 6 !

Pas le moindre sourire. L'angoisse a eu raison de leur bonne humeur. Ils se dirigent vers la porte désignée sans dire un mot, tendus. Liza a l'impression de marcher tout droit vers l'échafaud : cependant, elle se battra de toutes ses forces pour l'emporter.

La porte 6 est gardée par deux Corbeaux. Elle s'approche d'eux sans hésiter, les fixant de ses yeux orange.

— Liza. Nous avons failli vous attendre. Entrez et attendez les instructions, explique le plus jeune des deux.

La jeune fille plonge dans les ténèbres. Calim veut la suivre, mais les Corbeaux lui bloquent la route.

— Seule Liza est autorisée à entrer. Veuillez suivre la compétition des gradins.

— Il est avec moi ! s'écrie-t-elle en se retournant.

La panique la gagne. Sans la présence réconfortante de Calim, que va-t-elle devenir ?

— Les ordres sont les ordres, réplique le Corbeau.

— Ne t'inquiète pas, Liza ! lance Calim avec bonne humeur. Je serai dans les tribunes. J'observerai ton combat. Alors donne le meilleur de toi-même !

Liza hésite toujours, mais lorsqu'elle croise le regard chaleureux de Calim, elle se décide. Qu'importe ce qui l'attend au bout de ce couloir.

— De toute façon, on se revoit d'ici une heure ou deux ! lance-t-elle à l'intention de son ami.

Et, tout en saluant Calim de la main, Liza s'enfonce dans les ténèbres. Elle tiendra sa peur à distance.

Elle marche sur une vingtaine de mètres dans le noir avant de s'arrêter devant un obstacle. En le tâtant, elle devine qu'il s'agit d'une porte. Derrière, elle peut entendre le public de l'Arène en pleine effervescence, impatient d'assister au spectacle. Un présentateur hurle les consignes et les règles du défi dans son micro :

— Il y aura trois combats, à un contre un. Si Liza en remporte un, elle passera au deuxième ; si elle réussit le deuxième, elle passera au troisième. Le premier challenger sera Garry, le deuxième Yanis et le dernier Jake. Je rappelle que tous les coups sont permis ; seules les armes à feu sont interdites afin de vous assurer un spectacle plus intense.

Liza frissonne. Les craintes de Calim étaient fondées. Pour réussir sa première épreuve, elle devra affronter trois Corbeaux, dont leur chef. Parviendra-t-elle à triompher ? Elle en doute. Jake est redoutable et ne montre aucune faiblesse au combat. Elle devra faire preuve d'intelligence, de rapidité et de sang-froid. De plus, ses adversaires doivent posséder des armes sophistiquées alors qu'elle n'a qu'un couteau, une arbalète et des cordes. Anxieuse, elle caresse du bout des doigts le collier qu'elle a oublié de rendre à sa mère. Pourvu qu'il lui porte chance...

Les portes s'ouvrent dans un grincement abominable. La lumière soudaine éblouit Liza, qui plisse les yeux. Devant elle s'étend une vaste aire de combat sablée et un public enflammé qui hurle les noms des différents compétiteurs. Un instant effrayée, elle avance pas à pas. Partout où elle pose le regard, elle voit des spectateurs enthousiastes. Derrière, elle entend le présentateur beugler comme un veau. Devant, elle repère Anna, Judith, Connor et Thibault. La jeune fille croise le regard de sa cadette, ce qui la réconforte un bref instant. Mais ses tympans bourdonnent. La pression augmente.

— Mesdames et Messieurs, hurle le présentateur surexcité, faites un triomphe à la jeune Liza !

Le public répond, hurlant à tout rompre comme une armée de babouins. Liza se retient de se boucher les oreilles, tandis que ses yeux cherchent une silhouette familière : Calim. Mais dans cette foule, dans toute cette agitation, comment le repérer ? En face d'elle, sous la tribune de Connor, une large porte en bois s'ouvre sur une silhouette noire, encore indistincte ; cependant, tout le monde sait qu'il s'agit de Garry. Ce dernier s'avance dans l'Arène, saluant son public de la main droite. Il ne parvient pas, malgré l'accueil qui lui est fait, à réprimer un petit tremblement nerveux.

Il est stressé, devine Liza. *Après tout, nous sommes dans la même situation. Seul l'enjeu n'est pas le même.*

Les deux adversaires se font face. D'un léger signe de tête, ils se saluent. Elle sait qu'avec lui, ce sera un combat loyal, sans coups fourrés… du moins l'espère-t-elle. Elle craint davantage ses futurs duels, mais reste prudente. Pour se donner du courage, elle croise une nouvelle fois le regard de sa cadette, au moins aussi terrifiée qu'elle. Les deux filles se sourient, se transmettent leur force. Liza serre son poing droit, veillant à ménager son bras gauche.

— Mesdames et Messieurs, reprend le présentateur, j'ai l'honneur de vous annoncer que le combat commence !

Un dixième de seconde plus tard, Garry dégaine ses couteaux de lancer et les jette sur Liza qui ne peut que les voir, sidérée, fondre sur elle. Dans un réflexe inespéré, elle bascule en arrière et esquive ainsi les lames dangereusement tranchantes. Cependant, lorsqu'elle se redresse, le Corbeau a disparu.

Les lames n'étaient qu'une diversion ! devine Liza.

Trop tard. Garry s'est déjà glissé derrière elle, tord son bras droit et la fait chuter. Le public hurle le nom du Corbeau. Liza a sous-estimé son adversaire et en paie le prix fort. La voilà complètement dominée en une fraction de seconde. Elle sent les regards des spectateurs peser sur elle, entend Calim hurler son nom, imagine la peur d'Anna. *Anna.* Ce simple nom la galvanise ; elle n'a pas le droit de laisser filer la victoire sans épuiser toutes ses ressources. Leur vie en dépend !

— Ah !

Garry a poussé un cri de surprise et de douleur. Liza a planté ses canines dans son bras et profite maintenant de ce léger avantage pour le renverser sur le côté et bondir en arrière. En une seconde, elle se place à distance raisonnable afin de pouvoir esquiver les projectiles. Toute peur l'a quittée ; seuls restent la détermination et le sang-froid, essentiels pour l'emporter. Garry se relève lentement, tandis que Liza cherche à échafauder une stratégie.

Elle évalue silencieusement son arsenal. Un couteau de boucher. Une arbalète. Des cordes. Discrètement, elle esquisse quelques pas sur le côté pour ramasser les couteaux de Garry. Ce dernier la laisse faire sans broncher. Durant quelques secondes, ils s'évaluent du regard, chacun cherchant à deviner l'intention de l'autre.

Cette fois, Liza s'élance la première. D'un mouvement vif, elle dégaine son couteau et part au corps à corps. Garry, surpris par cette manœuvre simple, ne sort son arme qu'au dernier moment. Les lames s'entrechoquent avec fracas. Puis, désireux de montrer sa valeur, le Corbeau enchaîne les coups puissants et précis qui forcent Liza à parer et reculer. Encore et encore. Elle cherche à se reprendre, mais tout va trop vite pour elle. Inévitablement, pas à pas, elle recule…

Jusqu'au moment où Liza tire de toutes ses forces sur une corde qui s'enroule autour du pied de Garry. Surpris, il trébuche. Elle pose son couteau de boucher sur sa gorge. Elle a remporté la première étape.

— Je vois, devine le Corbeau. Tu as fait semblant de ramasser mes couteaux pour poser ta corde et tu as reculé pour que je pose mon pied dans la boucle. Très intelligent.

— Merci.

— Cependant, il en faudra plus pour battre les autres. Beaucoup plus.

— Je m'en doute.

Le public se met à hurler et applaudir à tout rompre, ravi de ce premier combat… malgré l'absence de sang. Liza ne peut s'empêcher d'être soulagée. Elle sort de cet affrontement sans la moindre égratignure ; seule la douleur de son bras s'est réveillée un bref instant. Pour la troisième fois, elle croise le regard de sa cadette, et y lit à nouveau la peur mais aussi le soulagement. Anna et Judith l'encouragent d'un sourire.

Une courte attente succède au premier affrontement, durant laquelle Liza tente de se reposer. Pendant que le public continue d'encourager ses favoris, certains scandant le nom de Liza, d'autres celui de Yanis, elle cherche à se rappeler les consignes de Calim.

Yanis sera un adversaire redoutable, puissant et précis, cruel et méthodique... Mais il peut succomber à la colère. Là j'aurai ma chance.

Encore faut-il que Yanis s'énerve, ce qui n'est pas gagné. Soudain, le silence se fait dans le public, et Liza devine que le prochain combat va commencer. Elle se concentre, chassant toute peur de son esprit. Elle ne doit surtout pas perdre ses moyens en face de Yanis.

— Mesdames et Messieurs, hurle une nouvelle fois le commentateur, je vous demande de faire une ovation à... Yanis !

La foule en délire hurle tandis que le Corbeau entre dans l'Arène. Plus démonstratif que Garry, il n'hésite pas à faire le tour du terrain, le bras levé. Liza peut deviner sa confiance en lui, sa détermination et son caractère bien trempé. Elle ne parviendra pas à le battre aussi facilement que Garry. Yanis, impassible comme tous les Corbeaux, se plante devant sa proie et la met en garde :

— J'espère que tu es prête, Liza. Je ne te ferai aucun cadeau.

Concentrée, Liza ne répond pas. C'est à peine si elle entend le présentateur annoncer le début du combat. Comme précédemment, deux poignards fusent sur elle ; elle les esquive mieux que la première fois et, histoire de surprendre son adversaire, se jette sur lui, cherchant le corps à corps. Yanis, toujours aussi arrogant, pare le coup de poing de sa paume et réplique en fauchant les jambes de Liza. Cette dernière saute au dernier moment, mais se fait pousser sans ménagement par le Corbeau lorsque ses pieds quittent le sol. Elle chute lourdement. Une seconde plus tard, son adversaire est sur elle.

— Joli bras que nous avons là, lance-t-il sans montrer la moindre émotion. Oh, mais que vois-je, un bandage ?

Il dégaine un couteau et frappe le bras de son adversaire. Tranche. Déchire. En plein sur la blessure non cicatrisée. Liza, traversée par une douleur fulgurante, ne songe même pas à hurler. Les ténèbres l'appellent, mais elle doit les repousser. Sinon, elle mourra. Un sang poisseux s'écoule sur le sol de l'Arène. La peur revient comme un boomerang.

— Encore consciente ? fait mine de s'étonner Yanis. Bravo. Mais tu n'en as plus pour très longtemps.

Il amorce une nouvelle attaque ; Liza, dans un réflexe désespéré, roule sur le côté et esquive. Elle bondit sur ses pieds, chasse le vertige qui l'étreint et s'éloigne en courant de son adversaire. Au corps à corps, avec une blessure pareille, elle n'a aucune chance. Des dizaines de papillons noirs flottent devant ses yeux. Il lui faut trouver une stratégie, et vite.

— Tu veux combattre à distance ? ricane Yanis, toujours impassible. C'est inutile. Absolument inutile.

Il lance de nouvelles dagues de jet qui fusent comme des balles de pistolet. Liza réussit à les éviter *in extremis* et s'exclame dans un sursaut de vigueur :

— Jake aurait fait mouche sans le moindre souci !

Un instant, elle a peur. Peur que sa provocation ne tombe à l'eau, que Yanis ne soit pas aussi stupide qu'elle l'avait imaginé, qu'il garde son sang-froid et la pleine possession de ses moyens. Cependant, il n'en est rien. Le visage du Corbeau, ivre de colère et de jalousie, se déforme enfin. Dès lors, il devient prévisible.

Il va foncer sur moi toutes armes dehors, prévoit Liza.

Grâce à une montée d'adrénaline, elle oublie jusqu'à sa douleur ; tandis qu'il se rue sur elle, elle esquive l'assaut et fauche les jambes du jeune homme, comme il a tenté de le faire pour elle quelques instants auparavant. Yanis, aveuglé par sa colère, n'a rien vu venir ; il s'écroule. Liza pose alors son pied sur sa gorge puis, dans un sursaut de rage, saisit son arbalète.

— Ça, c'est pour mon bras, *pauvre con !*

Son doigt presse fermement la détente. Le carreau part sans un bruit et achève sa course dans le bras gauche de Yanis, à l'endroit précis de la blessure de Liza. Le Corbeau pousse alors un cri de rage et de douleur tandis qu'un tout nouveau sentiment apparaît sur son visage : la peur. Il a peur d'une gamine de seize ans. Le public ne réagit pas, ébahi par l'acte symbolique de Liza. Lorsque le présentateur prend la parole, il trébuche sur certains mots :

— Eh bien… quel match ! Nous pouvons ovationner Liza pour son formidable combat !

Aucun bruit ne résonne dans l'Arène. La population, pourtant habituée à voir des exécutions, est sous le choc : pour la première fois, le sang d'un Corbeau a coulé.

Liza titube jusqu'au mur d'enceinte et se laisse glisser sur le sol. Une petite mare vermeille se forme en dessous de sa blessure ; elle serre les dents de toutes ses forces et arrache son bandage poisseux. Quelques mètres au dessus d'elle, le présentateur ne peut s'empêcher de faire son petit commentaire :

— Houlà, cette blessure n'est pas belle à voir !

Liza choisit de l'ignorer. De toute façon, la douleur la cloue sur place tandis que le sang s'écoule de sa plaie. Elle tire une de ses cordes de son sac et en fait un garrot autour de son bras, puis étale le baume qu'elle a pris soin d'emporter sur sa blessure. Elle a l'impression d'avoir une boule de feu à la place du bras. Le baume, loin de la soulager, provoque des picotements insoutenables ; Liza espère qu'il fait effet.

Pour finir, elle enroule autour de son bras un nouveau bandage propre et bien serré, qui se teinte presque aussitôt de rouge. Cependant, le liquide ne traverse pas le pansement ; elle retrouve quelques forces.

Ne reste plus que le plus gros morceau, songe-t-elle.

Jake. Comme Yanis, la colère en moins. Elle sait que ce combat sera bien plus compliqué que le précédent. De plus, elle ne souhaite pas spécialement se mesurer au Corbeau. N'a-t-il pas noué quelques liens avec Calim lors de leurs courses-poursuites ? Liza peut lire dans ses yeux une certaine humanité. Saura-t-elle affronter un individu pareil ?

Plus le temps de réfléchir. Une porte s'ouvre et Jake apparaît, calme, prêt à exécuter son travail. Comme toujours, son visage est fermé ; il porte sur lui un simple débardeur et un pantalon ample, noirs, bien évidemment. Ce qui surprend davantage Liza, c'est l'absence de chaussures, sans doute jugées encombrantes, et d'armes. Où sont les couteaux, les épées, les dagues, les arbalètes ? Le public, toujours muet, ne comprend pas la décision du Corbeau. Le présentateur apporte quelques précisions :

— Comme notre chère Liza est blessée, notre président a gracieusement ordonné à Jake de renoncer aux armes, afin de nous garantir un combat long et passionnant.

Il souhaite que je meure à petit feu, traduit Liza. *Avec ou sans armes, Jake reste tout aussi redoutable. Connor ne cherche qu'à fausser mon jugement.*

Liza, soucieuse de ne pas dévoiler sa faiblesse, se relève. Ses jambes tremblent mais, malgré tout, la soutiennent. Elle peut même faire quelques pas ; elle devine, toutefois, qu'un long combat lui sera fatal. Il lui faudra rester à distance et utiliser astucieusement son arbalète. Elle croise le regard brun de Jake et n'y lit qu'une grande détermination et une loyauté sans faille pour son président. Il n'hésitera pas à la tuer, quitte à le regretter toute sa vie.

— Mesdames et Messieurs, êtes-vous prêts pour l'ultime duel ?

Cette fois, le public réagit enfin et clame son approbation ; le présentateur donne le signal tant attendu. S'efforçant de ne pas trembler, Liza décoche un carreau qui file droit sur la poitrine de Jake. Sûr et fluide, effarant d'efficacité, le chef des Corbeaux attrape le trait au creux de sa paume comme il aurait accueilli un oisillon tombé du nid. D'une voix neutre, il dit :

— Tu ne pourrais pas attendre que je sois prêt ?

Jake est une machine de guerre. Il s'avance de quelques pas ; Liza recule, s'efforçant de garder une certaine distance entre eux. Son regard n'a pas quitté celui de son adversaire ; pourtant, elle ne parvient pas à anticiper ses gestes. Jake fond sur elle dans un mouvement puissant et rapide, puis exécute une prise de judo. Elle se fait avoir et chute lourdement. La douleur se répercute dans son bras blessé et la fait gémir. Le Corbeau se jette sur sa proie et lui assène un violent coup à l'estomac. Liza, le souffle coupé, hoquette puis vomit son déjeuner sur Jake. Ce dernier reste décontenancé durant une seconde ; la jeune fille en profite pour rouler au sol et s'éloigner.

Elle réfléchit à toute vitesse. Jake l'emporte sur le plan physique et mental ; de plus, lui n'est pas blessé. Depuis sa plus tendre enfance, il s'entraîne à divers arts martiaux. Il est rompu à l'art du combat, possède stratégie et réflexes. Aucun geste n'est exécuté au hasard. Jake, apparaît dans toute sa grandeur. Que possède Liza mis à part sa détermination, l'envie de sauver Anna ?

Désespérée, elle lui jette un regard. Sa cadette, blanche comme un linge, lui adresse malgré sa peur un sourire éclatant, un sourire pur et innocent d'enfant. Liza y trouve du réconfort. Il lui faut absolument gagner afin d'offrir à sa sœur un cadeau bien plus précieux que ceux de son anniversaire : un avenir. Même si elle est blessée, même si elle doit achever son combat en rampant, elle l'emportera. L'adrénaline monte petit à petit ; elle oublie peur et douleur. Et se rue sur son adversaire en poussant un cri guerrier.

Ce n'est pas une combattante aguerrie et réfléchie qui arrive sur Jake, mais une furie qui s'agrippe à son adversaire, le roue de coups de poing, de griffes, lui tire les cheveux, tout en hurlant de toutes ses forces. Le Corbeau, habitué à combattre des hommes surentraînés, ne sait comment réagir face à cette jeune fille qui se bat d'une manière désordonnée et acharnée. Le public, galvanisé par cette démonstration de folie, hurle sa joie et son enthousiasme. On entend les noms des concurrents, scandés encore et encore. Jake, lassé, bande ses muscles et repousse Liza de toutes ses forces. Elle retombe un mètre plus loin mais, sans se laisser abattre, retourne aussitôt au combat et plante ses canines pointues dans la jambe de son adversaire. Ce dernier cherche à se débarrasser de cette sangsue, mais elle s'accroche à sa prise comme à sa propre vie. Elle se fiche du sang qui coule dans sa bouche ; seule importe sa victoire. Même lorsque Jake lui assène de nombreux coups au visage et aux bras, elle ne bronche pas. D'une seule main, elle attrape son arbalète et, réprimant une grimace, y glisse un trait avec dextérité.

Comme avec Yanis, elle n'hésite pas à presser la détente. La flèche vient se figer non pas dans le bras, mais dans la jambe gauche de Jake, qui pousse un cri de douleur.

Liza a l'avantage. Elle peut le tuer si elle le désire. Au lieu de quoi elle vient simplement poser son couteau de boucher sur la gorge de son adversaire afin de signifier la fin du combat. Le public est sidéré, captivé.

— Fin... fin du duel, balbutie le présentateur. Liza a gagné.

Il ne semble pas y croire. Liza elle-même n'arrive pas à réaliser. Elle a gagné. Gagné. Contre Garry, grâce à la stratégie. Contre Yanis, grâce à la provocation. Contre Jake... grâce à la folie.

Parfois, l'absence de réflexion vaut toutes les stratégies ! songe-t-elle.

Ravie, elle tourne son regard vers Anna et Judith. Elles se sont levées et applaudissent à tout rompre, soulagées et euphoriques. Pourtant, Liza tient à garder la tête froide. Il reste encore quatre défis, quatre marches à franchir. D'ailleurs, le présentateur lui rappelle son futur calvaire :

— Puisque Liza a réussi sa première épreuve, cela voudra dire qu'il y en aura une deuxième et pourquoi pas, espérons-le, une troisième, une quatrième et une cinquième ! Toujours est-il que la deuxième aura lieu après-demain, même endroit, même heure ! Afin de laisser Liza se reposer, Connor nous proposera cette fois-ci une épreuve de... chance. À bientôt tout le monde !

Le public applaudit avant de commencer à vider les gradins. Thibault et Connor escortent Anna et Judith loin de leur chère Liza ; cette dernière les reverra dans deux jours. Derrière elle s'ouvre la porte par laquelle elle est entrée ; elle s'y engouffre sans hésiter, désireuse de quitter le lieu de ses combats. L'obscurité ne l'effraie même plus : elle marche d'un pas rapide, tout en grimaçant sous la douleur qui peu à peu l'envahit à nouveau. Au loin, elle voit la lumière qui semble l'appeler. Quelques secondes plus tard, elle sort de l'Arène.

Calim l'attend. Calme, paisible et souriant, il accueille son amie qui, vaincue par la souffrance, se jette dans ses bras et s'évanouit.

8

Anna et Judith, soulagées, suivent Connor et Thibault. La première épreuve s'est achevée sur une victoire retentissante de Liza. En l'espace d'une heure, elle a prouvé à la Société sa valeur ; elle a prouvé aussi que les Corbeaux n'étaient pas invincibles, semant peut-être le ferment d'une future révolte. Mais pour l'heure, la population vit au rythme de ces épreuves et n'attend plus que la suivante, tout comme les deux femmes qui tremblent encore. La deuxième reposera sur la chance, qui manque cruellement à Liza. Anna se rappelle encore leurs parties de poker : sa sœur ne parvenait jamais à réunir plus de trois cartes identiques. De même, chaque fois qu'elle laissait faire le hasard, elle échouait.

— Arthur, dit Judith, je ne te comprends pas. Tu dis vouloir tester les capacités de Liza, alors pourquoi une telle épreuve ?

— Liza n'était pas censée réussir, réplique froidement le président. Mais sache, chère sœur, que la chance est un paramètre crucial chez l'être humain. Sans un petit coup de pouce du destin, la vie serait bien misérable...

— Tu parles. La chance n'est rien contre le travail acharné.

— Tu étais destinée à devenir présidente. Pourtant, tu as fait l'erreur de t'enfuir, ce qui me permet d'occuper ta place. Comme quoi la chance est utile.

Judith se tait, vaincue. Un instant, elle ne peut s'empêcher de se représenter sa vie en tant que présidente. Elle aurait fait avancer la Société. Certaines règles auraient été brisées. La population aurait été plus heureuse, plus épanouie, plus libre. Cependant, elle aurait vécu dans la solitude, sans amour, et n'aurait jamais donné naissance à ses deux filles. Elle ne regrette pas sa décision. Croiser le regard orange d'Anna suffit à son bonheur.

— L'épreuve sera toute simple, explique Connor. Liza aura devant elle deux coupes de jus de raisin… l'une empoisonnée, l'autre non. Si elle survit, elle l'emporte.

— Tu veux sa mort ? s'emporte Judith.

— Pas particulièrement. Mais j'ai déjà tiré de nombreuses conclusions de ses combats. Plus les épreuves avancent, moins j'ai besoin d'elle. En plus, j'ai une autre Gallen avec moi…

Connor jette un regard à Anna, qui ne peut s'empêcher de frissonner. Elle continue néanmoins à marcher, toujours aidée de sa béquille qui frappe régulièrement le sol. Au bout de quelques minutes, la mère et la fille sont de retour dans leur cellule vide, exempte de toute vie, de toute chaleur, d'humanité. En l'espace de deux semaines, Anna ne s'est jamais sentie aussi abattue. Inévitablement, le souvenir de Kellen vient la hanter et la joie qu'elle éprouvait s'envole pour laisser place à une tristesse infinie.

Sans dire un mot, elle s'allonge sur sa couche, étreint son oreiller et se laisse glisser dans son sommeil.

Anna rêve une nouvelle fois. Elle le sait. Comment expliquer autrement sa présence dans une immense pièce blanche, dépourvue de limites ? Ce rêve est-il prémonitoire ? Après tout, son précédent songe dévoilait l'Arène dans laquelle Liza a livré bataille. Pourvu qu'elle ne voie rien de trop horrible...

Comme d'habitude, elle se tourne et se retourne sans rien percevoir. Elle marche sans grimacer. Sa blessure ne l'a pas suivie. Son corps ne porte ni brûlures, ni hématomes. Anna est redevenue propre et lisse comme au premier jour. Elle se demande furtivement si la mort ressemble à ça, si elle n'a pas glissé inconsciemment de l'autre côté du décor. Impossible, songe-t-elle. Elle n'a aucune raison de mourir. Alors que fait-elle ici ?

La réponse apparaît peu à peu. D'abord, elle voit une fumée transparente, à peine perceptible, qui s'opacifie progressivement. Des contours, des couleurs surgissent et Anna reconnaît la personne qui vient lui rendre visite. Kellen. Kellen, avec ses cheveux noirs de savant fou, ses yeux bienveillants, son sourire compatissant. Cette vision lui transperce une nouvelle fois le cœur, de joie et de tristesse mêlées. Désormais, elle ne peut voir le scientifique que dans ses rêves.

— Salutations, Anna. Comment vas-tu ?

Anna hésite. Elle voudrait lui dire tout ce qu'elle a sur le cœur. Lui reprocher son geste, sa tentative désespérée. Hurler qu'il aurait dû rester à sa place. Pleurer pour montrer sa tristesse. L'enlacer pour le remercier. Sourire pour dévoiler sa force. Lui parler, rigoler avec lui, faire comme si rien ne s'était passé. Elle voudrait dire que non, tout ne va pas bien, qu'il y a un creux dans son cœur, un creux nommé Kellen ; elle voudrait dire que oui, tout va bien parce qu'il apparaît devant elle, souriant et joyeux.

Anna ne fait rien de tout cela. Elle reste debout, stoïque.

— Ne me pleure pas, dit-il. Je suis heureux d'avoir essayé de te sauver, même si la mort en est la conséquence. Je ne

suis pas malheureux, loin de là. Tu sais, la mort n'est pas une fin mais un recommencement. Un renouveau. Je suis ravi d'explorer l'envers du décor. De plus, je peux te rendre visite dans tes songes. Le grand luxe !

— Tous les fantômes peuvent faire ça ?

— Oui, tous, mais seule une poignée d'humains peut les percevoir. Dont toi. Voilà pourquoi tu ne dois pas me pleurer. Je serai présent à tes côtés, toujours là pour t'aider.

— Kellen…

Anna pleure désormais, de joie et de regret. D'un geste vif, elle relève la tête, croise le regard de son ami. Sourit.

— De plus, j'ai un petit cadeau pour toi.

Et il disparaît sans ajouter un mot. Anna l'implore de revenir, mais rien n'y fait. Pourtant, son rêve ne s'achève pas. Une nouvelle fumée tourbillonne autour de sa tête ; est-ce Kellen qui revient ? Pourtant, la fumée prend une autre forme. Plus grande, plus impressionnante, plus droite et plus carrée. Un homme se matérialise devant ses yeux ébahis. Un homme brun, au visage anguleux et aux yeux orange. Son père.

— Papa ?

Anna n'y croit pas. Elle n'avait plus de père. Elle n'avait plus de mère. Voilà que tous deux font irruption dans sa vie, l'illuminant malgré sa situation périlleuse. Elle qui était seule se retrouve avec une famille.

— Anna, dit-il simplement.

— Papa !

Elle se jette dans les bras du fantôme de son père, le serre de toutes ses forces, pleure toutes les larmes de son corps.

— Anna, si tu savais… murmure John Gallen. Je suis si fier de toi, ma chérie. Tu es devenue le génie qu'on attendait tous. Tu as grandi, tu as gagné en confiance, tu peux marcher désormais. La dernière fois que je t'ai vue, tu étais couchée

dans ton lit, vaincue par une pneumonie. Et voilà que tu te jettes dans mes bras !

— Papa... répète-t-elle.

— Écoute-moi bien. Je veille sur toi, ma fille, depuis ma mort. Pendant toutes ces années, tu t'es reposée uniquement sur Liza. Alors laisse-la faire encore un peu. D'accord ? Fais-lui confiance, elle te sauvera malgré les blessures, malgré le poison ; les voies du futur restent impénétrables. Laisse-moi juste te promettre une chose : Liza triomphera de sa deuxième épreuve.

Anna, rassurée, pleure encore et encore, de soulagement. Cependant, lorsque John commence à disparaître, elle pousse un cri d'horreur.

— Ne t'en fais pas, ma chérie ! souffle-t-il. Mon temps à tes côtés est écoulé. Mais n'oublie jamais que je suis près de toi, que je veille sur toi et que je t'aime. Dis à ta sœur et à ta mère que je pense fort à elles. À la prochaine !

Anna veut retenir son père avec elle. Veut disparaître avec lui. Cependant, tout son désespoir s'envole lorsque retentissent quelques notes. Elle les reconnaît aussitôt. Il s'agit du morceau de violoncelle que son père lui jouait lorsqu'elle était petite. Anna ferme les yeux, apaisée, et se laisse glisser vers le monde réel. Ce rêve lui a apporté des réponses ainsi qu'une sérénité inespérée.

Anna ouvre les yeux. Ses joues ruissellent de larmes ; elle les essuie d'un mouvement rapide avant de se retourner. Juste derrière elle, Judith la fixe avec des yeux inquiets.

— Que se passe-t-il ? demande Anna.

— Tu as rêvé. Tu as prononcé des mots sans suite, tels que « Kellen », « l'envers du décor », « papa », qui est revenu plusieurs fois, ainsi que « Liza » et « empoisonnement ». Anna... dis-moi que notre futur ne sera pas trop noir.

— Il ne le sera pas, maman. Je te le promets. On s'en sortira.

Judith pousse un soupir de soulagement.

— Au fait, tu as le bonjour de papa.

Judith contemple sa fille avec des yeux émerveillés. La simple évocation de John suffit à remplir son cœur de joie. Mort, il continue à veiller sur elles. Judith prend Anna dans ses bras et l'étreint affectueusement, inlassablement. Elles sont à présent persuadées que tout ira bien. Fortes de cette conviction, elles laissent un tout nouveau sentiment faire irruption en elles : l'optimisme.

9

Liza ne sort de son inconscience que le lendemain matin. La douleur l'accueille aussitôt mais elle l'ignore : elle commence à en avoir l'habitude. Elle constate que Calim a changé son bandage et lui a remis du baume pendant son sommeil. Il a quitté la maison, sans doute pour faire des courses. Liza allume la télévision et l'éteint presque aussitôt en apercevant le visage narquois de Connor. Ensuite, elle songe à l'épreuve du lendemain. Une épreuve de chance. Elle déteste devoir laisser faire le hasard, mais elle n'aura pas le choix. Au moins peut-elle se reposer aujourd'hui...

Calim fait irruption dans la pièce, tenant dans ses bras un sac en papier rempli de victuailles. Il s'exclame joyeusement :

— Pas un seul Corbeau dans les rues ! J'étais tranquille pour faire mes courses ! Je n'ai jamais vu ça de ma vie. Ce midi, c'est festin !

— S'il n'y a plus d'arrestations, c'est grâce aux épreuves ! Mais tant que ça remplit mon estomac, je ne vais pas faire ma difficile.

Il lui lance une boîte de biscuits, qu'elle ouvre et dévore goulûment. La saveur sucrée envahit sa bouche. Après tout ce qu'elle a vécu, ce simple biscuit lui semble extraordinaire.

— Tu ne t'inquiètes pas, pour demain ?

— Pas le moins du monde ! Tout reposera sur ma chance. Si je meurs, je ne pourrai rien y faire. Je serai impuissante. Alors il est inutile de se tracasser.

— Es-tu chanceuse ?

— Absolument pas !

Liza s'esclaffe nerveusement tandis que remontent ses souvenirs. Les parties de poker avec Anna. Les jeux de société avec ses parents. Les lancers de dés, les pierre-papier-ciseaux. Jamais elle ne gagnait. La fée de la chance ne s'est pas penchée sur son berceau : toutes ses réussites, elle les doit à ses propres capacités. Pourtant, une petite dose de chance l'aurait aidée. Calim sort de ses poches deux cartes et demande à Liza :

— Trouve l'as !

Elle désigne la carte de gauche. Un roi. Elle s'amuse de sa déveine, même lorsque Calim recommence. Sur dix tentatives, Liza n'a trouvé que deux ou trois fois le fameux as tant convoité.

— Tu n'as donc jamais de pot ?

— Si, ça arrive ! Lorsque je suis tombée dans les égouts, j'ai eu l'incroyable chance d'être secourue par toi. Peut-être le collier de maman y est-il pour quelque chose !

Calim soupire. Elle ne parviendra jamais à remporter l'épreuve. Bien qu'il ne s'agisse que de chance, il ne faut pas la prendre à la légère ! Qui sait ce que manigance Connor ? Il est capable du pire.

— Ce soir je t'emmène là où il faut avoir du bol, annonce-t-il.

— C'est-à-dire ?

— Au Casino.

Liza cligne des yeux, surprise.

— Vous avez un Casino ? Mais l'argent n'existe pas ici !

— C'est un établissement clandestin, construit par et pour les hors-la-loi. On arrive, on donne quelques objets utiles contre des boulons et on joue. Cartes, paris, dés, combats : l'univers du jeu ! Si tu gagnes plein de boulons, tu peux les échanger contre des objets précieux. Voilà comment j'ai eu mon frigo. Mais si tu perds, tu n'as plus que tes yeux pour pleurer.

Liza passe alors sa journée à se reposer, à manger les petits plats confectionnés par Calim et à jouer aux cartes avec lui. Lorsqu'elle assemble un brelan, elle pousse un petit cri de joie avant de découvrir que son ami a... un full. Maudite chance. Toutefois, grâce au baume, sa blessure cicatrise et la douleur reflue progressivement. Et quand enfin le soir tombe, les deux amis quittent la maison des égouts pour sortir à l'air libre. Calim guide la jeune fille dans les innombrables rues de la Société, pour finalement s'arrêter devant un escalier sombre et peu avenant. Un rat se promène tranquillement sur les marches, nullement gêné par la présence d'humains. Avec une grimace de dégoût, Liza demande :

— Il y a vraiment un Casino, là-dedans ?

— Bien sûr ! Si ça avait été un grand bâtiment propre et illuminé, les Corbeaux auraient mis la main dessus sans le moindre souci. Ici, les joueurs sont à l'abri.

Calim s'engage dans l'escalier ; Liza est bien obligée de le suivre. Elle prend soin d'éviter de toucher les murs et s'efforce d'ignorer les couinements des rats. Même les égouts sont plus accueillants que cet endroit. Calim s'arrête en bas des marches devant une porte rouillée. Il frappe selon le code prévu. La porte s'ouvre dans un horrible grincement et les deux amis pénètrent dans le bâtiment.

Liza s'attendait à voir un lieu misérable, plein de poussière et de cafards, peuplé de rats et d'araignées. Elle pensait trouver des tables couvertes de déchets, devoir plisser les yeux à cause de l'obscurité. Mais c'est tout le contraire. Les deux adolescents font irruption dans une pièce immense, colorée, à la décoration baroque. Le sol est tapissé d'une moquette rouge vif. Des lustres étonnamment propres pendent au plafond. Plusieurs tables en bois massif et couvertes de tapis de jeu semblent les attendre. La salle accueille une trentaine de personnes, discutant, jouant et pariant. De nombreux éclats de rire fusent.

À leur gauche se trouve une réception ; à leur droite, une table servant de lieu d'échange. Calim se dirige vers la première et salue l'employé avec un grand sourire.

— Calim ! Ça faisait longtemps, dis-moi !

— Salut, Loris. Je ne te présente pas ma compagne.

Le dénommé Loris porte son regard sur Liza et la contemple avec admiration. La jeune fille se sent mal à l'aise ; d'autres personnes la dévisagent comme une bête de foire. Les conversations se sont tues.

— Ça alors ! Liza ! La célébrité du moment ! C'est un honneur de vous accueillir, mam'zelle. Vous autres, circulez, y a rien à voir !

Pour le grand soulagement de Liza, les conversations reprennent. Calim discute quelques instants avec Loris, évoquant la deuxième épreuve et la raison de leur venue.

— Mais bien sûr ! Vous pourrez jouer tant que vous aurez des boulons. Que m'as-tu apporté ?

Calim plonge ses mains dans ses fameuses poches et en sort divers objets, dont l'arbalète de Liza. Celle-ci s'étonne mais ne fait aucun commentaire : l'épreuve du combat étant passée, elle peut se permettre d'abandonner ses armes. Loris examine d'un œil expert la marchandise, l'expose aux lumières des lustres, plisse la paupière et établit une estimation.

— Ce n'est pas trop mal, tout ça ! Mention spéciale à l'arbalète qui se revendra cher. Je vous en donne cent boulons : cinquante chacun.

— D'accord, approuve Calim.

— Au fait, évite de piller le Casino, cette fois ! Tous les habitués se rappellent la fameuse soirée où tu as obtenu ton frigo. On a bien cru faire faillite !

— J'essaierai de faire attention.

Il salue son ami Loris et donne un petit tas de boulons à Liza, qui ne sait que faire de tout ce métal. Elle en fourre deux poignées dans ses poches et en garde quelques-uns dans ses mains. Pendant ce temps, Calim s'est dirigé vers une première table ; Liza le suit à la trace. Elle reconnaît sans peine la roulette, couverte de couleurs et de numéros. Le croupier interpelle ses clients, les invite à jouer :

— Venez, venez Mesdames et Messieurs, faites vos jeux ! Choisissez un chiffre, votre porte-bonheur, il peut rapporter gros !

— Tu vas voir, souffle Calim à Liza, ce que c'est d'avoir de la chance. Je mise dix sur le quinze noir !

D'autres personnes engagent les paris ; Liza pose un jeton sur le onze. Le croupier lance la roulette, puis la bille. Certains joueurs croisent les doigts, d'autres murmurent des « S'il te plaît, s'il te plaît, s'il te plaît ! », d'autres encore restent stoïques. Calim fait partie de ceux-là. Il regarde tranquillement les chiffres tourner. Au bout d'une minute interminable, la bille s'immobilise dans une petite case.

— Quinze, noir, impair et manque !

Le croupier tend un sac rempli de boulons à un Calim radieux. En l'espace d'un instant, il a remporté trois cent cinquante boulons et ne souhaite pas s'arrêter là. Liza, elle, n'en cumule que quarante-neuf. Le garçon se tourne vers son amie et lui propose :

— On joue pendant une petite heure et on fait un bilan, OK ?

— Tu vas me laisser toute seule ? Tu ne comptes pas m'apprendre quelques… « trucs » ?

— Quoi ? Bien sûr que non ! s'insurge-t-il. Tous ces gens sont mes amis. Hors de question que je les arnaque !

— Alors pourquoi m'as-tu emmenée ici ?

— Pour te mettre dans le contexte de la deuxième épreuve tout en te distrayant un peu. Tu en as besoin, n'est-ce pas ?

Devant sa mine circonspecte, il ajoute :

— Je t'apprendrai deux ou trois combines… Mais dans les égouts, d'accord ?

Liza approuve et, un peu perdue, se dirige vers un stand animé. Elle voit rouler sur la table deux dés. Quand ils s'immobilisent, des joueurs poussent des cris de joie ; les autres montrent leur déception. Personne ne semble la reconnaître, personne ne l'interpelle : tout est parfait. Elle s'assoit sur un fauteuil en cuir et lance, un peu au hasard :

— Huit !

— Huit facile ou difficile ? demande le croupier.

— Facile.

Le croupier lance les dés. Cinq. Liza perd les trois boulons qu'elle a misés et décide de se rendre à une autre table. Durant toute la soirée, elle découvre divers jeux, mais aussi l'univers du gain, de la tentation et du désir. Les gens ici s'amusent, se détendent et discutent, tout en essayant de gagner au maximum. Liza alterne entre dés et roulette, poker et blackjack, assimilant les règles sans remporter de grosses sommes. Parfois, elle obtient quelques boulons, sans jamais atteindre sa mise de départ. Une musique énergique résonne dans les haut-parleurs ; l'agitation lui tourne la tête. Cet univers de jeux lui plaît de plus en plus.

Au bout d'une heure, elle retrouve comme prévu Calim, qui porte deux gros sacs remplis à ras bord.

— Ce n'est pas possible, tu as dû tricher ! s'étonne Liza, incrédule.

— Même pas ! Dans tous les jeux de hasard, j'ai un bol assez incroyable. Une bonne fée s'est penchée sur mon berceau.

Lorsque Calim arrive au bureau d'échange, l'employé sourit : il a reconnu ce garçon qui possède la réputation de rafler toutes les mises, quel que soit le jeu.

— Il y en a combien, là-dedans ?

— Trois ou quatre mille, je dirais. Je vais te prendre le joli petit flingue, la tablette de chocolat et l'amulette de chance.

— Tout de suite. Et pour la demoiselle ?

Liza observe attentivement le stand. De nombreux objets sont étalés là, allant du sachet de graines de blé au four multifonction. Il y a des armes, des ustensiles divers, des bijoux et des appareils électroniques. Mais avec trente-six boulons, que peut-elle se procurer ? Elle avise un petit circuit intégré. Peut-être pourra-t-elle un peu bricoler avec ça. Les deux amis sortent du Casino.

— Quel drôle d'endroit, quand même ! dit Liza.

— Tu t'es bien amusée, j'espère ? Parce que demain, tu mettras ta propre vie en jeu.

— Oui, je me suis amusée. Espérons que tout ira bien… Oui, tout ira bien. Le collier de ma mère me protégera.

Liza caresse pensivement le médaillon, porteur de chance. La sauvera-t-il ?

10

Comme deux jours auparavant, Thibault conduit Anna et Judith dans l'Arène. Cette fois, elles sont plus détendues ; elles font confiance aux paroles de John qui a prédit, dans le rêve d'Anna, la réussite de Liza.

Dans la loge présidentielle, Connor est déjà là, assis sur son siège, prêt à observer le spectacle. Jake s'est installé à côté de lui, calme et stoïque. Néanmoins son visage présente de nombreuses ecchymoses et quelques griffures ; de même, son mollet est marqué par la morsure de Liza et il arbore un bandage à l'endroit où le trait a traversé sa chair.

— Voilà nos très chères invitées ! s'exclame le président. Prenez place ; le spectacle va bientôt commencer.

— Mais il n'est que midi et demi ! s'étonne Anna.

— Il y a une démonstration au préalable, explique Jake. D'ailleurs, les gradins sont déjà pleins à craquer.

Anna jette un coup d'œil à l'Arène et constate que Jake a raison : il y a autant de monde que l'avant-veille, voire davantage. Les escaliers, les murs d'enceinte sont occupés ; il ne reste plus un espace disponible. Les exploits de Liza rassemblent les foules. Tous parlent, crient, dans un joyeux brouhaha. Pour eux, il s'agit du spectacle de l'année et non d'une potentielle mise à mort. Le présentateur, toujours aussi surexcité, beugle dans son micro :

— Mesdames et Messieurs, merci d'être venus si nombreux en cette belle journée ! Pour rappel, il s'agit d'une simple épreuve de chance, dont le déroulement vous paraîtra monstrueusement facile. Prisonniers, apportez le tonneau !

Les portes sous la tribune d'Anna s'ouvrent et deux hommes en sortent, portant à bout de bras un imposant tonneau en bois. Sur le couvercle, la petite fille distingue deux bouteilles et deux verres vides. Elle qui connaît déjà le déroulement de l'épreuve s'assoit, croise les bras et affiche un air serein. Pour elle, l'issue ne fait aucun doute.

— Pour cette démonstration, continue le présentateur, nous avons choisi deux condamnés à mort. Messieurs, veuillez déboucher vos bouteilles et vous servir un verre.

Les prisonniers s'exécutent. Une fois la tâche achevée, ils lèvent leurs verres au grand jour afin de démontrer que les liquides sont absolument identiques. Du jus de raisin… ou un poison foudroyant. Seul le plus chanceux des deux survivra. D'un simple mot, le présentateur annonce la mise à mort :

— Buvez.

D'un geste rapide, ils portent les verres à leur bouche et les vident à grandes goulées avant de les reposer. Tout d'abord, il ne se passe rien. Anna plisse les yeux, appréhende le futur spectacle. Vingt secondes plus tard, un des deux hommes est pris d'horribles convulsions ; il hurle de douleur, se tord dans tous les sens en réclamant grâce, en suppliant qu'on lui donne un antidote. Puis il s'immobilise, vaincu par le poison. Le public retient son souffle, tendu, pendant qu'Anna réprime difficilement un frisson.

Et si son père s'était trompé ? Et si Liza allait se tromper ? Elle ne préfère pas imaginer son aînée se tordre ainsi de douleur et mourir à cause d'un verre de jus de raisin.

— Prisonnier, ordonne de nouveau le présentateur, veuillez remplir de nouveau les verres et repartir en emportant les bouteilles. Et n'oubliez pas votre camarade au passage.

Anna serre les dents à la vue du cadavre. Une minute plus tôt, l'homme était bien vivant. À nouveau, la peur lui tord l'estomac. Malgré les promesses de John, l'angoisse revient. Comment s'en sortira Liza, qui n'a jamais eu de chance ?

Les minutes s'égrènent, interminables. Anna et Judith se retrouvent dans la même position que la veille : assises sur leurs chaises, tremblantes et apeurées. Leurs phalanges deviennent blanches à force de serrer les accoudoirs. La mère a attrapé la main de sa fille et la caresse doucement, sans effet.

Soudain, Connor s'exclame :

— Il est 13 heures ! Le spectacle va pouvoir commencer !

Au même instant, les portes s'ouvrent pour laisser entrer Liza. Les deux sœurs échangent un regard plein d'émotion. Orange contre orange. La cadette ressent une petite vague de soulagement : son aînée paraît en meilleure forme et confiante quant à ses possibilités de victoire.

Crois en ses capacités, elle te sauvera malgré les blessures, malgré le poison, a dit John.

Liza, plus sûre d'elle que la veille, salue la foule de sa main valide et s'approche du centre de l'Arène. Elle observe avec attention le tonneau et les verres pleins, tandis que le présentateur répète une nouvelle fois les règles. Anna ne quitte pas son aînée du regard. Va-t-elle examiner les breuvages durant plusieurs minutes afin de tenter de les différencier ? Ou boira-t-elle un verre au hasard, laissant ainsi faire le destin ? La réponse tombe presque aussitôt. Non sans une visible appréhension, Liza prend le verre de gauche.

Aïe, songe Anna. *La gauche porte malheur. De plus, elle est blessée à ce bras. Que de mauvais présages...*

Prudemment, Liza observe le liquide, le renifle, prend une profonde inspiration et l'avale d'un trait. Anna voit sa gorge tressaillir au même rythme que son propre cœur. Soit elle a remporté la deuxième épreuve, soit elle va mourir sous les yeux de dizaines de milliers d'individus. *Alea Jacta est.* Pour se porter chance, elle attrape un médaillon d'une main et le serre avec espoir et, de l'autre, caresse une curieuse amulette.

Les secondes s'écoulent, interminables. Jamais Anna n'a ressenti une telle tension. Judith lui broie la main, mais sa fille n'ose le lui dire. Depuis combien de temps attend-elle ? Une minute, une heure ? Liza reste stoïque, puisant ses forces dans les yeux de sa cadette. Elles se cherchent du regard, sourient. Et le temps passe. C'est au moment où Connor jure de dépit qu'Anna comprend que sa sœur a réussi la deuxième épreuve.

La pression retombe alors brutalement. Anna n'y croit pas. Sa sœur a eu de la chance. Le public, qui en est arrivé à la même conclusion que Connor, pousse des cris de joie : d'ici deux jours, ils auront le privilège d'assister à la troisième épreuve. Deux marches ont été franchies ; Liza est presque à la moitié du chemin. Le soulagement se lit dans son regard. D'un accord tacite, les deux sœurs s'autorisent à pleurer, ravies et anxieuses pour la suite. Le visage menaçant de Connor n'augure rien de bon.

— Une chance sur deux, Liza avait une chance sur deux et s'en sort admirablement bien ! Nous la retrouverons donc après-demain pour une épreuve de rapidité cette fois-ci. À bientôt tout le monde !

Anna a la curieuse sensation d'être la vedette d'un jeu vidéo ou l'héroïne d'un vieux livre, la « princesse » que le « chevalier » doit sauver. Le public applaudit chaleureusement Liza qui leur procure un peu de nouveauté, puis quitte l'Arène afin de vaquer à ses occupations. La jeune fille salue, adresse un petit clin d'œil à sa sœur et s'en va elle aussi par les grandes portes. Ne restent plus que Connor, Judith, Anna, Jake et Thibault. Aucun ne semble décidé à bouger. Lorsque le prisonnier survivant entre pour débarrasser le tonneau, son président ordonne :

— Buvez.

Anna n'en croit pas ses oreilles. C'est pour ça qu'ils n'ont pas quitté l'Arène ? Pour que Connor puisse assouvir son désir de vengeance sur un innocent ? D'ailleurs, ce dernier cherche à se défendre :

— Mais, monsieur… l'épreuve est terminée et il ne reste plus que le verre empoisonné…

— Buvez.

Ton glacial, regard implacable : Connor foudroie le jeune homme qui est forcé de s'exécuter. Anna a posé ses mains sur sa bouche, horrifiée. Comment Connor, son propre oncle, peut-il être aussi cruel ? Elle voudrait le supplier d'arrêter, mais il est trop tard. Le prisonnier repose le verre vide sur le tonneau.

Il va mourir. Les secondes s'égrènent de nouveau tandis que l'homme attend son châtiment. Anna a fermé les yeux, cherchant à échapper à cette réalité…

— Ouvre les yeux, Anna, lui souffle Judith. Il n'est pas mort.

Incrédule, Anna obéit. L'homme est debout dans l'Arène, ébahi. Ni Anna, ni Judith, ni Connor, ni Thibault, ni Jake, ni lui-même ne comprennent. D'où vient ce miracle ? Est-il immunisé contre le poison ? À moins que ce ne soit Liza ? Qui a bu le verre empoisonné ? Le président, effaré, crache dans sa tribune et emprunte l'ascenseur afin de s'éloigner au plus vite de l'Arène. Anna a envie d'applaudir.

— Vous pouvez disposer, ordonne Jake au prisonnier.

Ce dernier obéit, non sans soulagement. Anna se tourne vers sa mère et demande :

— Maman, quel est ce miracle ?

— Je pense que Liza a bu le verre empoisonné. Sauf qu'elle a survécu.

— Elle est immunisée ?

— Immunisée, je ne sais pas ! Mais quand elle était petite, Liza avait la fâcheuse habitude de manger des plantes toxiques. Il faut croire qu'elle a développé une forme de résistance.

Anna s'amuse de cette idée, mais s'inquiète maintenant pour sa sœur. Et si le poison la foudroyait plus tard ? Et si elle s'était écroulée, raide morte, sitôt sortie de l'Arène ? D'un mouvement vif, elle secoue la tête afin de chasser toutes ces mauvaises visions. Liza est vivante, et c'est tout ce qui compte.

11

Comme l'avant-veille, Calim est là pour accueillir Liza.

— Il faut croire que tu as eu du bol ! dit le garçon, radieux.

— Oui, pour une fois ! En fait, je voulais prendre le verre de droite, sauf que je perds tout le temps quand je me fie à ma première impression. Donc j'ai pris le gauche et ça a marché. Et tu sais, je pense que ton amulette y est pour quelque chose.

Liza plonge sa main dans sa poche et en sort l'amulette gagnée la veille par Calim. Ce dernier lui a offert ce cadeau juste avant l'épreuve, pour lui porter chance.

— Reprends-la. Je n'en aurai plus besoin.

— Aurais-tu oublié les trois autres épreuves ? Tu gardes ce truc avec toi, entendu ? Et maintenant, nous allons nous préparer pour la suite.

Le garçon affiche soudain un air de défi. À quoi songe-t-il, encore ? Liza obtient sa réponse quand il hurle devant les passants ébahis :

— Le premier à la maison a gagné !

Il part en courant. Liza pouffe de rire et reste immobile sur la route. Calim est un garçon adorable et unique, joyeux et compatissant, capable de lui rendre le sourire même dans les moments les plus difficiles. Elle en oublierait presque

Connor, les épreuves, la détresse d'Anna, sa propre blessure. Comment aurait-elle survécu sans lui ? Elle lui doit la vie. Le sentiment qui les lie est bien plus puissant que toutes les manigances de Connor.

Mais elle ne va pas le laisser gagner pour autant. Liza court à la poursuite de son ami, quitte à en oublier son objectif l'espace d'une seconde.

À peine cinq minutes plus tard, les deux amis sont de retour à la maison, Calim en tête. Il connaît par cœur les rues de la Société, les raccourcis, les passages secrets. Liza s'est contentée de suivre les chemins habituels. Si la prochaine épreuve est similaire à ce jeu, alors elle devra mieux connaître la ville.

— J'ai gagné ! sourit Calim, même pas essoufflé.

— C'est normal, tu as grandi ici ! Sinon, je t'aurais battu à plates coutures.

— C'est vrai, j'avais oublié que *madame* était le *physique* et qu'elle avait survécu à une bataille contre trois Corbeaux. D'ailleurs, elle donne quoi, ta blessure ?

Liza, en guise de réponse, ôte son pansement. La plaie n'est pas encore complètement cicatrisée, mais semble saine, et le sang ne coule plus. Néanmoins, un faux mouvement pourrait rouvrir sa blessure. Calim examine méticuleusement le bras de son amie.

— Elle guérit plus rapidement que prévu. Cependant, évite de bouger. On va remettre un peu de baume.

Liza sort le précieux médicament de sa poche et en applique une bonne dose sur son bras. Ce baume la soulage, calme le feu qui menace à chaque instant de la torturer. Tout en se soignant, Liza demande :

— À ton avis, quelle sera l'épreuve ?

— Comment veux-tu que je le sache ? fait Calim en haussant les épaules. Il pourrait s'agir d'un cent mètres contre le champion de la Société, d'une course-poursuite dans les rues de la ville ou encore d'une tâche à réaliser en un temps limité. Ou peut-être testera-t-il la rapidité de ton cerveau ? Ça peut être tout et n'importe quoi, tu sais. Même un concours de nourriture. Connor n'a pas été clair.

— Quelle galère !

— Mais je vais t'entraîner ! On va tester chaque possibilité. Pour un cent mètres, tu dois courir vite. Pour la course-poursuite, il te faut connaître par cœur les rues. Pour la rapidité de ton cerveau, il s'agira peut-être d'énigmes. Et pour le concours de bouffe, il faut juste savoir manger. Alors, où sont tes lacunes, là-dedans ?

— Les rues de la Société, réplique aussitôt Liza. Si je connaissais tes raccourcis, je t'aurais battu sans problème, tout à l'heure.

Pour toute réponse, Calim tourne le dos à son amie, se dirige vers un placard couvert de poussière, l'ouvre et en sort plusieurs feuilles de papier jaunies par le temps. Il les étale ; Liza ne peut s'empêcher d'éternuer à cause de son allergie. Elle les observe avec attention : il s'agit de plans, maladroitement construits et représentés, tracés au crayon par une main d'enfant. Certaines portions sont effacées, mais la plupart restent déchiffrables. Liza devine sans peine que le garçon a dessiné lui-même ces schémas.

— Pourquoi ne pas prendre une carte officielle ?

— Parce qu'elles ne montrent pas tout ! Regarde mieux.

Liza obéit et se penche un peu plus, ce qui provoque un nouvel éternuement. Elle perçoit alors quelques couleurs, elles aussi à moitié effacées, ainsi qu'une légende. *Bleu = rues, Rouge = toits, Jaune = passages souterrains.* En observant chaque tracé, elle remarque qu'ils se superposent et dévoilent des passages inconnus, plus courts. Pour échapper à ses poursuivants, Calim a exploré les chemins souterrains et aériens. Le garçon ne laisse jamais rien au hasard malgré sa nonchalance apparente. Chaque entrée d'égout et chaque toit où il est possible de grimper sont signalés sur ces cartes fidèles et complètes.

— Moi qui croyais que tu te dirigeais à l'instinct, souffle Liza, impressionnée.

— Des années d'expérience ! se vante Calim. Ces cartes, elles sont dans ma tête, aussi.

Liza n'est pas loin de l'envier. Mais elle sait que ces connaissances sont le résultat d'un travail acharné, ainsi que de longues heures passées à déambuler dans les rues et sur les toits. À la solitude de Calim et à son statut de hors-la-loi, aussi. S'il a fui, c'est parce qu'il était poursuivi… et en danger de mort. Liza prend brusquement conscience de l'univers impitoyable dans lequel son ami a vécu et vit encore. Elle se promet de l'arracher à cette injustice.

Calim se lève. Pris d'une soudaine inspiration, il tend la main à Liza et s'exclame :

— Viens, Liza, je t'emmène faire une promenade !

— Une promenade pour apprendre ou une promenade pour se promener ?

— Les deux. Tu me suis ?

Liza est ravie de sortir et de lever le nez des cartes. Sans lâcher sa main, Calim la guide dans les égouts, puis dans les rues de la Société tandis qu'elle observe chaque couloir, chaque cul-de-sac et chaque embranchement, attentive à les graver dans sa mémoire. Puis il l'emmène sur les toits ; elle peut alors voir, ravie, les badauds lever la tête vers eux.

— Toutes les maisons ont la même hauteur, explique Calim sans lui lâcher la main. Une fois montée, tu peux parcourir presque toute la Société sur les toits.

Ils marchent sur le zinc comme sur le goudron, rieurs. Liza se laisse une nouvelle fois porter par l'enthousiasme de son ami, surprise de l'allégresse qu'elle éprouve. Calim la rend heureuse, tout simplement. Elle n'en oublie pas Anna, Judith et les épreuves, mais elle se sent mieux. Libérée. Apaisée. Même son cœur, battant au rythme de nouvelles sensations, semble l'approuver. Sur les toits, la main de Calim dans la sienne, Liza devient une reine.

— Ferme les yeux ! ordonne-t-il soudain.

Elle se prête au jeu sans hésiter une seconde, tout en se laissant porter par la nostalgie du passé. Elle avait donné cet ordre à Anna, quelques jours auparavant : une éternité. Calim la guide en lui fournissant quelques indications :

— Lève le pied, il y a une cheminée… Avance… Attention à la petite descente… Fais gaffe, à partir de maintenant, il y a un escalier !

Et Liza grimpe, tout en gardant les yeux clos. Que va-t-il lui montrer, cette fois ? Après une interminable volée de marches, ils s'immobilisent, côte à côte. La jeune fille sent la respiration calme et apaisante de Calim.

— Tu peux ouvrir les yeux.

Une nouvelle fois, elle obéit… et pousse un petit cri de surprise et de joie. Elle se trouve au sommet d'un imposant bâtiment ; sous ses yeux ébahis se dévoile la Société tout entière : les maisons ternes et bien alignées, les rues pavées et même les établissements plus importants tels que l'Arène, l'École, le Palais ou la Caserne. De là, elle perçoit la ville dans son ensemble, sa beauté et sa régularité, ses chemins cachés et ses passages secrets. Tout. Absolument tout. Émerveillée, elle s'écrie :

— C'est magnifique !

— N'est-ce pas ? Je viens ici dès que j'ai besoin de me ressourcer. Et chaque fois, je repense à mon père. Il disait que chaque paysage valait la peine d'être vu, que chaque endroit recèle une part de beauté. Ensuite, il faut tendre la main vers l'horizon, la fermer et songer que l'on peut agir sur ce paysage. Que l'on peut tout faire si l'on ne s'impose aucune limite.

— Ton père était un grand homme...

— Je sais. Je pense à lui tous les jours.

Liza serre un peu plus la main de son ami. À cet instant, elle se sent très proche de lui. N'a-t-elle pas perdu son père, elle aussi ? John n'était-il pas un grand homme, intelligent et bienveillant ? Dans le cœur des deux adolescents vibre une même douleur qui s'atténue au fur et à mesure qu'ils se découvrent. Comme s'ils pansaient mutuellement leurs blessures.

Un souvenir fugace surgit de la mémoire de la jeune fille : le nom de von Switten ne lui est pas inconnu ! John avait rapporté d'une de ses excursions à la Société un livre d'un auteur brillant et polémique, selon ses dires. Il lui en lisait des passages tous les soirs afin qu'elle sache dans quel monde injuste elle vivait. Une vague de nostalgie l'envahit.

— Quand j'avais sept ans, raconte-t-elle, mon père est parti une journée à la Société. Il a emprunté son passage secret, passage dont il n'a jamais voulu me dévoiler l'emplacement de peur que je m'y rende... Oui, celui que tu as utilisé. Il est allé voir son ami. Son seul et unique ami.

Lorsqu'il est rentré, il m'a raconté son expédition. M'a dit que son ami avait un fils de mon âge et qu'un jour peut-être il m'emmènerait le voir. Et tous les soirs, il me lisait des extraits du livre qu'il avait rapporté. Le livre de ton père...

Si von Switten père lui a appris à ouvrir les yeux, le fils est un roc sur lequel elle peut s'appuyer sans la moindre hésitation.

Quand, au bout d'une heure de contemplation, ils s'arrachent au paysage, Liza se sent triste. Ils se dirigent vers les égouts sans échanger un mot de plus. Soudain, Calim s'arrête dans un secteur inconnu de sa compagne, se met à sourire et s'exclame :

— On va voir si tu as retenu la leçon. Tu vas devoir rentrer seule !

Liza cligne des yeux, surprise par ce brusque retournement de situation ; le temps de réaliser, Calim s'est déjà enfui dans l'obscurité naissante. Éberluée par cet abandon, elle hurle le nom de son ami et se met à courir. Comme enseigné, elle n'hésite pas à emprunter les toits et repère chaque passage utile. Calim ne lui lance pas seulement un défi : il lui donne l'occasion de s'orienter dans un lieu inconnu.

Une heure plus tard, elle franchit enfin le seuil de la cachette, épuisée par sa marche. Elle a arpenté des quartiers inconnus jusqu'à trouver des rues familières. Calim, assis sur son matelas, fait semblant de jeter un œil à une montre en panne et s'exclame :

— Une heure, dix minutes et quinze secondes ! J'ai eu le temps de préparer à manger... et Dieu sait que je ne suis pas doué pour ça.

— Il faut croire que je n'ai pas le sens de l'orientation, relativise Liza. Et puis, j'ai trouvé quelques passages intéressants.

— Au moins, t'abandonner aura servi à quelque chose ! Reste juste à espérer que tu ne tomberas pas sur une épreuve d'orientation, mais plutôt sur un concours de bouffe.

Sur ces mots, il désigne deux assiettes posées sur la table, remplies à ras bord. Bœuf et porc, aubergines et pommes de terre, sucre et farine, sel et poivre… tout cela mélangé. Liza grimace.

— Et il t'a fallu une heure pour cuisiner *ça ?*

— Mon chef-d'œuvre ! Tu dois avoir faim, non ?

Liza a effectivement faim, mais pas assez pour manger ce plat bizarre. Calim la rejoint, attrape une fourchette et, le sourire aux lèvres, lance un compte à rebours :

— Le premier qui termine ne fera pas la vaisselle ! Trois, deux, un… partez !

Avant de commencer, Liza jette un coup d'œil vers l'évier, qui déborde de plats et d'ustensiles sales. Alors, ignorant son dégoût, elle se jette sur le repas. Dès la première cuillerée, c'est l'explosion… dans le mauvais sens du terme. Jamais elle n'a mangé quelque chose d'aussi mauvais ! Le contraste entre sucré et salé la mène au bord de la nausée, et certains morceaux brûlés viennent se coller sur ses dents. La bouche pleine, elle gémit :

— Pourquoi tu m'imposes une telle épreuve ?

— Pour voir si tu es capable d'être rapide dans des conditions extrêmes ! rétorque Calim.

Elle finit par abandonner et, bonne joueuse, plonge ses mains dans l'évier pendant que Calim termine son assiette. Elle se surprend alors à penser que, malgré les épreuves, malgré l'emprisonnement d'Anna, une vie ordinaire reste possible. Elle fera tout pour retrouver son quotidien tranquille, calme et amusant, ces doux moments partagés et ces fous rires. Elle fera tout pour retrouver son passé et bâtir un avenir.

12

Durant toute la journée suivante, Liza s'entraîne à courir, à réfléchir vite et à s'orienter dans les rues de la Société. Calim l'abandonne dans un quartier inconnu et elle doit retourner à un point précis. Heureusement, le garçon a abandonné ses concours de nourriture, le précédent lui ayant provoqué de violents maux de ventre. Le soir, elle s'affale sur son matelas et s'endort, sans même penser à manger ou à la prochaine épreuve. Rien ne compte plus que le sommeil.

Le lendemain, Liza s'éveille assez tard et s'étire, songeuse. Elle a rêvé, mais de quoi ? Impossible de se le rappeler. L'univers onirique appartient à Anna, après tout ; Liza, elle, doit s'ancrer dans le réel si elle veut l'emporter. Calim dort encore : la bouche entrouverte, il ronfle. Liza sourit. Ainsi, il ressemble à un gros bébé. Elle se lève, prépare un petit déjeuner et se concentre sur l'épreuve du jour.

Si la première lui a causé un stress presque incontrôlable, la troisième ne l'effraie pas trop. Elle connaît mieux, désormais, ses capacités et ses possibilités, sait qu'elle donnera tout pour l'emporter. Quoi qu'il arrive, elle n'aura aucun regret. Avoir la boule au ventre ne fera que l'entraver ; elle préfère se libérer et se soulager, quitte à paraître sans cœur. Il lui faut être forte devant la Société, devant Connor et Anna. Tout en songeant aux heures qui l'attendent, Liza engloutit son bol de céréales. Quelques minutes plus tard, Calim s'agite dans son sommeil et soulève une paupière. Il grommelle :

— Déjà levée ?

— Il faut croire que oui. Tu sais, il est déjà 10 h 30. L'épreuve commence dans deux heures.

Le garçon écarquille les yeux, éberlué.

— Pourquoi tu ne m'as pas réveillé avant ? Pourquoi tu déjeunes comme si de rien n'était ?

— À quoi ça me servirait, de stresser comme toi ? Tout se passera bien.

— C'est toi qui le dis, grogne-t-il.

Liza s'amuse de son angoisse, mais elle doit museler sa propre peur – comme un chien un peu trop agressif.

Durant toute la matinée, ils révisent les cartes de la Société et s'échauffent tranquillement. Liza ose tirer son bras gauche. La plaie est presque entièrement fermée ; elle y applique quand même une nouvelle couche de baume et la protège avec un pansement propre. Dans une heure, elle sera lâchée dans l'Arène, sous les yeux de la population, et devra se battre pour sa vie. Cependant, la liberté est au bout du chemin.

Le moment fatidique arrive enfin ; les adolescents se mettent en route, comme deux jours auparavant, dans un silence religieux. La peur et la tension sont palpables. Liza, qui se croyait forte, s'effondre comme un château de cartes devant l'enjeu. Seule la présence chaleureuse de son ami lui permet d'avancer, pas à pas, vers le lieu où se décidera son destin. *Et pas seulement le sien.* Elle songe à Anna qui, à n'en pas douter, l'attend dans la tribune aux côtés de Connor. Cette simple image la motive. Elle secourra sa cadette.

L'Arène apparaît dans leur champ de vision ; pour la troisième fois, ils se dirigent vers la porte 6 où les attendent les mêmes Corbeaux. Liza se surprend à les saluer. Pour la troisième fois, Calim lui souhaite bon courage, lui presse la main en guise d'encouragement et court chercher une place dans les tribunes. Pour la troisième fois, Liza ressent un terrible manque après son départ, mais se détourne tout de même pour emprunter le couloir sombre.

À 13 heures précises, les portes s'ouvrent lentement ; Liza, baignée de lumière et intimidée, s'avance sous les yeux du public. Elle cherche aussitôt le regard d'Anna et de Judith. Derrière elle, elle entend le présentateur beugler dans son micro :

— Je vous rappelle, Mesdames et Messieurs, que l'épreuve d'aujourd'hui testera la rapidité, physique comme mentale, de Liza. Elle va recevoir une feuille de papier sur laquelle sera inscrite une énigme, dont la réponse est un lieu où elle devra se rendre… pour en trouver une autre. Et ainsi de suite, jusqu'au moment où elle trouvera l'ultime lieu et l'ultime lettre. Il y en a cinq au total. Je précise que tous les lieux se trouvent à l'intérieur de la Société. Liza disposera de deux heures à partir de l'instant où elle lira la première lettre… que je lui donne immédiatement !

Liza regarde le présentateur, homme anonyme aux cheveux bruns, lui lancer une petite feuille de papier pliée en quatre qu'elle attrape et déplie aussitôt. Angoissée, elle peine à lire les mots pourtant clairement écrits.

L'endroit où le Soleil s'endort.

Liza cligne des yeux sans comprendre. Bon sang, cette épreuve correspond parfaitement à Anna, pas à elle ! Au même instant, un gong retentit ; elle dispose maintenant de deux heures. Sans savoir où elle va, elle ordonne à ses jambes de courir et fonce vers l'extérieur de l'Arène. La peur et l'adrénaline circulent à toute vitesse dans ses veines, lui rappelant à chaque instant que sa vie est en jeu. Après deux bonnes minutes d'engourdissement, son cerveau daigne enfin se mettre en route.

Réfléchis, Liza, réfléchis... se répète-t-elle mentalement. *Le lieu est obligatoirement dans la Société. Le soleil se couche à l'ouest. Prends cette direction pour le moment.*

Ses jambes obéissent machinalement, et elle se retrouve bientôt à parcourir les quartiers ouest de la Société. Les maisons ici sont plus sales et plus délabrées que les autres ; plusieurs fois, Liza croise des vagabonds... mais aucun indice de Soleil couchant.

D'ailleurs, pourquoi le mot Soleil est-il écrit avec une majuscule, comme un nom propre ?

De cette simple réflexion découle un raisonnement qui surprend Liza elle-même.

Un nom propre suggère qu'il s'agit de l'astre... ou d'une personne... Alors, quelle personne dans la Société est le Soleil ? Louis XIV était le Roi-Soleil... et le roi ici, c'est Connor !

Liza se rue vers la maison de Connor : le Palais. Seulement, sa déduction lui a pris une vingtaine de minutes : si elle est dans les temps, elle ne doit plus traîner. Rejoindre le bâtiment lui prend cinq minutes de plus ; encore faut-il trouver la lettre. Elle la repère rapidement, cachée dans un interstice entre deux pierres du mur. Il lui reste à résoudre trois énigmes en une heure et demie. Elle déplie le papier et lit :

L'endroit où le Mal s'endort.

Liza se remet à courir, déjà fatiguée, et se dirige un peu au hasard dans les rues. Ses pieds foulent l'asphalte à une cadence effrénée ; elle ignore son point de côté et réfléchit. Il lui faut accélérer le rythme, penser tout en s'orientant dans les rues et en esquivant les divers obstacles.

Le Mal avec une majuscule suggère une nouvelle fois une personne. Mais qui est le Mal, le Mal de la Société ? Pour Connor, il s'agit sûrement de moi... ou des hors-la-loi.

Et dans quel endroit dorment à la fois un hors-la-loi et Liza ? Sans hésiter un instant de plus, elle s'élance à toute vitesse vers l'entrée des égouts, tout en priant pour que Connor n'ait pas souillé leur demeure souterraine. Seul ce lieu béni lui paraissait sûr. D'un coup de pied, elle arrache la porte de ses gonds et examine l'intérieur de ses yeux orange. Lorsqu'elle voit la petite lettre pliée, elle manque de hurler de colère. Connor a pénétré dans son sanctuaire. Ses hommes ont foulé le sol propre, se sont assis sur son matelas, ont ri en voyant le plat raté de Calim. Elle attrape le papier et le lit.

L'endroit où l'on voit le monde s'endormir.

Refoulant sa colère et son dégoût, Liza se concentre sur ce nouvel objectif. L'endroit où tout le monde s'endort... un cimetière ? N'est-ce pas l'endroit où tout homme achève sa vie ? Elle accélère la cadence, car une heure s'est déjà écoulée.

Liza sort à la lumière du jour et passe mentalement toutes les cartes de Calim en revue. Où diable a-t-elle vu un cimetière ? Impossible de s'en souvenir. Alors elle court vers la périphérie de la ville : si cimetière il y a, il doit se trouver loin des habitations.

Elle passe devant un abattoir où elle entend des animaux hurler ; elle frôle les murs d'une maroquinerie ; elle apprend où sont produits les livres de propagande de Connor... mais pas de cimetière. Liza se remémore alors les conversations qu'elle a eues avec Calim, quand il lui parlait du fonctionnement de la Société. Soudain, une phrase cruciale lui revient en tête.

Les hommes ne sont même pas enterrés, Liza. On les brûle et c'en est fini d'eux.

Devant elle se dresse le crématorium, où tous les hommes achèvent leur vie. Sauf qu'ils n'y dorment pas. Aucune lettre pliée ne l'attend là. Liza vient de perdre vingt précieuses minutes. Elle s'en veut, le stress la tétanise. Elle reste un instant immobile, perdue, incapable de penser ou de réagir.

Mais, bon sang, c'est quoi l'endroit où l'on voit le monde s'endormir ?

Liza, courant toujours, revient vers le cœur de la Société tout en réfléchissant à toute vitesse. Soudain, elle s'arrête.

Et si… et si c'était l'endroit d'où l'on voit la Société s'endormir ? Le meilleur point de vue sur la ville ?

Elle frissonne. Connor a poussé sa cruauté jusqu'à poser un papier à l'endroit où Calim l'a menée l'avant-veille, là où elle a ressenti un émerveillement et une sérénité sans bornes. Il veut lui montrer qu'il sait tout d'elle, qu'il a le pouvoir de la contrôler. Liza a envie de vomir ; pourtant, elle continue à courir. Les secondes qui s'écoulent annoncent sa mort.

Gravissant les escaliers et les toits, Liza parvient à l'endroit précis où Calim lui a dit d'ouvrir les yeux. La lettre l'y attend, pliée. D'un geste vif et courroucé, elle l'arrache et la lit :

Le plus grand O de la Société.

Liza plisse le front. Qu'est-ce que le plus grand *O* de la Société ? Un bâtiment ? Une simple lettre ? Un ovale ? La peur explose en elle, lui ôtant ses forces et ses capacités de réflexion. Elle ne peut chercher de réconfort dans les yeux d'Anna, cette dernière étant restée dans l'Arène… Liza est seule ; elle doit se débrouiller par ses propres moyens. La dernière fois qu'elle a agi en solo, c'était pour s'infiltrer dans l'École… et elle a échoué. Personne ne lui viendra en aide. En jetant un coup d'œil à sa montre, elle constate qu'il ne lui reste plus qu'une dizaine de minutes.

Calme-toi, se dit-elle, *et réfléchis. Qu'est-ce que le plus grand O de la Société ?*

Immobile, Liza porte un regard vide sur le paysage. Comme si cette vue pouvait l'aider ! Elle l'observe néanmoins, repérant l'École, le Palais, la Caserne et l'Arène. L'Arène qui attend son retour. L'Arène bâtie selon le modèle antique, soit en forme d'ovale…

En forme de O…

Liza s'élance aussitôt sur les toits, enthousiaste mais consciente du peu de temps qui lui reste. Elle prend des risques inconsidérés, sautant de toit en toit et se laissant tomber de trois mètres de hauteur. Son bras gémit mais elle refoule la douleur. Enfin elle pique un véritable sprint, droit vers la fameuse porte 6 qui semble lui tendre les bras. Au moment où elle s'engouffre dans le couloir, le premier coup de gong retentit. Le second résonne quand elle débouche en pleine lumière, essoufflée mais triomphante. Elle prend la lettre posée sur le sol et dévoile les cinq au public.

— J'ai gagné ! hurle-t-elle.

Le public lui répond par un grand cri. Liza éclate de rire, regarde Anna et lui sourit. Connor esquisse une moue furieuse, se lève et part sans plus de cérémonie. La jeune fille se laisse bercer par les acclamations des spectateurs, ravie et surtout soulagée de s'en être sortie *in extremis*… comme toujours. Sa bonne étoile continue de briller.

— Félicitons chaleureusement la jeune Liza qui nous fait vibrer depuis cinq jours, et qui s'en sort brillamment pour la troisième fois ! La quatrième épreuve reposera sur l'intelligence, puisqu'il s'agira d'une partie d'échecs contre notre président en personne. Merci à tous pour votre présence, et à dans deux jours si vous le voulez bien !

Liza et Anna échangent un regard incrédule. Quelle ironie ! Tandis que le génie restera à sa place de spectatrice, sa sœur devra disputer une partie d'échecs : un combat psychologique, une confrontation d'intelligence ! Certes elle connaît les règles, mais est incapable de planifier une attaque sur plusieurs coups. Elle joue en fonction du mouvement précédent de son adversaire, voilà tout. Comment s'en sortira-t-elle ?

Lorsqu'elle rejoint Calim, ce dernier, curieux, lui demande de décrire chaque étape ; elle s'exécute à contrecœur, quitte à lui avouer que leur antre n'est plus un havre de paix. La nouvelle afflige le garçon, mais ne le choque pas.

— Jake savait déjà que je vivais dans les égouts, relativise-t-il. Je verrai où habiter une fois ces épreuves finies.

— Parce que tu comptes rester à la Société ?

— Que veux-tu que je fasse d'autre ? Je n'ai aucun autre foyer et je me vois mal commencer une nouvelle vie tout seul.

— Mais pourquoi ne viendrais-tu pas vivre avec Anna, maman et moi ?

— C'est gentil, mais je me sentirais vite de trop dans cette famille à peine recomposée, seul parmi toutes ces filles. De plus, je te rappelle qu'il reste deux épreuves. Autant se concentrer là-dessus.

— Tu as raison.

À quoi bon faire des projets d'avenir lorsque celui-ci est menacé ?

— Une partie d'échecs… souffle-t-il. Est-ce que tu connais les règles ?

— Oui. Papa me les a apprises quand j'étais petite. Mais mon niveau… je préfère ne pas en parler.

— Alors n'imaginons même pas le mien ! Je ne connais pas les règles et mon cerveau s'évertue à ne pas les apprendre. Mon père a essayé… sans succès. Cette fois, je ne pourrai pas être ton entraîneur.

— Comment va-t-on faire ?

— Je trouverai une solution. Attends demain.

Elle remet son destin dans les mains du jeune homme, quitte à l'entraîner dans sa chute.

13

Pour la première fois depuis le début des épreuves, Jake patrouille dans les rues de la Société. Tout en marchant, il tâche d'ignorer sa blessure à la cuisse. Il n'avait pas prévu la fougue de Liza. Il n'a pas su réagir face à ce déferlement de folie. Le trait figé dans sa jambe en a été la conséquence. Maintenant, il doit assumer.

Le chef des Corbeaux est seul. Il a cherché Garry et Thibault, les deux seules personnes au monde qu'il puisse considérer comme ses camarades, mais ils étaient déjà partis. Il se dirige vers les principales artères du quartier est.

Plus il avance, plus il remarque que quelque chose cloche. L'ambiance a changé. D'habitude, les habitants qu'il croise s'écartent et baissent les yeux, même s'il avait déjà senti dans son dos comme des vagues de rancœur honteuse. Aujourd'hui, certains soutiennent son regard. D'habitude, le silence le plus total accompagne ses pas. Aujourd'hui, il capte quelques bribes de conversation. Et en arrivant dans une rue commerçante, il manque de laisser une émotion déformer son visage. La surprise.

D'habitude, les badauds vont d'un stand à l'autre, récupèrent la nourriture nécessaire à leur survie et s'en vont. D'habitude, Jake les qualifie d'armée de zombies. Mais aujourd'hui, tout a changé. La rue bouillonne d'activité. Les gens échangent, négocient les quotas, repartent parfois avec une part plus importante. Certains discutent. Le Corbeau entend plusieurs fois le prénom de Liza. Leurs yeux brillent d'admiration. Ils semblent avoir brusquement retrouvé vie, comme si l'arrivée de cette jeune fille avait ranimé un espoir éteint.

« Ce ne sont plus des zombies, devine-t-il. Maintenant, c'est une armée d'êtres vivants. »

Il déambule, à la fois curieux et inquiet. Qui dit êtres vivants dit personnes imprévisibles. Ils pourraient se rebeller pour récupérer leurs droits. Les regards qu'ils posent ouvertement sur Jake sont chargés de colère. De colère et de ressentiment. Ils ne craignent plus le chef des Corbeaux : ils le voient comme une cible à abattre. Mais personne n'ose agir. Pas encore. Ils ont peur des représailles, peur pour leur vie. Même s'ils retrouvent l'espoir, ils restent sous la coupe de Connor.

Soudain, un homme plus audacieux que les autres s'écrie :

— Les Corbeaux ne sont pas des dieux. On peut les avoir !

Et il se jette sur Jake, probablement avec l'espoir fou de mettre fin à cette institution. Il s'attend à recevoir de l'aide, mais personne n'esquisse le moindre geste. Il est seul face au chef des Corbeaux, chef qui grimace intérieurement. La confrontation est inévitable. Sa victoire est déjà acquise mais sa jambe risque de se plaindre. Tant pis. Quand l'homme arrive à sa portée, il agrippe son poignet, fait volte-face et profite du mouvement pour le faire tomber. En un geste, il lui passe les menottes. La foule a regardé cette arrestation avec résignation. Cependant, dans les yeux de certains, une étincelle brille. La révolte gronde.

— Circulez, dit-il d'une voix claire. Le spectacle est fini.

Il force l'homme à se relever et se dirige vers le Palais. Il doit faire un compte-rendu à Connor le plus vite possible. Ce vent de révolution n'augure rien de bon. En tout cas, pour Connor. Car, tout au fond de lui, Jake sentait cet espoir d'une autre vie commencer à prendre…

14

Anna fait les cent pas dans sa cellule, anxieuse et frustrée. Connor a compris que Liza possède des capacités physiques impressionnantes et la défie donc dans une partie d'échecs. La petite fille connaît le niveau de son bourreau. Sa sœur n'a aucune chance. Elle ne peut s'empêcher de se ronger les ongles. Ses menottes attirent son regard. Elle les déteste, comme elle déteste Connor et toute cette Société.

— Tout va bien, Anna ? s'inquiète Judith une fois de plus.

— Oui, maman ! répond-elle, agacée. C'est juste que j'essaie de me faire à l'idée de devoir rester emprisonnée pour le restant de mes jours.

— Ne sois pas si défaitiste…

— Je ne suis pas défaitiste. Je suis réaliste ! J'ai déjà joué contre Liza et contre Connor. Liza est incapable d'anticiper les coups de son adversaire et de prévoir une attaque sur plusieurs tours. Connor est un expert qui s'entraîne depuis des années !

— Mais toi, tu l'as battu !

— Liza et moi avons cent points d'écart de Q.I. Rien à voir.

Anna s'assoit sur sa couchette, prend sa tête entre ses mains et ne peut s'empêcher d'imaginer les pires scénarios. Si Liza échoue, elle restera dans cette prison… jusqu'au moment où elle perdra la raison. Connor fera tout pour arriver à ses fins. Ensuite, il pourra exploiter son intelligence jusqu'à la dernière goutte avant de la rejeter comme une ordure. Fin de l'histoire. Tout près d'elle, Judith secoue la tête avec désapprobation, ce qui la ramène à la réalité.

— Je ne te pensais pas comme ça, Anna... Crois-tu vraiment que tout se jouera sur une simple question d'intelligence ? Que Liza ne sera pas capable de s'en sortir une fois encore ? Il me semble que, au cours de ces trois dernières épreuves, elle a su montrer sa valeur et sa détermination. De toute la Société, tu es la seule à ne pas croire en elle, parce que ton intelligence est supérieure. C'est ce qu'on t'a appris depuis ta plus tendre enfance, c'est ce qu'on t'a répété à la Société. Mais il faut que tu comprennes qu'un bon cerveau ne fait pas tout et qu'il peut même être un handicap. Regarde ta sœur ! Elle a peut-être cent points de Q.I. de moins que toi, mais elle ne se pose pas tant de questions.

— Arrête de me comparer à elle ! explose Anna.

— Et toi, arrête deux secondes de faire l'enfant et imagine ce qu'a subi Liza. Sa frustration de ne pas être le génie que nous attendions, ton père et moi... Pourtant, aujourd'hui, elle s'évertue à prouver qu'elle possède d'autres capacités. Elle tient les rênes et nous ne pouvons faire autrement que de croire en elle.

Anna se met à pleurer.

— J'ai si peur pour elle...

Judith s'approche de sa fille et la prend dans ses bras. Anna vient s'y blottir comme un animal apeuré, avec soulagement. Elle laisse ses larmes couler. Depuis quelque temps, elle subit une pression terrible : elle craint de devoir rester ici, elle craint de voir Liza se battre, elle craint de devoir vivre là où sévit la mort.

— Moi aussi, j'ai peur, avoue Judith. Mais cette peur, je la transforme en foi. J'ai confiance en elle. Même si elle échoue, même si on l'emprisonne, même si on détruit son corps, elle trouvera un moyen de nous sortir de là. T'ai-je déjà raconté comment elle nous avait tirés d'une mauvaise passe, un jour ?

— Non, raconte ! s'exclame la fillette, ravie de pouvoir connaître un peu mieux sa sœur.

— C'était il y a six ans. La foudre avait détruit l'ensemble de notre installation électrique. Les lumières ne marchaient plus. Puis, un beau soir, alors que nous avions passé la journée à l'intérieur, Liza a franchi la porte, couverte de neige, les doigts bleus à cause du froid, et elle a actionné l'interrupteur. L'électricité était revenue. John s'est rué à l'extérieur et a vu une petite éolienne reliée à une nouvelle installation électrique. Liza y consacrait ses journées. Elle n'avait que dix ans. Donc, je crois qu'elle peut nous sortir de toutes les situations.

Anna ferme les yeux, imaginant sans peine sa sœur bricolant, manipulant les fils et les branchant sans craindre l'électrocution. Elle se laisse bercer par sa mère comme un bébé. Sa peur s'allège, laissant place à un doux et profond sommeil. Un sommeil sans rêves, sans fantômes et sans visions de l'avenir.

15

Durant une bonne partie de la nuit, assise face à un jeu d'échecs, Liza a imaginé de nombreuses stratégies. Elle a veillé jusqu'à ce que le blanc se mélange au noir et que des points multicolores dansent devant ses yeux. À peine réveillée, elle s'avance vers la table dans l'espoir d'y trouver un peu de nourriture : en vain. Calim s'est absenté. En désespoir de cause, elle fouille dans les placards, déniche un paquet de biscuits et les grignote pensivement.

Elle ne peut s'empêcher d'imaginer tous les scénarios possibles pour le « combat » du lendemain. Combien y aura-t-il de matchs ? Quel est le niveau de Connor ? Aura-t-elle les blancs ou les noirs ? Devra-t-elle se montrer offensive, ingénieuse, défensive ? Elle ressent un début de migraine. Elle n'a pas l'habitude de réfléchir autant.

— Tu as bouffé les biscuits périmés ? s'étonne une voix derrière elle. Je sais que j'ai tardé, mais quand même !

Liza se retourne pour voir Calim déposer quelques produits frais sur la table. Elle se maudit, elle et son impatience, et se jette sur la nourriture.

— Oh, doucement ! Ce sont nos réserves pour la journée, je te rappelle !

— Pourquoi tu as mis si longtemps ? s'enquiert Liza, la bouche pleine.

— J'ai fait un petit détour, histoire de te trouver un prof particulier pour aujourd'hui.

— Et ?

— Je t'ai dégoté le meilleur qui soit ! Tu verras, c'est la crème de la crème. On peut y aller dès maintenant.

— Alors, en route !

Deux minutes plus tard, les deux adolescents sortent des égouts. L'anxiété de Liza n'échappe pas à Calim ; pourtant, traverser la ville est une vraie partie de plaisir : certains passants s'arrêtent pour féliciter et encourager celle qui les fait vibrer. Cette dernière s'en amuse. Finalement, Calim s'immobilise devant une maison que Liza reconnaît aussitôt. Il frappe deux coups sur la porte, qui s'ouvre, laissant apparaître un adulte d'une quarantaine d'années, respirant le calme et l'intelligence. Par réflexe, la jeune fille pose la main sur son bandage.

— Liza, je te présente un de mes meilleurs amis, et aussi celui qui t'a soignée : Johan !

— C'est vous qui vous êtes occupé de moi ? Je ne sais pas comment vous remercier…

— Alors ne le fais pas. Pour moi, c'était normal de secourir une blessée. Je suis ravi de te connaître ! J'ai suivi tes exploits à la télévision et je serais ravi de t'aider pour ta prochaine épreuve. Voir Connor humilié en personne serait tellement incroyable !

— Comme tu l'as peut-être deviné, Johan n'est pas qu'un médecin : il soutient les hors-la-loi, nous aide en nous fournissant des vivres. Il voue à Connor une haine sans bornes. De plus, c'est sans doute le meilleur joueur d'échecs de la Société !

— Et si vous entriez ?

L'intérieur de la maison, que Liza détaille pour la première fois, est à la fois simple et chaleureux, avec des murs clairs et des meubles aux lignes sobres. Tous respirent l'ancienneté et l'histoire ; tous ont une existence. S'ils pouvaient parler, ils seraient très bavards. De même, Johan s'intègre parfaitement dans les lieux. Il leur propose quelques gâteaux tout en sortant un petit échiquier. Il y dispose les trente-deux pièces.

— Pour faire simple, commence Johan, il y a deux grands types de stratégies : offensive ou défensive. L'offensive consiste à sortir les pièces fortes dès le début pour mettre la pression à l'adversaire. Comme dit l'adage : « la meilleure défense, c'est l'attaque ». Mais ainsi, le roi et la reine sont plus vulnérables. La stratégie défensive consiste, elle, à former un mur de pions et à sortir les cavaliers afin d'agir en contre-attaque. Mais le jeu est plus lent et l'adversaire a plus de temps pour élaborer une stratégie. Il faut donc essayer de jouer sur les deux fronts. Commençons.

Liza prend les blancs et échafaude un plan de jeu de sorte à pouvoir se défendre et attaquer rapidement. Elle sort fous et cavaliers tout en protégeant ses pièces souveraines à l'aide des tours. Cependant, Johan, qui a opté pour un jeu plus offensif, trouve rapidement une faille et y infiltre sa reine, qui dévore une tour et met en échec le roi adverse. En l'espace d'un tour, le médecin a totalement renversé le jeu.

— Je crois que j'ai compris ton problème, dit-il tout en croquant un gâteau. Tu ne joues absolument pas dans l'anticipation et tu te contentes d'agir selon la situation qui se présente à toi. Ce n'est pas suffisant. Que feras-tu dans ce cas précis ?

D'un geste, il déplace son fou qui menace à la fois un cavalier et un autre fou. Aucun moyen de les sauver tous les deux : l'action suivante réclamera un sacrifice. Liza a beau explorer toutes les possibilités, elle ne voit aucun moyen de s'en sortir.

— Si tu avais anticipé, tu aurais placé une autre pièce, ta tour par exemple, en embuscade. Ainsi, je n'aurais pas pu tenter ce coup ou j'aurais perdu un fou. Tu dois à la fois penser à protéger tes pièces et imaginer chaque attaque potentielle. Essaie.

Liza regarde le plateau avec attention. Elle perdra certainement une pièce au tour suivant… mais autant limiter la casse. Elle remarque soudain que, si le fou adverse mange son cavalier, il mettra son roi en danger. Autant sacrifier son fou et ainsi protéger son roi ! Elle s'exécute sous le regard bienveillant de Johan, qui a suivi son raisonnement.

— C'est bien. Maintenant, tentons une autre stratégie…

Durant plusieurs heures, ils jouent, envisageant chaque type de situation. Liza réussit de mieux en mieux à deviner les stratégies adverses et à préparer ses défenses ; elle ose également prendre des risques et sème la panique chez l'opposant. Parfois, elle s'amuse à jouer de manière aléatoire afin de déstabiliser Johan et mieux attaquer ensuite. Calim a renoncé à comprendre toutes ces règles. Ces histoires de fous, de cavaliers, de rois et de reines lui échappent.

Ils font une pause rapide à l'heure du midi, puis reprennent leur entraînement. Calim a décidé de fouiller la ville en quête d'un futur logement. Liza a l'impression que son cerveau est en surchauffe. Néanmoins, elle progresse rapidement, tout en commettant parfois des erreurs de débutante.

— Passons aux choses sérieuses, propose enfin Johan. Une vraie partie.

Liza prend les blancs, Johan les noirs, et ils commencent. Rapidement, ce dernier prend l'avantage en dévorant quelques pions. Cette fois, il ne donne aucun conseil à son adversaire. Elle prépare une attaque sur les flancs à l'aide de ses fidèles cavaliers, secondés par ses fous. Son roi est en sécurité grâce à un roque. Elle parvient à passer la défense adverse, cause quelques dégâts et se laisse porter par l'allégresse... jusqu'au moment où elle constate qu'elle est, en fait, tombée dans le piège que lui tendait Johan. Pendant qu'il perdait des pièces, il préparait une contre-attaque fulgurante qui pousse Liza dans ses derniers retranchements. La partie continue, les coups pleuvent, les pièces tombent. Liza s'évertue à jouer avec sa tour survivante tandis que Johan se sert de ses deux fous. Finalement, il l'emporte. L'adolescente pousse un long soupir.

— Je sais ce que tu te dis, intervient Johan. Tu penses que si tu n'arrives pas à me battre, tu ne viendras jamais à bout de Connor. Détrompe-toi. Il existe autant de styles de jeu qu'il y a de joueurs. Chaque duel est différent. Si tu affrontais Jake une seconde fois, tu ne gagnerais peut-être pas. Pense à toujours garder la tête froide, à agir calmement. Et n'oublie pas que Connor n'est qu'un être humain, comme toi et moi.

Chacun de ces mots se grave dans l'esprit de Liza. L'enseignement de Johan lui sera sans doute très précieux pour le lendemain, mais elle ne peut s'empêcher de douter. Même si le combat contre Connor sera différent, une défaite reste une défaite. Johan n'est pas n'importe qui : le battre l'aurait rassurée.

— Tu devrais rentrer. La nuit tombe et Calim doit t'attendre.

— Comment le connaissez-vous ? interroge Liza, désireuse d'en savoir plus sur son ami.

— Je l'ai rencontré il y a deux ans alors qu'un Corbeau l'avait blessé. Je l'ai recueilli.

— Pourquoi… pourquoi avoir pris un tel risque ?

— La Société venait de m'arracher ma fille, répond mélancoliquement Johan. Elle se trouve à l'École, mais ils m'ont interdit de la voir. Un enfant doit grandir sans connaître ses parents. Mais moi, j'avais besoin de quelqu'un à pouponner.

Liza lui sourit, émue par cette simple histoire et révoltée par les lois de la Société. Elle salue son instructeur d'un jour et retourne dans les égouts. Comme toujours, Calim est là pour l'accueillir, pour la soulager avec ses mots, lui sourire. Pour lui apporter le soutien nécessaire. Liza se laisse bercer par ses phrases absurdes, mange ses plats insolites et discute un peu avec lui. Elle lui fait part de ses inquiétudes, et il la prend dans ses bras. Ainsi installée, elle peut s'endormir, rassérénée.

16

Le lendemain, Anna et Judith arrivent, anxieuses, dans la tribune présidentielle. Connor ne s'y trouve pas, cependant, Jake et Thibault veillent. Même Garry est présent. Seul Yanis, encore blessé, manque à l'appel. La petite fille s'avance vers le bord de la tribune et observe le sol de l'Arène. Une table surmontée d'un imposant échiquier trône sur le sable ; ni Connor, ni Liza n'y sont assis. Le match ne commencera que dans une vingtaine de minutes.

— Desserre un peu tes poings, lui conseille Judith. Tes phalanges sont toutes blanches.

Anna s'exécute tant bien que mal et s'efforce de se calmer. En vain. Son cœur continue à faire des bonds dans sa poitrine et elle ne peut s'empêcher de songer à Kellen... une fois encore. Elle espère de tout son être que Liza ne subira pas le même sort que le scientifique. Le public de l'Arène, au complet, lorgne vers les portes. Comme toujours, le présentateur s'égosille :

— Mesdames et Messieurs, merci d'être venus si nombreux pour cette quatrième et avant-dernière épreuve ! Je vous en rappelle les règles : il s'agit d'un simple combat d'échecs en trois manches, soit deux gagnantes. Vous pourrez suivre ce combat grâce aux écrans que nous avons installés.

En effet, plusieurs écrans géants ont été montés la veille. On voit sur ces derniers l'échiquier, les pièces. Anna se remémore son combat contre Connor, qu'elle avait emporté sur le fil ; comment Liza s'en sortira-t-elle ? Cette question la taraude.

Sa réflexion est interrompue par l'ouverture des portes. Liza entre pour la quatrième fois dans l'Arène, saluant ses supporters avec un grand sourire. Mais Anna n'est pas dupe : elle lit la peur dans son regard. Toutes deux observent l'échiquier avec appréhension, puis se sourient. Autant s'insuffler un peu de courage.

L'instant d'après, Connor entre par les portes donnant sous la tribune présidentielle. Lui aussi salue le public avec un grand sourire. Un vrai petit père des peuples ! La foule l'acclame, ravie de voir son dirigeant participer aux épreuves. Le président s'approche de Liza, lui serre la main et lui propose de tirer au sort leur couleur. Elle accepte. Selon la coutume, il prend deux pions et les mélange dans son dos ; elle choisit sa main gauche... et obtient les noirs. Manque de chance. Ils prennent place devant l'échiquier, s'observent puis commencent. Dans l'Arène, la tension est palpable.

Connor débute comme lors de son duel avec Anna : il avance son cavalier. Liza, après une petite hésitation, opte pour le même mouvement. S'ensuit alors une série de coups pour le moins étranges, puisque la jeune fille a décidé de copier scrupuleusement son adversaire. Ce dernier hausse les sourcils, surpris par cette stratégie incongrue, tandis que Liza semble plongée dans une profonde réflexion. Anna devine qu'elle va profiter de la moindre occasion pour attaquer.

Cette ouverture arrive en milieu de partie : contre toute attente, le fou de Liza vient s'immiscer dans les défenses adverses, plaçant le roi blanc en position d'échec. Connor le déplace aussitôt, l'installant sur une case sûre tout en sortant une autre pièce offensive. Le tour suivant, elle perd son précieux fou. Maintenant, elle ne peut plus se contenter de copier le président ; elle doit faire preuve d'audace afin de le surprendre.

Au bout d'une demi-heure, elle perfore enfin les défenses adverses au moyen d'un cavalier et y sème la panique. Parallèlement, son fou menace le roi adverse. Connor, dépassé, cherche à contre-attaquer sans grand succès. Liza dévore quelques pièces importantes, dont la reine. Anna songe que tout est trop facile. Connor ne montre pas tout son savoir-faire ; il s'en servira pour décontenancer Liza lors du second combat.

Arrive la fin de la partie : le président n'a plus qu'un roi, deux pions et un fou ; Liza a conservé la moitié de ses pièces. Elle ne fait qu'une bouchée des pions et du fou, puis coince le roi au moyen d'une double barrière. La tension accumulée chute. Elle a gagné la première bataille.

— La première partie est remportée par Liza ! s'écrie le présentateur. Sans plus attendre, passons à la seconde !

Liza adresse un petit coup d'œil à Anna. Cette dernière voudrait lui hurler de se méfier, mais choisit le silence. À quoi bon perturber sa sœur ? Les deux assaillants échangent leurs places et commencent une nouvelle partie. Cette fois, la jeune fille avance un pion au hasard. Connor innove en optant pour une stratégie bien plus offensive, puisqu'il laisse le champ libre à son fou et à sa reine. Cette dernière sort dès le tour suivant, déterminée à manger quelques pièces.

Liza, très calme, prépare minutieusement ses défenses afin de ne laisser aucune brèche. Anna observe sa sœur et constate qu'elle a progressé. Elle prévoit certaines attaques et agit en conséquence, tout en élaborant des stratégies intéressantes. Pas forcément efficaces, mais déstabilisantes. Plus que d'intelligence, elle fait preuve d'imagination, et brise certains codes connus pour en inventer d'autres.

Connor semble avoir l'avantage, au grand désespoir d'Anna. Liza perd ses pièces coup sur coup. Chacune de ses stratégies s'effondre avant même qu'elle puisse la mettre en œuvre. Le président ne cesse de creuser l'écart avec son adversaire. S'il lui a laissé gagner la première manche, il montre maintenant sa supériorité écrasante. Liza fait tout pour retourner la situation : en vain. Elle s'oppose à un mur vivant.

Et ce qui devait arriver arrive : Connor place sans le moindre souci un parfait baiser de la mort.

17

Sans dire un mot, sans chercher à cacher son malaise, Liza échange de nouveau sa place avec Connor et s'assied du côté des noirs. Presque aussitôt, elle songe à Anna et Judith, à Calim, installé dans les gradins, et à Johan, sans doute rivé à son écran de télévision. Elle aimerait tant prouver à ce dernier que son enseignement a été utile...

La partie commence. Liza décide de débuter comme la première fois : elle imite chaque mouvement de Connor, qui se fait un peu moins offensif mais joue davantage sur les ailes. Puis elle s'engouffre au centre, cessant de copier son adversaire. Liza se concentre intensément. L'enjeu la paralyse, elle a l'impression de ne plus avoir aucune capacité de réflexion. Elle lève plusieurs fois les yeux vers le ciel en quête d'un signe, mais seuls les nuages lui répondent. Pendant un moment, crucifiée par la panique, elle joue au hasard, ce qui déconcerte passagèrement Connor. Les coups s'enchaînent avec rapidité.

Liza se retourne pour fixer sa sœur, songeant qu'Anna, elle, aurait renversé la situation en sa faveur. L'aînée cherche à deviner comment sa cadette aurait joué, comment elle aurait géré la partie. Le cerveau de Liza s'éclaircit peu à peu tandis qu'elle observe de nouveau l'échiquier. Qu'aurait fait Anna à cet instant ? Sa main se dirige presque inconsciemment vers un cavalier qu'elle poste en première ligne. Aussitôt, une stratégie naît dans son esprit. Une stratégie qu'elle doit à Anna – elle en est sûre.

Connor avance ses fous et ses tours avec méthode, croyant à tort ne rien avoir à craindre de ce petit cavalier solitaire. Grossière erreur. Ce dernier passe par-dessus les pions et vient menacer sa reine. Le président déplace la pièce. Liza avance alors son fou : échec au roi… et reine en danger. Connor n'a pas le choix ; il sauve son roi, sacrifiant ainsi sa pièce la plus importante.

Une dizaine de coups plus tard, la situation évolue une nouvelle fois. Liza, n'ayant pas bien préparé ses défenses, subit une hécatombe du côté de ses pions et de ses fous ; ses grosses pièces sont désormais vulnérables. Le combat est tendu ; la moindre erreur, de part et d'autre, signifierait la défaite. Liza sue à grosses gouttes tout en s'efforçant d'écarter sa peur. Connor semble plus sûr de lui : il n'imagine tout simplement pas qu'il puisse perdre.

Pourtant, lorsque Liza vient manger une de ses tours, il ne peut cacher son exaspération : il abat son poing sur la table, faisant trembler les pièces. Elle s'étonne de cette saute d'humeur, mais songe qu'il est humain, comme le lui a dit Calim, contrairement aux Corbeaux. Elle peut porter une attaque plus risquée et plus ambitieuse. Le président se laisse avoir comme un débutant et perd sa seconde tour. Il pousse un soupir de colère et joue d'une manière de plus en plus décousue. S'est-il résigné à la défaite ? Mais quand il dévore un de ses cavaliers, elle apprend à ses dépens qu'il peut encore renverser la situation.

Au fil des attaques de l'un et de l'autre, les pièces disparaissent. Liza fait preuve de sang-froid et d'imagination tandis que Connor joue la puissance et l'audace. Quelques jurons sortent de sa bouche. Liza camoufle ses sentiments et s'efforce d'agir de façon réfléchie.

Le public retient son souffle. Personne n'ose dire mot ; certains essuient la sueur sur leur front tandis que d'autres, tout comme Anna, se mettent à espérer. Ils savent que la fin de la partie approche. Peu à peu, Liza accule son adversaire dans un coin du plateau, puis le met en échec. Échec… et mat. Tout comme le public, elle ne parvient pas à y croire. Puis, du bout des lèvres, elle risque :

— Échec… et mat ?

Puis, au comble de l'euphorie, elle se lève brusquement et hurle :

— ÉCHEC ET MAT !

Le public lui répond par une ovation. Liza fond en larmes devant ces milliers de personnes. Rien n'importe plus que sa joie. Elle a triomphé de sa quatrième épreuve. Elle a gagné ! Connor donne un nouveau coup de poing sur la table et sort sans dire un mot. La jeune fille s'en moque. Elle a gagné contre le président en personne, elle a prouvé à toute une population qu'il n'est pas tout-puissant. Elle se tourne vers Anna qui, ravie, pleure elle aussi. Les deux filles s'adressent un signe de main, radieuses. Cependant, après ces quelques courtes minutes d'euphorie, le présentateur lui rappelle la réalité :

— Une ovation pour la jeune Liza que nous retrouverons dans deux jours ! Triomphera-t-elle de ces cinq épreuves, gagnera-t-elle sa liberté ? Ou échouera-t-elle au dernier moment ? C'est ce que nous saurons très bientôt !

Liza cligne des yeux, surprise, tandis que le public évacue lentement l'Arène. Où est passé l'indice ? En quoi consistera la cinquième épreuve ? Mystère. Dans tous les cas, elle a triomphé ; cette nouvelle l'emplit de joie. Sans attendre plus longtemps, elle se rue dans le couloir, court à toute vitesse et se jette dans les bras de Calim qui l'attend.

18

Une fois dans le couloir, Connor ne peut s'en empêcher : il éclate de rire. Disparue, la frustration manifestée pendant la partie d'échecs ! Tout était faux. Tout n'était qu'une monstrueuse mascarade. Il est à la fois le metteur en scène et un acteur de cette affreuse pièce de théâtre. Depuis le début, il orchestre la fin de ses nièces.

Il avait tout prévu avant même que Liza ne vienne infiltrer l'École. Esquisser les cinq épreuves a été un jeu d'enfant. Comment donner à son adversaire l'illusion d'être le plus fort ? En lui offrant l'espoir sur un plateau d'argent. Mais cet espoir, il va l'anéantir en une seconde. Il lui tarde de dévoiler la règle de la dernière épreuve, de l'ultime coup qui la mettra échec et mat.

La quatrième épreuve ? Connor a simulé, simulé sa frustration, sa déconcentration, sa défaite. Il a tenu son rôle à la perfection. Aucune des deux sœurs n'a su le percer à jour. Même son peuple y croit. Misérables pantins.

La troisième épreuve ? Alors que tous pensaient que les lieux étaient choisis pour faire un pied de nez à la jeune fille, le président a en réalité sélectionné des endroits connus de Liza : le Palais, les égouts, le point de vue et l'Arène. Quand elle s'est dirigée en périphérie de la ville pour chercher un hypothétique cimetière, il a eu peur. Oui, peur de gagner, d'interrompre son plaisir si grand, de fermer le rideau avant l'heure. Mais sa nièce s'est révélée pleine de ressources.

La deuxième épreuve ? Un simple tour de passe-passe, un furtif échange de bouteilles. S'il a fait boire le second verre par un condamné à mort, c'était pour faire croire à ses prisonnières que Liza avait miraculeusement survécu, qu'elle était exceptionnelle et que son destin était de les sauver. Il n'en était rien. Il a feint l'exaspération, l'énervement, passant encore une fois de metteur en scène à acteur.

Et la première épreuve ? La veille, il avait ordonné à ses Corbeaux de perdre contre Liza. De dominer la première partie du combat pour mieux la laisser gagner. Si Garry et Jake ont aussitôt accepté, Yanis s'est montré plus récalcitrant. Connor a même eu un léger frisson quand le Corbeau a rouvert la blessure de la jeune fille. Mais, tenant à sa vie, il a tout de même obéi.

Cinq épreuves. Dix jours de plaisir, dix jours pendant lesquels il ne s'ennuie plus. Dix jours de pure manipulation. Il a conscience que, tout comme Liza, le peuple retrouve un espoir incongru. L'avant-veille, Jake lui a fait un compte-rendu de sa patrouille, narrant la transformation du troupeau de zombies en un troupeau d'êtres vivants. Connor ne s'en inquiète pas. Il va annihiler cette résurrection grâce à la cinquième épreuve, il va anéantir le symbole de ce renouveau. Liza. S'il a fait exprès de la laisser gagner, c'est pour mieux la détruire. La cinquième épreuve sera synonyme de sa perte.

À la sortie du couloir, Jake l'attend pour l'escorter jusqu'au Palais. Connor s'installe dans la voiture et demande :

— Qu'avez-vous pensé de cette quatrième épreuve ?

— Je pense que vous êtes un très bon acteur… Mais que vous jouez avec le feu. Elle est douée. Tout parier sur la cinquième épreuve…

— Elle ne pourra pas la réussir. Je la connais. D'ailleurs, j'aurai besoin de vous pour les préparatifs...

En quelques mots, il dévoile son plan démoniaque. Si le visage de Jake ne tressaille pas, sa voix illustre son malaise :

— Vous... Vous êtes sûr ?

— Certain. Prévenez vos Corbeaux. Vous n'aurez pas le droit à l'erreur.

Connor sourit. Il est impatient d'assister à ce bouquet final. Après une éphémère lumière, ce sont les ténèbres qui attendent la Société.

19

— Tu as vu ? J'ai gagné ! J'ai gagné contre Connor !

— Bien joué, sourit Calim tout en lui ébouriffant tendrement les cheveux. Non seulement la Société t'apprécie davantage, mais en plus tu as prouvé que Connor pouvait être battu. Le cauchemar est bientôt terminé !

— La liberté est enfin à portée de main. Il ne reste plus qu'une épreuve mystère…

— Ne te repose pas sur tes lauriers, lui recommande le garçon. M'est avis que Connor a préparé un menu particulièrement corsé.

— Je sais. Mais pour l'instant, j'ai juste envie de fêter cette victoire. Je suis si heureuse !

Et pour fêter une victoire, quoi de mieux que de se cacher dans une tanière souterraine et déguster un vrai festin ? Sur le chemin, Liza doit répondre aux nombreuses acclamations des passants, et même signer quelques autographes. Voir une gamine réussir face à la Société a redonné de l'entrain aux habitants qui osent davantage sortir et parler avec d'autres personnes. Calim lui indique :

— Il en faut peu parfois pour retrouver espoir… Le peuple ne demande qu'une chose : vivre. Et avec tes exploits, tu lui en donnes l'opportunité.

Qui aurait cru que Liza pouvait changer les choses ? Elle en est la première surprise et, il faut bien l'avouer, aime être ainsi encouragée. Cela lui met du baume au cœur avant l'ultime défi, qu'elle imagine comme une marche à gravir. Une marche très haute, certes, mais qu'elle fera tout pour franchir.

Une fois rentrés chez eux, les deux adolescents préparent un repas digne de ce nom. Liza dévoile à Calim ses talents de cuisinière, utilisant chaque ustensile avec dextérité. Le garçon l'encourage avec quelques piques affectueuses.

— Ben dis donc, tu aurais pu faire boucher sans aucun problème ! On dirait que tu as découpé toute ta vie.

— Quand tu dois t'occuper seule d'une enfant avec des goûts culinaires assez particuliers, mieux vaut savoir mijoter de bons petits plats !

Ils discutent joyeusement durant toute la soirée, sans oublier toutefois la suite du programme. Il serait dommage de chuter à un pas de la liberté. Ils émettent donc de nombreuses hypothèses, plus ou moins farfelues.

— Faire cent tours d'Arène sans tomber ?

— Fabriquer un téléphone portable avec des allumettes ?

— Résoudre des énigmes ?

— La première épreuve reposait sur la force. La deuxième sur la chance. La troisième sur la rapidité. La quatrième sur l'intelligence, énumère Liza. Sur quoi peut reposer la cinquième ?

— L'endurance, peut-être ?

— Non, ça va avec la rapidité. Peut-être qu'il va tester, je ne sais pas, la loyauté, les capacités d'analyse, le cran, l'ambition ?

Les deux adolescents se mettent finalement à table et dévorent les bons petits plats préparés par Liza avant de regarder la télévision, en quête d'une information quelconque.

Quatre, c'est le nombre d'épreuves qu'a passées la jeune Liza. Contre toute attente, elle a vaincu trois Corbeaux, a survécu à un poison mortel, a résolu les cinq énigmes et a remporté deux parties d'échecs face à Connor. Un palmarès impressionnant qu'elle devra compléter lors de l'ultime épreuve. Cependant, notre président n'a donné aucune information sur celle-ci. Pourquoi garder ainsi le silence ? C'est donc une épreuve mystère qui attend Liza. Gagnera-t-elle une dernière fois ? Voyons ce qu'en disent nos experts.

La présentatrice s'avance vers une table occupée par deux hommes joufflus.

— *Alors, messieurs, un pronostic ?*

— *Je pense,* commence le premier, *que Liza nous a prouvé au cours de ces quatre épreuves qu'elle était talentueuse dans tous les domaines. Je la vois mal s'écrouler maintenant. Elle a de l'imagination et une détermination sans faille.*

— *Mais Connor est un homme qui aime gagner,* réplique son confrère qui joue l'opposition. *Je pense qu'il a préparé un défi particulièrement difficile, à la fois réalisable pour un être humain et irréalisable pour la jeune Liza.*

— *Rien n'est impossible et elle nous l'a montré. Comment aurait-elle survécu au poison, sinon ?*

Calim, à la fin du débat, a relevé un détail d'importance.

— Pourquoi disent-ils que tu as « survécu au poison » ? Tu as bu le bon verre, pourtant !

— Bonne question… Autrement, ils auraient dit que j'avais fait le bon choix. Peut-être ai-je bu du poison, qui sait ?

— Comment aurais-tu survécu ? C'était un poison mortel !

— Il faut croire que j'ai eu de la chance ! s'exclame Liza tout en caressant son médaillon fétiche.

— Tu es incroyable.

Liza lui décoche un sourire avant de retourner à son repas. Elle n'en sait pas plus sur ce qui l'attend, mais, une chose est sûre : quelque part, sa bonne étoile continue de briller. Et elle ne s'éteindra pas avant la fin des épreuves.

20

Anna, aussi enthousiaste que sa sœur, ne peut s'empêcher de courir dans les quatre coins de sa cellule. Liza a triomphé ! Rien ne semble pouvoir arrêter son aînée. La liberté semble proche.

— Elle a réussi, maman ! s'écrie-t-elle pour la quinzième fois. Elle a réussi !

— Je t'avais bien dit qu'il fallait lui faire confiance. Si tout se passe bien, nous serons libres dans deux jours.

— Comme j'ai hâte de retrouver la ferme, ma chambre et mes livres ! s'enthousiasme-t-elle.

— Moi aussi j'ai hâte. Cinq ans que je croupis dans cette cellule…

Mère et fille peinent à se calmer. Elles aussi croient de toutes leurs forces à la victoire et laissent l'espoir les gagner. Elles discutent joyeusement durant toute la soirée, bien qu'Anna devine un certain trouble chez Judith. De quoi peut-il s'agir ? Elle décide de laisser ce détail de côté et préfère imaginer l'importance de la victoire de sa sœur. La Société a découvert que Connor n'était pas invincible. Peut-être que, bientôt, une révolte éclatera au profit d'une démocratie et de l'égalité ?

La nuit tombe, enveloppant la cellule de ténèbres. Anna, épuisée par tant d'émotions, se glisse dans sa couchette et se laisse gagner par le sommeil.

Anna rêve une nouvelle fois. Seulement, le lieu dans lequel elle se trouve est flou ; elle devine que quelque chose cloche, que les esprits auront des difficultés à apparaître. Une fumée se matérialise progressivement devant elle, mais ne prend pas forme humaine. Cependant, Anna devine que c'est son père. Elle voudrait se blottir dans ses bras, lui dire que Liza va les secourir bientôt ; elle ne peut pas. Sa main traverse la fumée.

— Anna... Tu es là ?

— Oui, papa ! s'écrie-t-elle.

— Je ne pourrai pas rester longtemps. Apparaître si souvent épuise mes forces, mais il fallait que je te prévienne. Je sais en quoi consiste la cinquième épreuve, Anna.

— C'est quoi, papa ? Vite, dis-le-moi !

— Cette épreuve... testera la détermination. Connor posera un dilemme, Anna. Et Liza... Liza ne parviendra pas à choisir.

Anna cligne des yeux, ébahie. Une vague d'angoisse étreint son cœur. Liza va-t-elle échouer à l'ultime épreuve ? Elle ne parviendra pas à se relever d'une telle injustice.

— Dis-m'en plus, papa, je t'en supplie !

— Je ne peux... pas, murmure-t-il. Je disparais déjà. Prends soin de toi, Anna.

Et il disparaît sans crier gare. Anna se retrouve seule dans ce paysage embrumé qui l'emprisonne comme une cellule. Effrayée, elle se pince de toutes ses forces...

... et reprend brusquement pied dans la réalité. Judith la serre tendrement dans ses bras.

— Laisse-moi deviner, murmure la petite fille. Cauchemar ?

— Oui. Tu gigotais dans tous les sens, tu hurlais, mais je n'ai pas compris tes paroles. De quoi as-tu rêvé ?

Anna hésite. Doit-elle dire la vérité, au risque d'inquiéter sa mère ? Doit-elle mentir afin de rendre la réalité plus douce ? Elle opte pour la seconde option. Inutile de laisser la peur s'insinuer en elles ; la situation est déjà suffisamment incertaine.

— Je... je ne m'en souviens plus, bafouille-t-elle.

— Ça ne devait pas être important, conclut Judith avec un sourire. Rendors-toi, ma puce.

Anna n'y parvient pas. Elle s'en veut d'avoir menti à sa propre mère et cherche à calmer sa peur. En vain. John a ravivé ses anciennes frayeurs. Tout ce qu'elle peut faire désormais, c'est prier pour que sa sœur s'en sorte. Après tout, son père n'a pas annoncé une défaite, mais l'impossibilité de prendre une décision. Peut-être que Liza triomphera tout de même ? Elle possède les ressources nécessaires...

21

Le lendemain matin, Liza et Calim prennent un bon petit déjeuner de chocolat chaud et de tartines beurrées. La jeune fille les enfourne avec délices. Aujourd'hui est soit son dernier jour dans la Société, soit son dernier jour de liberté ; elle entend bien en profiter le plus possible.

— Calim, je souhaite remercier Johan pour son enseignement. Je lui dois ma victoire, dit-elle.

— Tu veux qu'on lui offre un cadeau ? Voyons… Je connais une pâtisserie clandestine particulièrement bonne et…

— Je veux parler d'un meilleur cadeau. En ce moment, les Corbeaux n'ont pas le droit de nous arrêter : il faut en profiter.

— Tu ne songerais pas à faire un truc risqué, par hasard ?

— Si. Je veux secourir sa fille.

Calim cligne plusieurs fois des yeux, abasourdi par l'audace de son amie. Comment ose-t-elle imaginer un tel plan la veille de sa cinquième épreuve ? Cependant, il reconnaît bien là la détermination de Liza : quand elle veut quelque chose, elle l'obtient. Quitte à mettre sa vie en jeu.

— Tu es sûre de vouloir prendre un tel risque ? Si tu échoues, il n'y aura pas d'épreuve demain.

— Connor s'attend à ce que je reste gentiment terrée dans les égouts. Si on veut agir, c'est maintenant.

— Et quand commençons-nous ?

— Nous avons des armes, des uniformes de garde, nous savons comment entrer dans l'École. Où est le problème ?

— Ce sera une opération difficile et tu le sais. Tout le monde nous reconnaîtra !

— Pas avec les uniformes. Et même si Connor nous repère, il va penser que nous voulons libérer Anna. Il cherchera dans la mauvaise direction. On va couper le contact, comme la dernière fois. Alors, tu marches ?

Le garçon sourit. Sa réponse ne fait aucun doute.

— Bien sûr ! Moi aussi j'ai une dette envers Johan. Allons-y vers 13 heures.

— Pourquoi ?

— Tous les enfants ont une heure de pause après déjeuner, il y aura moins de gardes.

Les deux adolescents se préparent minutieusement. Liza ressent un léger frémissement d'excitation et d'appréhension. Elle enfile l'uniforme de garde qu'ils ont volé lors de leur première infiltration, cache sa longue chevelure sous le képi et s'observe dans une glace. Ainsi habillée, elle ressemble à un garçon. Calim aussi est méconnaissable : bien vêtu et bien coiffé, au contraire de ses habitudes ! Ils préparent ensuite leurs sacs, y glissent armes et gadgets ainsi que la carte détaillée. Le garçon, en véritable expert, improvise un plan.

— On entre par la réception, on se rend dans la salle de contrôle et on coupe le courant, comme la dernière fois. Ensuite, on retourne à l'entrée et on demande à la secrétaire où se trouvent les appartements de la jeune demoiselle Morgane Gordon. Si elle obtempère, tant mieux. Sinon, on applique la manière numéro vingt pour neutraliser un Corbeau, qui est... ?

— Utiliser la fameuse petite bombe que tu as gagnée un jour au Casino, récite Liza comme une bonne élève. Elle endort la personne visée pendant trois minutes.

— Ensuite, on se glisse jusqu'au bâtiment désigné et on récupère la petite. Puis on se dirige vers la fenêtre la plus proche, car ces bâtiments en ont plein, et on sort par là.

— Ce n'est pas un peu trop... facile ?

— Si tu n'es pas contente, il ne fallait pas imaginer une telle activité pour ton dernier jour de repos ! Alors, on y va ?

Une fois de plus, ils quittent les égouts pour se diriger vers l'École. Sur le chemin, les passants les saluent respectueusement sans les reconnaître : le déguisement est parfait. Leur jeune âge n'étonne personne : les gardes entrent en fonction dès qu'ils atteignent seize ans.

Essayant de paraître calmes et décontractés, ils franchissent les portes automatiques et marchent d'un pas vif vers le couloir. Ils croisent une demi-douzaine de personnes sans attirer l'attention. Calim guide Liza vers la salle de contrôle, déverrouille la porte grâce à son passe, se glisse discrètement derrière le garde qui a les yeux rivés sur les écrans et l'assomme proprement. Il appuie ensuite sur le bouton d'arrêt d'urgence : tous les voyants lumineux s'éteignent, indiquant que l'électricité est coupée.

— Allons-y !

Ils retournent à la réception et s'arrêtent devant la secrétaire, qui essaie vainement de faire fonctionner son téléphone.

— Que puis-je pour vous ? demande-t-elle sans lever la tête du cadran.

— Nous avons reçu la consigne d'escorter la jeune Morgane Gordon jusqu'à son lieu d'examen, dit calmement Calim.

La réceptionniste fouille alors dans un imposant dossier tout en murmurant :

— Morgane Gordon, Morgane Gordon...

Puis elle trouve le nom et pose le doigt dessus, avant d'afficher une mine circonspecte.

— Morgane n'a que cinq ans. Aucun examen n'est prévu pour elle.

Devinant que, d'ici quelques secondes, la femme donnera l'alerte, Calim utilise promptement sa bombe. Celle-ci émet un flash puissant : la secrétaire s'effondre sur son dossier. Liza l'écarte avant de regarder la liste des noms. Elle murmure :

— Alors, G, G... Gabane, Gacconne, Gairi...

— Va plus vite ! la presse Calim.

— Ga... Gallen ? s'étonne Liza.

Elle se frotte les yeux. *Gallen.* Existerait-il d'autres Gallen ? Le prénom, John, l'étonne encore plus. Pure coïncidence ou signe du destin ?

— Quelqu'un de ta famille ?

— Je... je ne pense pas. Ce n'est pas mon père : je l'ai enterré de mes propres mains. Il était fils unique : ce n'est pas un cousin. Et puis je n'ai qu'une sœur !

— Écoute, on peut toujours lui faire une petite visite. Sa cellule se trouve à deux pas de celle de Morgane.

— Alors allons-y.

Son rythme cardiaque s'accélère. Quel est ce mystère ? Elle préfère croire à une coïncidence et suit Calim dans les couloirs. Ce dernier marche calmement, afin de ne pas attirer l'attention. Quelques médecins les saluent, tout comme certains gardes qui ne s'étonnent pas de ne pas les reconnaître. Ils arrivent dans un bâtiment très différent de celui où Anna est retenue prisonnière. Les couloirs sont peints en blanc, des plantes vertes ainsi que des cadres représentant des paysages égaient un peu les lieux.

D'après le registre, les deux enfants se trouvent au premier étage : ils montent donc l'escalier. Liza ne peut s'empêcher d'imaginer toutes sortes d'hypothèses à propos de ce John Gallen. Un simple hasard ?

C'est ce qui semble le plus probable, songe Liza. *Il est tout simplement impossible qu'il soit de ma famille.*

Calim s'arrête devant une porte blanche. Chambre 122. Il lui désigne une autre porte, la 115. Liza sait qu'ils doivent faire vite. Le garçon chuchote du bout des lèvres :

— Trois, deux, un... Go !

Liza sort ses outils et travaille la serrure. Celle-ci cède presque aussitôt. La jeune fille ouvre alors la porte, pleine d'appréhension. Qui est donc ce fameux John Gallen ?

Un petit garçon de cinq ans se tient dos à la porte. Liza s'approche de lui. Il a de longs cheveux bruns ébouriffés, une peau pâle et porte l'uniforme de l'École. Il se tourne brusquement vers l'intruse qu'il fixe de son regard intense.

— Qui tu es, toi ?

Liza ne répond rien. L'évidence leur saute aux yeux. Des yeux orange.

— Je suis... murmure-t-elle, ne croyant pas tout à fait à ses propres paroles, je suis ta grande sœur.

22

Connor voit avec effarement les images qu'il regardait laisser place à un écran noir. Il met quelques secondes avant de comprendre et de réagir : il attrape son téléphone, compose le numéro de Jake et hurle :

— Ordonnez aux patrouilles à proximité de l'École d'entrer dans le bâtiment et de courir à la cellule d'Anna. Liza est revenue !

— Vous en êtes sûr, monsieur ?

— Qui d'autre aurait pu couper le courant ? Allez, dépêchez-vous !

Ses mains tremblent pour la première fois depuis des années. Son plan si bien ficelé pourrait s'effondrer en l'espace d'une seconde. Il doit absolument garder Anna entre ses griffes. Sa victoire en dépend.

Quelques – très longues – minutes plus tard, l'image revient : il constate avec soulagement que, dans la cellule, rien n'a changé. C'est à peine si ses deux pensionnaires ont bougé. Il se demande alors pour quelles raisons Liza est venue à l'École.

Il se creuse la tête mais il doit bien l'avouer : aujourd'hui, la jeune fille l'a mis en difficulté.

23

Liza n'y croit toujours pas. Elle venait sauver Morgane, la fille de Johan, et elle retrouve un petit frère dont elle ignorait l'existence. Ainsi, Judith est partie enceinte à la Société... Liza serre de toutes ses forces John, qui s'est jeté dans ses bras.

— Tu es venu me tirer de là ? chuchote-t-il.

— Oui... mais il ne faut pas traîner.

Calim, tenant la main d'une gamine qui ressemble beaucoup à son père, les attend dans le couloir. Une seconde plus tard, l'électricité revient et une alarme stridente retentit. Le garçon hurle :

— Il faut partir immédiatement !

Tous les quatre se ruent vers la fenêtre la plus proche. Calim casse la vitre d'un violent coup de pied, retire les morceaux de verre les plus coupants et explique précipitamment à Liza :

— Je vais sauter le premier. Ensuite, tu me passeras Morgane et John et tu sauteras à ton tour. Vu ?

Liza approuve alors que des gardes apparaissent au fond du couloir. Calim saute, se réceptionne tant bien que mal et lève la tête vers la fenêtre. La jeune fille aide les deux enfants à franchir la croisée, puis s'élance à son tour, plie les jambes en prévision du choc et percute violemment le sol.

Qu'importe la douleur : ils doivent fuir le plus vite possible. Grâce à leurs déguisements, personne ne les a reconnus. Ils se précipitent tous les quatre dans vers une ruelle sombre, s'installent derrière une pile de caisses en bois et reprennent enfin leur souffle.

Liza laisse alors toutes ses émotions l'inonder. En l'espace de deux semaines, elle a appris que sa mère était toujours en vie, que Connor était son oncle et qu'un petit John Gallen vivait loin de ses sœurs à l'École. Dire qu'il y a un mois, elle habitait seule avec Anna ! Elle voit avec ravissement une vraie petite famille se constituer autour d'elle, sans y croire vraiment. Le petit partage son raisonnement, puisqu'il demande :

— Tu es vraiment ma grande sœur ?

— Il faut croire que oui. Nos yeux sont là pour le prouver.

— Est-ce que… Est-ce que ça veut dire que je vais avoir une famille ?

— Bien sûr. Demain, je te présenterai ta mère, ton autre grande sœur, et on vivra tous ensemble.

Elle serre une nouvelle fois son petit frère dans ses bras. Le bambin lui transmet sa chaleur et son bonheur ; Liza est heureuse. Elle était venue à la Société pour sauver Anna ; elle en repartira avec le reste de sa famille… à moins qu'elle n'échoue à la dernière épreuve, alternative qu'elle préfère ne pas imaginer.

Au bout d'une heure, Calim propose de se mettre en marche. Il faut confier les deux enfants à Johan, le temps de réussir la cinquième épreuve et de quitter la Société. John se montre quelque peu réticent à l'idée de quitter sa sœur, mais finit par acquiescer quand cette dernière lui promet de le rejoindre le lendemain. Ils se dirigent donc vers la maison du médecin tout en évitant les rues fréquentées et les caméras. Le jeune homme frappe à la porte et Johan apparaît sur le seuil. Il observe Calim, puis Liza, puis le bambin que porte Liza, puis la petite fille que tient Calim. Petite fille dont le visage lui est familier. Effaré, il ne peut que balbutier.

— Mon Dieu, non… Ce… Ce n'est pas possible !

— Et pourtant si. Vous nous avez sauvés, alors on vous rend votre fille.

La seconde d'après, père et fille s'étreignent avec force. Les larmes coulent, mais Liza est contente de les voir : ce sont des larmes de joie. Calim met fin à cette scène d'allégresse en proposant :

— Peut-on entrer ? Je doute qu'arracher deux enfants à l'École soit un acte apprécié de Connor.

— Bien sûr, approuve Johan.

Ils pénètrent tous les cinq dans la maison et s'installent dans le salon.

— Papa, pourquoi je suis allée à l'École ? demande Morgane.

— Parce que tu n'avais pas le choix, répond tendrement Johan. Je souhaitais te garder à mes côtés, mais les Corbeaux m'ont arraché à toi. Tu te souviens de ce jour ?

— Oui. Je voulais partir de l'École, papa, je te jure. Je n'aimais pas ce qu'ils voulaient m'apprendre.

— Calim, Liza, je… je ne sais pas comment vous remercier, balbutie le jeune père, ému. Ces retrouvailles, je… je n'y croyais pas. Vous m'avez rendu ma petite fille, ma raison de vivre. Vous avez toute ma reconnaissance.

— C'est nous qui sommes reconnaissants, ajoute Liza. Vous nous avez sauvés. Et puis, en allant chercher votre fille, nous avons trouvé une personne dont nous ne soupçonnions même pas l'existence.

Tout en parlant, elle caresse tendrement la chevelure de John. Elle a l'impression d'être dans un rêve, que Calim va la réveiller d'un moment à l'autre... Mais non, tout est bien réel. Cet enfant blotti contre elle existe bel et bien. Elle plonge ses yeux orange dans les siens et sourit.

— Alors comme ça, John est ton petit frère ? s'amuse Johan. J'aurais dû m'en douter. Mêmes yeux orange, même nom de famille... Mais comme tu es là pour sauver Anna, je me suis dit que ce n'était qu'une coïncidence.

— Vous connaissiez John ? s'étonne Liza.

— Je te rappelle que je suis médecin à l'École. Si je n'avais pas le droit de voir ma fille, je m'occupais de plusieurs enfants... et John en faisait partie.

— Oui, c'est mon docteur ! affirme le bambin.

— Pourriez-vous vous en occuper pendant une journée ? Juste le temps de passer la cinquième épreuve... Ensuite, nous pourrons commencer une nouvelle vie, tous ensemble.

— Cela va de soi, approuve Johan. Je vous dois bien ça.

24

Le lendemain matin, Liza s'éveille tard. À ses côtés, Calim dort profondément, sans doute harassé par la journée de la veille. Elle s'étire comme un chat et s'avance sans le moindre bruit vers le coin cuisine. Elle songe que c'est la dernière fois qu'elle prépare un petit déjeuner ici, la dernière fois qu'elle se bat avec les plaques de cuisson, la dernière fois qu'elle déguste son lait trop chaud. Même si chaque repas ressemblait à une corvée, ces simples actes du quotidien vont lui manquer. Aujourd'hui, elle va retrouver une autre vie : soit le paradis, sa maison avec sa mère, sa sœur et son petit frère qu'elle va apprendre à connaître, soit l'enfer et la prison. C'est la dernière ligne droite : à elle d'influencer son propre destin.

Non loin d'elle, Calim se met à gigoter et ouvre les yeux. Liza songe avec regret qu'elle devra probablement le quitter lui aussi ; leurs chemins vont se séparer. Le garçon bâille ostensiblement et s'avance à son tour vers la table.

— Qu'est-ce qu'il y a à manger ? grogne-t-il, encore mal réveillé.

— Du lait chaud et des biscuits, comme d'habitude. Dépêche-toi de boire, ça va être froid !

Calim est calme ; on dirait qu'il a oublié l'enjeu de ce jour. Liza, elle, ne peut s'empêcher de trembler ; plusieurs fois, elle renverse du lait sur la table.

— Stressée ? demande gentiment Calim.

— C'est une question ou un constat ?

— Les deux. Tu n'as pas à avoir peur, tu sais. La cinquième épreuve ne peut pas être aussi dure que les quatre précédentes. Connor doit être en panne d'inspiration.

— À moins qu'il ne souhaite une apothéose ! Quoi de mieux pour captiver le public que d'arrêter enfin l'intruse qui lui cause tant de tort ?

— Moi, je suis convaincu que tu vas y arriver.

Liza allume la télévision. Tous les journalistes parlent de la dernière épreuve, les experts débattent, les hypothèses foisonnent. Qu'a pu imaginer Connor ? Cette question revient en boucle, encore et encore. Jusqu'à ce que Liza constate qu'il est plus de 11 heures et qu'il lui faut se préparer.

Ne sachant à quoi s'attendre, la jeune fille préfère emporter tous les objets qui pourraient lui être utiles. Elle enfile son collier porte-bonheur et glisse l'amulette de Calim dans son sac. Elle prend l'arme que le garçon a volée aux Corbeaux. Elle rassemble tous ses outils, de la pince coupante au nécessaire de couture en passant par une clef à molette. Elle prépare de la nourriture ainsi qu'une bonne gourde d'eau. Après l'épreuve, elle ne pourra pas retourner dans la maison des égouts. Plus maintenant que les Corbeaux connaissent son emplacement. Alors qu'elle boucle sa besace, Calim s'approche et lui tend une petite fiole. Liza la reconnaît : elle contient le produit permettant de simuler l'arrêt du cœur. Elle contemple son ami d'un air interrogateur.

— Tu as oublié ça, lance-t-il.

— Je pense que je n'en aurai pas besoin.

— Que tu dis ! Imagine un instant que tu sois emprisonnée à l'École. Tu prendras ça, et tes geôliers n'auront d'autre choix que de te balancer hors de l'École !

— Je suis sûre qu'ils vont me laisser mon sac à dos ! ironise-t-elle. Ils vont me fouiller, Calim, tu peux en être sûr.

— J'y avais pensé. Et j'ai trouvé une petite combine. Regarde.

Calim attrape dans ses mains les longs cheveux de Liza, avise une mèche maintenue par deux élastiques et passe la seringue à l'intérieur du premier. Ensuite, il dissimule l'objet derrière un rideau de cheveux. Ainsi, elle est invisible.

— Et voilà, ni vu, ni connu ! Garde-la précieusement. Je suis sûr qu'elle te sera utile.

— On verra bien. Bon, je suis prête !

— Et l'épreuve commence dans vingt minutes, ça tombe bien !

Les deux adolescents quittent donc pour la dernière fois leur demeure souterraine. Liza ne peut s'empêcher d'éprouver une certaine nostalgie. Plus jamais elle ne dormira sur son matelas cousu main. Plus jamais elle ne prendra de repas sous la clarté artificielle des luminaires. Plus jamais elle ne regardera la télévision malgré l'uniformité des nouvelles. Plus jamais... À partir de maintenant, Liza s'élance dans l'inconnu, prête à faire face à son destin et déterminée à s'en sortir. Anna et Judith ont le droit de vivre heureuses et elle fera tout pour leur offrir ce droit.

Le trajet se déroule comme dans un rêve. Liza, tétanisée par la panique, ne dit mot. Comprenant ses angoisses, Calim a pris sa main et la serre doucement ; mais elle ne se détend pas. Quand ils arrivent devant la porte 6, elle est sur le point d'éclater en sanglots.

— Calme-toi, lui souffle Calim. Sinon, tu es fichue !

— Comment tu veux que je fasse ? s'écrie Liza, les larmes aux yeux. Comment tu veux que je pense à autre chose ? J'ai *peur*, tu ne peux pas savoir à quel point j'ai peur !

Les larmes ruissellent sur son visage. Qu'importe si les Corbeaux gardant la porte 6 se moquent d'elle. Seule compte l'inquiétude qui la ravage. Calim, hésitant, s'approche de son amie et essuie ses larmes du bout des doigts. Puis, pris d'une soudaine impulsion, il l'embrasse tendrement. Un instant de paradis, absurde, incongru qui achève de perturber Liza.

— Mais... que ? balbutie-t-elle.

— Maintenant, tu penses à autre chose ! s'exclame son ami.

Il l'embrasse une seconde fois avant de s'éclipser comme le voleur qu'il est. Liza reste un instant interdite. Que vient-il de se passer ? Un flot d'émotions contradictoires a pris le pas sur son angoisse. Elle s'avance timidement vers le couloir. Les Corbeaux l'interpellent :

— Veuillez laisser votre sac dans le couloir. Vous n'êtes autorisée qu'à prendre une arme : couteau ou revolver, à votre guise.

Liza s'exécute, optant pour son couteau fétiche. Elle abandonne son sac à l'entrée du couloir et s'y engouffre. Son cœur bat à un rythme accéléré, mais elle a moins peur : Calim lui a apporté le courage qui lui manquait. Comme s'il pouvait l'entendre, elle murmure :

— Merci...

À cet instant, les portes de l'Arène s'ouvrent.

Pour la dernière fois, Liza y pénètre sous les yeux des spectateurs, sous les yeux d'Anna et Judith qui l'acclament, sous les yeux indifférents de Jake et ceux, rageurs, de Connor. Elle salue timidement la foule de la main et observe sa propre image sur l'écran géant. Le présentateur hurle pour l'accueillir :

— Souhaitons la bienvenue à Liza qui revient pour la cinquième et dernière fois ! À ce rythme, elle ferait mieux de vivre dans l'Arène !

Quelques rires fusent, le public se détend. Les spectateurs aussi ressentent la terrible pression de cette ultime épreuve. Vont-ils voir une adolescente triompher de la Société ou chuter à deux doigts de la liberté ? Tous poussent des cris, impatients de connaître le dénouement. Liza croise le regard de sa cadette et y lit une appréhension nouvelle. Anna sait-elle quelque chose ?

— La question que vous vous posez tous est, bien sûr, « en quoi consiste la cinquième épreuve ? » Je vais laisser la parole, pour y répondre, à notre cher président, j'ai nommé Arthur Connor !

— Merci.

Ce mot résonne dans toute l'Arène, paralysant les spectateurs. Le charisme du président agit sur toute une foule : il montre une nouvelle fois qu'il est le patron et que nul ne doit contester sa suprématie. D'une voix calme et claire, il continue :

— Durant ces dix derniers jours, nous avons vu la jeune Liza, ou Elizabeth de son vrai prénom, triompher de toutes les épreuves. Elle a défait trois Corbeaux, trompé la mort en buvant une mixture empoisonnée, résolu plusieurs énigmes en un temps record… et elle m'a battu dans ma discipline de prédilection. La question que je me suis posée alors était : comment abattre cet oiseau, comment lui couper ses ailes ? Où se trouve son point faible ? J'ai cherché, j'ai imaginé d'innombrables scénarios. Puis la réponse m'a sauté aux yeux.

Mais avant de vous la dévoiler, je tiens à vous montrer quelques images. Que tout le monde regarde l'écran géant !

Prise d'un mauvais pressentiment, Liza se retourne. Elle identifie deux silhouettes. Il s'agit d'elle et de Calim. Son sang se fige dans ses veines tandis qu'une peur atroce l'envahit.

— Liza est arrivée seule dans la Société, explique Connor tandis que défilent les images. Sans aide, elle n'aurait pas tenu trois jours sans se faire arrêter. Elle a eu la chance de rencontrer un ami, un allié, bien connu des Corbeaux et de vous-mêmes. Personne n'a oublié l'affaire des livres injurieux, des pamphlets contre mon père et moi, personne n'a oublié von Switten. Il s'agit de son fils, Calim !

Une rumeur parcourt les gradins : effectivement, personne n'a oublié l'exécution du seul intellectuel capable de tenir tête au président.

Liza ne peut détacher son regard de l'écran. On la voit s'infiltrer dans l'École avec Calim ; on les suit durant leurs promenades dans les rues de la ville. Elle a l'impression de découvrir un feuilleton télévisé dont elle serait l'actrice principale.

— Ces deux enfants sont devenus amis. Ils se sont épaulés, aidés, un lien très fort s'est tissé entre eux. Ce lien s'est même renforcé… pas plus tard que tout à l'heure.

Apparaissent alors d'autres images. Liza revit son premier baiser… mais doit le partager avec le public, ravi de ce spectacle. Elle se sent rougir jusqu'à la racine des cheveux tandis que ses poings se serrent. Maudit soit Connor ! Elle meurt d'envie de courir jusqu'à la tribune, de l'escalader à mains nues et d'étrangler ce despote. Afin de calmer un peu sa colère, Liza détourne le regard de l'écran pour observer Anna. Sa cadette est vissée dans son fauteuil, tétanisée. Elle murmure quelques mots, mais Liza ne les comprend pas. En revanche, ceux de Connor résonnent dans sa tête.

— Vous vous demandez certainement où je veux en venir ? C'est très facile. Pour sa cinquième et dernière épreuve, Liza va devoir tuer son meilleur ami.

Chaque syllabe frappe Liza comme une balle. Au même moment, les portes s'ouvrent et Calim apparaît, penaud. Les marques sur ses bras prouvent qu'il s'est battu pour empêcher l'épreuve d'avoir lieu. En désespoir de cause, il sourit.

— Liza choisira-t-elle sa famille ou son meilleur ami ? Voici la cinquième épreuve. L'épreuve du dilemme.

25

Liza a compris. Connor a trouvé l'épreuve parfaite, insurmontable. Abandonner sa famille ou tuer son meilleur ami ? Autant choisir entre Charybde et Scylla, entre la peste et le choléra. Les deux possibilités mènent à la mort.

— Je savais que nous allions nous revoir, mais pas dans ces conditions ! s'exclame le garçon.

Malgré l'horreur de ce qu'ils sont en train de vivre, Calim reste égal à lui-même. Un prince des égouts, toujours calme et tranquille. Néanmoins, le tremblement de ses mains trahit sa peur.

— Et si nous nous asseyions ? propose-t-il. Je pense que nous sommes là pour un bon moment.

Des milliers de sentiments se bousculent dans l'esprit de Liza : peur, colère, résignation et révolte. Tuer ou se soumettre, il n'y a pas d'autre alternative. Connor sait que, quoi qu'il arrive, Liza ne parviendra pas à exécuter son ami. Ne reste plus que la soumission, ce qui signifie la défaite.

— Réfléchissons, commence Calim. Si tu fais le choix de sauver ta famille, tu préserves deux vies, ta mère et ta sœur. Sachant que c'est quand même pour ta sœur que tu as fait tout ce voyage. Mais si tu décides de m'épargner, vous serez emprisonnées le restant de votre vie. Donc la logique voudrait que tu me tues.

— Sauf que...

— Sauf que tu es incapable de me tuer. Et je suppose que, si je me suicide, tu perdras également.

— Bon sang, mais tu te rends compte ? Tu parles de mort et de suicide comme si de rien n'était ! Ce sont quand même des sujets graves !

— Je le sais autant que toi. Mais je sais reconnaître quand j'ai le choix et quand je ne l'ai pas. Cette fois, on ne s'en tirera pas en négociant ou en jetant du poivre dans les yeux d'un Corbeau. Il n'y a que l'horreur au bout du chemin.

Liza pâlit. Elle ne peut tout simplement pas concevoir la mort de son meilleur ami, imaginer ses mains pleines de sang tandis que le mot « meurtrière ! » sera scandé par l'assemblée. Elle se rappelle encore du jour sombre et pluvieux où elle a dû enterrer son père. Elle se l'était promis : plus jamais ça. Mais comment tenir son engagement, aujourd'hui ? Comment s'en sortir ?

— Écoute-moi, Liza. Je ne suis pas dans ta tête, je ne peux pas prendre de décision à ta place. Mais je pense que tu dois faire ce que tu as à faire. Tu as une famille à protéger. Pense à ta mère, pense à ta sœur. N'as-tu pas envie de les sauver ? De les tirer de cet enfer ?

— Mais si la seule solution est de te tuer...

— Alors tu dois le faire. Ce sera la plus belle mort que je puisse espérer : exécuté par ma meilleure amie pour sauver des vies. Que rêver de mieux ?

— Je ne peux pas !

Liza se relève brusquement. Comment peut-il lui demander de le tuer ? Calim est devenu un ami fidèle, et même plus qu'un ami. Comment peut-on tuer un être aimé ?

Elle serre le pommeau de sa dague : voilà pourquoi elle a dû choisir une arme. Liza analyse toutes les autres possibilités, en vain. Elle est condamnée à commettre un acte qu'elle regrettera toute sa vie. Elle se tourne vers sa cadette, qui lui hurle de ne pas sacrifier son ami pour elle. Perdue, Liza se laisse à nouveau tomber sur le sable de l'Arène, la tête entre ses mains. Que faire ?

— Et si je me sacrifie ? lance-t-elle à Connor en désespoir de cause.

— Alors Anna et Judith resteront avec moi, tandis que Calim trouvera la mort, répond le président. Tu n'as pas d'alternative. Il faut choisir.

Connor montre une nouvelle fois son ingéniosité et sa cruauté. Faire s'entretuer des adolescents, quelle infamie ! Mais cela lui correspond parfaitement. Connor est le Diable en personne, pense Liza…

26

Anna, du haut de la tribune présidentielle, ne peut qu'assister à la scène qui lui rappelle un de ses songes. À cause d'elle, Liza va être contrainte de commettre un acte qu'elle regrettera toute sa vie. Et au nom de quoi ? D'une liberté que Connor ne leur laissera probablement pas. Elle sait de quoi cet homme est capable. La libération promise est un leurre. Le président n'a qu'un souhait : emprisonner tous les Gallen afin de les examiner jusqu'à leur mort prématurée. Ce sera la fin d'une famille exceptionnelle qui aurait pu faire avancer les choses. La cadette se pose la même question que son aînée : que faire ?

Au centre de l'Arène, Liza tergiverse. Elle paraît soudain frêle, fragile : une jeune fille perdue et apeurée. Le public reste muet. Quelle décision va-t-elle prendre ? Anna s'en doute. Elle sera incapable d'exécuter son meilleur ami. Elle, qui est vouée à la protection, ne parviendra pas à trancher le fil d'une vie. Quelle abomination...

Mais Liza se met en marche, arme au poing. Judith, terrifiée, souffle à l'oreille d'Anna :

— Elle ne va tout de même pas le tuer ?

Liza, encouragée par Calim, semble déterminée à accomplir sa tâche. Elle s'avance avec une extrême lenteur, comme si chaque pas épuisait ses forces. Anna peut voir ses joues ruisselantes de larmes. L'instant d'après, la lame siffle dans les airs. Le temps se fige. Le sang coule, explose en une magnifique gerbe qui arrose le sol de l'Arène. Calim s'effondre. Liza, se rue vers lui, s'agenouille et se lamente sur son corps. Un médecin intervient et annonce ce que tous craignaient : Calim est mort. Toute vie l'a quitté.

Anna n'en croit pas ses yeux. Sa sœur vient de tuer son meilleur ami. *Sa sœur vient de tuer son meilleur ami.* Ses mains sont souillées du sang du seul garçon qui lui ait offert du réconfort. Liza, terrassée par la douleur, s'avance ou plutôt titube jusqu'à la tribune présidentielle, et hurle à Connor :

— La mascarade est finie. RENDEZ-MOI MA SOEUR !

Connor voit rouge. Lui qui se croyait déjà vainqueur doit s'incliner. Il avait imaginé l'épreuve parfaite... sauf que Liza a, contre toute attente, commis un meurtre, au nom de sa famille et de la liberté. Son visage se déforme sous le coup de la colère : de blanc, il passe au cramoisi. Puis il éclate de rire, un rire fou et insensé qui résonne comme une mise à mort.

— Tu le crois ? Tu crois avoir gagné ? TU NE PEUX PAS GAGNER, Liza, tu ne peux pas. Jake, abats Anna sur-le-champ.

27

Liza, fiévreuse, croit avoir mal entendu. Que vient de dire Connor ? Pourtant, lorsque Jake lève le canon de son arme, plus aucun doute n'est possible. Exsangue, vidée de ses forces, elle ne peut bouger d'un millimètre. Néanmoins, sa voix résonne dans toute l'Arène :

— Salaud ! hurle-t-elle. Vous aviez promis !

— Depuis quand les présidents tiennent-ils leurs promesses ? réplique-t-il d'une voix cinglante. Tirez, Jake.

Mais le Corbeau n'obtempère pas, cette fois. Il regarde Liza, si vaillante, victime de la sournoiserie de Connor. Il regarde Judith, pauvre mère impuissante. Il regarde son président, froid et calculateur. Il regarde Anna, cette petite fille qui n'a rien à faire là et qui le dévisage avec horreur. Jake doit à son tour faire un choix. Faire appel à son cœur ou simplement obéir aux ordres ? Pourquoi devrait-il s'enfoncer dans cette folie ? De plus, il n'a jamais tué et se voit mal commencer par une gamine innocente. Les secondes passent. Connor s'impatiente.

— Qu'attendez-vous ? Tirez *sur-le-champ* !

Liza, les yeux écarquillés, voit Jake viser Anna. Puis le coup de feu part. Il résonne dans l'Arène. Le cœur de Liza manque un battement tandis que la balle sort du pistolet, commence sa course irrésistible et vient l'achever… dans le bras gauche de Connor. Jake a fait son choix. Il a laissé son cœur parler.

— TRAÎTRE ! hurle Connor avant de s'évanouir.

Mais Jake n'écoute plus. Efficace, il se rue vers les menottes d'Anna et les déverrouille avec sa clef. Elle agite ses poignets, enfin libres. Finie, l'entrave permanente ! Ensuite, il crie à Liza :

— Je vais te lancer Anna et Judith ! Rattrape-les !

Liza s'avance vers la tribune et se prépare à amortir la chute de sa mère, puis de sa petite sœur. Cette dernière s'accroche à son cou et pleure toutes les larmes de son corps. Liza la berce en chuchotant :

— Allons, Anna, allons... Tout est fini. Nous rentrons à la maison.

— Tu l'as vraiment... ?

Liza ne répond pas. Entre-temps, Jake a sauté dans l'Arène et entreprend de forcer la porte 6. Celle-ci s'ouvre dans un grincement. Le public reste muet et immobile. Jake, en meneur efficace, crie :

— Ne restons pas là. Filons !

— Il faut emporter Calim ! s'écrie Liza. S'il te plaît. Aide-moi !

Jake ne songe même pas à protester. Il prend les bras du garçon, Liza les jambes. Cette dernière ne parvient pas à croire qu'elle porte le corps de son meilleur ami... Mais elle doit laisser ses sentiments de côté : seule importe leur fuite. Ils se ruent tous les quatre vers la sortie ; en chemin, Judith récupère le sac à dos abandonné là. Tout à coup, Anna s'écrie :

— Le livre !

— Nous n'avons plus le temps, réplique son aînée. On le réécrira ensemble, fais-moi confiance.

Anna ne peut qu'obéir et clopiner de son mieux. Dès qu'ils arrivent à l'extérieur, le Corbeau donne ses consignes :

— À partir de maintenant, c'est une course contre la montre. Les Corbeaux vont nous suivre, nous traquer, essayer de nous capturer. Nous devons fuir le plus vite possible. Liza, je sais que c'est dégueulasse de te dire ça, mais il faut abandonner Calim. Il nous ralentirait trop.

— Jamais ! Il est hors de question que je le laisse ici, tu m'entends ?

— On ne va pas le porter indéfiniment. Il est mort, Liza, *mort*, et tu devrais le savoir mieux que quiconque !

— Vos gueules, j'essaie de dormir !

Tous se tournent en direction de la voix. Calim se frotte les yeux ; il se remet debout, titubant un peu. Anna, Judith et Jake n'en croient pas leurs yeux ; Liza sourit, rassurée. Son appréhension la quitte. Tout s'est passé comme prévu.

— Mais, que... balbutie Anna. Quel est ce miracle, grande sœur ?

— Calim n'est jamais mort, explique rapidement Liza. Je lui ai injecté un produit qui simule l'arrêt cardiaque.

Anna cligne des yeux, effarée. Tout cela n'était qu'une comédie, merveilleusement interprétée par sa sœur. Elle a réussi à trouver le moyen de sauver tout le monde.

— Et le sang ?

— Une poche que je gardais dans... ma poche, indique Calim. Maintenant, si nous nous mettions en route ?

Tous approuvent et se mettent à courir. Liza épaule de son mieux sa cadette qui, à cause de sa jambe brûlée, a du mal à se mouvoir. Calim, qui connaît par cœur les rues, les guide dans des allées sombres et étroites avant de prendre de la hauteur en escaladant les toits. Plusieurs fois, ils aperçoivent des escouades de Corbeaux qui fouillent dans les moindres impasses et recoins. Cependant, ainsi perchés, ils seront en sécurité pendant un petit moment, le temps de préparer la suite des opérations. Aucun ne parvient à y croire. Ils sont en vie, ils sont libres !

— Alors comme ça, tu savais que Calim n'était pas mort... souffle Anna, bluffée par l'audace de son aînée.

— Oui ! Finalement, le plus dur aura été de jouer la comédie. Mais Connor a gobé le truc... comme tout le monde, je crois. Mais j'ai eu peur quand il a demandé à Jake de tirer.

— J'avais une dette envers Anna, explique le Corbeau. J'étais responsable de son enlèvement. Il est normal que j'aide à sa libération. Et puis... j'en ai marre de toute cette folie. Il y a un moment où on doit dire stop, où on doit refuser d'obéir aux ordres. Qu'importent les conséquences.

— Et maintenant... on fait quoi ? s'enquiert Calim.

— On sort tous ensemble de la Société, indique Jake, on emprunte la voiture électrique et on retourne chez vous. Les Corbeaux ne quitteront pas la ville tout de suite, pas avec ce qui se prépare.

— Qu'est-ce qui se prépare ? demande Anna, curieuse.

— La révolution, répond Jake d'une voix neutre. Tout simplement. Nous avons déjà dû renforcer la sécurité de l'École et du Palais. Les Corbeaux ne pourront pas gérer l'intérieur *et* l'extérieur. Alors, êtes-vous prêts à partir ?

— Non.

Judith s'est levée et a pris la parole. Sa voix, un peu tremblante, ne manque toutefois pas d'autorité. Le groupe est surpris, sauf Liza et Calim, qui savent ce qu'elle va révéler.

— Je... je ne peux pas quitter la Société comme ça, balbutie-t-elle. Les filles, j'ai un aveu à vous faire. Anna, quand je suis partie chercher le médicament contre ta pneumonie, j'étais... j'étais enceinte.

Enceinte. Le mot résonne comme un coup de tonnerre pour Anna.

— J'ai donné naissance à mon troisième enfant en prison. Connor me l'a arraché dès sa naissance. J'ai à peine pu lui donner un nom… Il a été intégré à l'École sans jamais savoir de quelle famille il venait, ni pourquoi il avait les yeux orange. Je suis désolée, les filles, mais je ne peux pas le laisser.

— Alors allons le chercher, dit simplement Liza.

— Ce ne sera pas simple. Connor va renforcer la sécurité de l'École, va le mettre sous haute surveillance, va tout faire pour le garder…

— Maman, tu crois qu'on s'est tourné les pouces, Calim et moi ? John Junior est en sécurité chez Johan, celui qui m'a entraînée aux échecs.

Les yeux de Judith s'emplissent de larmes. Elle étreint sa fille aînée, laissant libre cours à son soulagement. Comme Liza la comprend !

Calim reprend son rôle de guide et les conduit vers la maison de Johan, évitant les ruelles les plus fréquentées. Il ne manquerait plus qu'ils se fassent prendre si près du but…

Judith toque elle-même à la porte du médecin, impatiente de revoir le fils qu'elle n'a jamais eu l'occasion de connaître. Johan ouvre, s'inquiète en reconnaissant le chef des Corbeaux, mais se détend quand il voit Calim et Liza.

— Si vous êtes là, je suppose que vous avez réussi. Toutes mes félicitations ! Je vous inviterais bien à prendre un verre, mais je pense que vous devez partir le plus vite possible. John ?

Le bambin apparaît aussitôt. Liza reconnaît le moindre trait de son visage, de ses yeux orange à ses joues bien rondes, en passant par les innombrables épis qui parsèment sa chevelure. À la vue de son fils, Judith fond en larmes et serre fort John dans ses bras.

— Nous devons partir, les presse Jake, inquiet.

— Johan, au nom de tout le monde, je te remercie, dit Calim en souriant. Nous reviendrons te voir.

— J'attendrai ce jour avec impatience.

— Si jamais vous n'êtes pas en sécurité, Morgane et toi, n'hésitez pas à nous rejoindre, propose Liza. Je vais vous laisser la localisation de notre futur abri. Nous y resterons quelque temps. Pouvez-vous me donner de quoi écrire ?

— Bien sûr !

Johan lui tend une feuille sur laquelle elle esquisse un plan avant de la lui rendre. Ils s'étreignent à nouveau avant de reprendre la route, cette fois en direction de la liberté. Liza soutient sa sœur, Judith porte le petit John. Calim les guide vers les égouts et emprunte le passage secret découvert quelques années auparavant par John Gallen père. Ils montent bientôt les marches, poussent la trappe et se glissent à l'extérieur. Ils viennent de quitter la Société. Enfin !

Liza se laisse tomber à genoux et pleure des larmes de joie. Toute la pression retombe brutalement. Finis les épreuves, les courses dans les rues, les combats insensés, finies la peur, la rage et la colère. Ne reste plus que le bonheur enivrant des retrouvailles, la joie d'avoir pu sauver son ami. Anna se laisse elle aussi gagner par l'émotion : elle laisse derrière elle ses pires cauchemars, la prison, les menottes, les menaces qui pesaient sur sa vie. Elle a retrouvé sa mère, qu'elle croyait morte, et un frère dont elle ignorait l'existence. Elle se sent comblée.

Seule la présence de Jake perturbe un peu ce moment d'allégresse ; mais il a sauvé la vie d'Anna. Il a trahi son président et n'a pas d'autre alternative que de partir ou de devenir un hors-la-loi au sein de la Société. Il a choisi la première option. Et ses compétences de combattant pourront être utiles.

Le petit groupe se met en route dans la lumière du crépuscule, filtrant à peine au travers des nuages. Calim retrouve la voiture à l'endroit où il l'avait laissée : se pose alors la question de la place. Comment caser six personnes dans un véhicule monoplace ? Liza décide :

— Maman, Anna et John, vous allez dans le coffre. Vous êtes les plus petits, ça devrait aller. Je monte au milieu : les garçons, vous restez à mes côtés.

Elle s'installe aux commandes, sort de son sac ses lunettes ; Calim et Jake se casent tant bien que mal de part et d'autre de son siège. Maintenant, ce qui préoccupe Liza, c'est la question du démarrage, car la voiture est surchargée. Anxieuse, elle actionne une manette : le moteur crachote un peu mais se met en marche. Elle pousse le levier de vitesse et le véhicule avance. Elle soupire de soulagement, songeant au périple qu'ils auraient dû accomplir dans le cas contraire.

Tandis que la voiture roule, elle se concentre sur la route tout en laissant vagabonder ses pensées. Elle a passé les cinq épreuves, sauvé Anna et Judith, retrouvé son petit frère, dont elle avait ignoré jusqu'à l'existence ! Incrédulité et confusion se mêlent dans son esprit. Mais ils sont tous sains et saufs et une nouvelle vie les attend. Une vie plus calme, plus tranquille et plus heureuse : loin de la Société, ils n'auront plus à subir la tyrannie de Connor, qui aura fort à faire avec son peuple révolté. Ils pourront reconstruire un foyer. Les prochains mois seront peut-être pénibles, mais elle sait qu'ils possèdent les ressources nécessaires pour s'en sortir. Que pourrait-il leur arriver ? À six, ils sauront se protéger. Comme une vraie famille.

En conduisant, elle entend au loin un corbeau pousser son cri. Un frisson d'angoisse l'étreint durant un bref instant ; puis une pensée vient la frapper.

Le corbeau est-il réellement un oiseau de malheur ? Il a prévenu Liza lorsque Anna a été kidnappée. Il l'a avertie une seconde fois en signalant l'arrivée de la voiture de Jake alors qu'elle cherchait des livres. Jake, le Corbeau, vient de les sauver. Liza sourit, amusée par ce constat. Les corbeaux sont peut-être, au contraire, des aides, des augures précieux. Sans eux, que serait-elle devenue ?

Tandis qu'elle réfléchit, la ferme apparaît peu à peu à l'horizon. Liza appuie un peu plus sur la pédale d'accélérateur, quitte à martyriser son véhicule. Comme elle a hâte de reprendre une vie ordinaire ! Ce simple désir lui semblait inaccessible il y a dix jours. La jeune fille est heureuse. Son voyage s'achève enfin. Ou presque.

La voiture s'immobilise à une centaine de mètres de la ferme. Liza descend, ouvre le coffre pour permettre à Judith, Anna et John de sortir, puis se dirige vers le bâtiment. Elle s'imprègne de l'atmosphère particulière de l'endroit. Elle salue les vaches, affaiblies mais bien vivantes. Elle repère deux ou trois poules qui ont survécu et qui picorent paisiblement. Elle observe ses champs ravagés par les mauvaises herbes : ils fourniront encore, malgré tout, quelques carottes et des fraises. Au loin, elle voit ses éoliennes tourner. Son cœur se serre à l'idée de quitter tout ce petit confort. Car ils ne peuvent pas se permettre de rester à la ferme. Ils doivent déménager le plus vite possible et prévoient de faire plusieurs voyages.

Des groupes s'organisent : Liza, Anna et Judith s'occupent de prendre les affaires essentielles tandis que les garçons ramassent dans les champs tout ce qui est encore comestible.

Ils entassent le tout dans le coffre d'une autre voiture que Liza a sortie du hangar. Puis ils reprennent la route en direction du bâtiment de secours.

Comment auraient-ils pu survivre sans ce refuge ? Il leur offrira un toit pendant plusieurs mois. Connor ne risque pas de les embêter avant un bon moment. Il devra d'abord étouffer la révolution dans l'œuf, puis localiser les fugitifs. Ceux-ci contournent la forêt et arrivent à destination. Cet habitat plus petit que la ferme fera l'affaire. De toute façon, ils n'ont pas le choix.

Tous sortent de la voiture : si Jake et Calim s'occupent de vider le coffre, les Gallen se dirigent vers le bâtiment. Liza prend une profonde inspiration sans parvenir à croire qu'ils sont libres, désormais. Elle ouvre la porte et *rentre enfin chez elle.* Elle s'arrête sur le seuil, laissant sa mère prendre possession des lieux. Son frère court dans tous les coins, ravi de découvrir sa nouvelle maison. Seule Anna reste immobile au milieu de la pièce. Elle tremble.

— Quelque chose ne va pas ? demande Liza en s'approchant.

— Si… C'est juste que… J'ai l'impression que tout ça n'est pas réel. Que je suis dans un de mes rêves et que je vais me réveiller dans la cellule… Ou dans mon lit dans la ferme… Que maman et John vont disparaître d'un instant à l'autre. Que ma liberté n'est qu'une illusion. J'ai peur… J'ai peur de vous perdre…

Liza prend sa sœur dans ses bras et attend qu'elle se calme.

— Tu te souviens ? Il y a quelques semaines, tu as rêvé de l'arrivée des Corbeaux. Tu t'es réveillée paniquée. Et moi, je t'ai consolée en te disant que ce n'était qu'un cauchemar.

Que ce n'était pas réel. Aujourd'hui, je t'affirme le contraire : tout est réel, Anna. Maman et John sont bel et bien là. Notre liberté n'est pas une illusion.

Leurs regards se croisent. Elles sourient.

— Nous sommes enfin rentrées chez nous.

Remerciements

À toute ma famille :

Mon grand-père Max, bien entendu, dont l'aide m'a été inestimable pour la parution de ce premier opus. Ma grand-mère Françoise, lectrice attentive et dictionnaire ambulant. Mon grand frère Romain et mon père Frédéric, quelque peu responsables de la création des Corbeaux ; ma mère Karine ; mes oncles et tantes : Arnaud, Bénédicte, Marianne et Stéphane ; mes autres grands-parents Jean-Claude et Martine ; mes cousines Camille, Louise et Victoire ; mon cousin Titouan. Merci pour votre présence, votre soutien psychologique, votre bienveillance à mon égard.

Au groupe Hachette et plus particulièrement à Christine Féret-Fleury, Aurélia Goyens, Cécile Térouanne et Isabel Vitorino.

À François Banse, Bruno Delarue, Fabienne Lemaître, Évelyne Paquet et Hubert Paumelle pour leurs encouragements.

À Camille Cartel et ses collaborateurs, responsables de cette belle aventure éditoriale.

À Quentin Mainot, mon ami de longue date, mais aussi mon premier lecteur et mon premier fan. Tu auras eu ton rôle à jouer, et je ne l'oublierai jamais ; Mathilde Lefevre pour ses conseils avisés ; Antoine, Julie, Juliette et Manon, toujours à mes côtés.

À mes copines de prépa, Aline, Amélie, Anaïs, Capucine, Élise, Héloïse, Inès, Noémie et Sighild.

À Jean-Baptiste Verdret qui a le mérite de me supporter.

Je vous aime tous.

hachette s'engage pour l'environnement en réduisant l'empreinte carbone de ses livres. Celle de cet exemplaire est de :
450 g éq. CO_2
Rendez-vous sur www.hachette-durable.fr

PAPIER À BASE DE FIBRES CERTIFIÉES

« Pour l'éditeur, le principe est d'utiliser des papiers composés de fibres naturelles, renouvelables, recyclables et fabriquées à partir de bois issus de forêts qui adoptent un système d'aménagement durable. En outre, l'éditeur attend de ses fournisseurs de papier qu'ils s'inscrivent dans une démarche de certification environnementale reconnue. »

Composition Nord Compo

Achevé d'imprimer en Espagne par RODESA
Dépôt légal 1re publication février 2017
31.5174.2 – ISBN 978-2-01-391810-7
Édition 01 – Dépôt légal : février 2017

Loi n° 49-956 du 16 juillet 1949
sur les publications destinées à la jeunesse